锐眼撷花
文丛

野莽———主编

利玛窦的一封长信

邱华栋 著

中国言实出版社

牙医自然也是余华式的诗人和作家：

"野莽所写的这人前天躺到了冰冷的水晶棺材里，一会儿就要火化了……在这个时候，我读到这些文字，这的确就是他，这些故事让人忍不住发笑，也忍不住落泪……阿弥陀佛！""他把荣誉和骄傲都给了别人，把沉默给了自己，乐此不疲。他走了，人们发现他是那么的不容易，那么的有趣，那么的可爱。"

水晶棺材是牙医兼诗人为他镶嵌的童话。他的学生谢挺则用了纪实体："一位殡仪工人扛来一副亮锃锃的不锈钢担架，我们四人将何老师的遗体抬上担架，抬出重症监护室，抬进电梯，抬上殡仪车。"另一名学生李晁接着叙述："没想到，最后抬何老师一程的是寂荡老师、谢挺老师和我。谢老师说，这是缘。"

我想起八十三年前的上海，抬着鲁迅的棺材去往万国公墓的胡风、巴金、聂绀弩和萧军们。

他当然不是鲁迅，当今之世，谁又是呢？然而他们一定有着何其相似乃尔的珍稀的品质，诸如奉献与牺牲，还有冰冷的外壳里面那一腔烈火般疯狂的热情。同样地，抬棺者一定也有着胡风们的忠诚。

一方高原、边塞、以阳光缺少为域名、当年李白被流放而未达的，历史上曾经有个叫夜郎国的僻壤，一位只会编稿的老爷子驾鹤西去，悲恸者虽不比追随演艺明星的亿万粉丝更多，但一个足以顶一万个。如此换算下来，这在全民娱乐时代已是传奇。

这人一生不知何为娱乐，也未曾有过娱乐，抑或说他的娱乐是不舍昼夜地用含糊不清的男低音催促着被他看上的作家给他写稿子，写好稿子。催来了好稿子反复品咂，逢人就夸，凌晨便凌晨，半夜便半夜，随后迫不及待地编发进他执掌的新刊。

这个世界原来还有这等可乐的事。在没有网络之前，在有了文学之后，书籍和期刊不知何时已成为写作者们的驿站，这群人暗怀托孤的悲壮，将灵魂寄存于此，让肉身继续旅行。而他为自己私订的终身，正是断桥边永远寂寞的驿站长。

他有着别人所无的招魂术，点将台前所向披靡，被他盯上并登记在册者，几乎不会成为漏网之鱼。他真有一双锐眼，撷的也真是一朵朵好花，这些花儿甫一绽放，转眼便被选载，被收录，被上榜，被佳评，被奖赏，被改编成电影和电视，被译成多种文字传播于全世界。

人问文坛何为名编，明白人想一想会如此回答，所谓名编者，往往不会在有名的期刊和出版社里倚重门面坐享其成，而会仗着一己之力，使原本无名的社刊变得赫赫有名，让人闻香下马并给他而不给别人留下一件件优秀的作品。

时下文坛，这样的角色舍何锐其谁？

人又思量着，假使这位撷花使者年少时没有从四川天府去往贵州偏隅，却来到得天独厚的皇城根下，在这悠长的半个世纪里，他已浸淫出一座怎样的花园。

在重要的日子里纪念作家和诗人，常常会忘了背后一些使其成为作家和诗人的人。说是作嫁的裁缝，其实也像拉船的纤夫，他们时而在前拖拽着，时而在后推搡着，文学的船队就这样在逆水的河滩上艰难行进，把他们累得狼狈不堪。

没有这号人物的献身，多少只小船会搁浅在它们本没打算留在的滩头。

我想起有一年的秋天，这人从北京的王府井书店抱了一摞西书出来，和我进一家店里吃有脸的鲽鱼，还喝他从贵州带来的茅台酒。因他比我年长十岁，我就喝了酒说，我从鲁迅那里知道，诗人死了上帝要请去吃糖果，你若是到了那一天，我将为你编一套书。

此前我为他出版过一套"黄果树"丛书，名出支持《山花》的集团；一套"走遍中国"丛书，源于《山花》开创的栏目。他笑着看我，相信了我不是玩笑。他的笑没有声音，只把双唇向两边拉开，让人看出一种宽阔的幸福。

现在，我和我的朋友们正在履行着这件重大的事，我们以这种方式纪念一位倒下的先驱，同时也鼓舞一批身后的来者。唯愿我们在梦中还能听到那个低沉而短促的声音，它以夜半三更的电话铃声唤醒我们，天亮了再写个好稿子。

兴许他们一生没有太多的著作，他们的著作著在我们的著作中，他们为文学所做的奉献，不是每一个写作者都愿做和能做到的。

有良心的写作者大抵会同意我的说法，而文学首先得有良心。

野莽

2019 年 9 月

目 录

丘处机的三次讲道

一

十月二日，我们乘船渡过了伊犁河，来到了一座山脚下的小城里休息。这个时候，师父得到消息，这里距离成吉思汗的行在已经不远了。

其实，说不远，却仍旧有一两千里地呢。在西域，距离的标准都被放大了。宣使刘仲禄大人因为要提前向成吉思汗奏报我们的行程，他带着几个人骑马先走了。

十月七日，在田镇海将军的保护下，我们翻越了一座大山，遇到了一个从成吉思汗的行在归来的东夏的使者前来拜见我师

"是现在就请师父见面，还是先歇息歇息再见？"

师父回答："希望现在就入见。另外，请禀报大汗，道人面见大汗从来都不行跪拜礼，就行折身叉手礼罢了。"

大汗回答说都可以。

随从安排好了馆舍的住宿之后，师父就由阿里鲜、耶律阿海、镇海将军和刘仲禄陪同，带领我们一同去觐见成吉思汗。我的心里很忐忑，这个时候我很有些害怕。一路上，看到了成吉思汗摧枯拉朽的战斗力量，我明白了战争的残酷。这是一个有着钢铁般意志的人，是杀人不眨眼的人，也是一个心怀四海、胸中有万仞的人。我看到，他所在的大帐十分巨大，仿佛是一座圆形的白色宫殿，坐落在一片雪山的下面。护卫的士兵高大威猛，虎视眈眈地看着每一个靠近大帐的人。一种奇异的香气从大帐中流溢而出。听到侍卫的高声呼唤，太师耶律阿海、阿里鲜就带领师父和我们几人一起鱼贯而入。

我低着头进去，完全不敢抬头看。但是我看到我师父是昂首而入，背影坚定而潇洒，心里的恐惧就减少了很多。大帐深处，有一个很大的卧榻，旁边坐着一个胖大的男人，装束打扮十分华丽。他脸色威严，不怒自威。他可能就是成吉思汗了。我看到师父并没有下跪，而是躬身行了道人的礼，然后，旁边有人立即拉过来了交椅，请我们落座。太师等人按照他们的习惯依次盘腿坐在地毯上。

一见面，成吉思汗就微笑着嘉许我师父："请真人坐下。我知道，别的国家邀请真人讲道，真人都没有答应，现在真人为了给朕讲道，不远万里前来会面，朕非常欢喜。"

师父拱手回答说："山野之人，奉诏而来，是天意啊。"

成吉思汗很高兴，就让我们都坐下，摆好了令人眼花缭乱的食物和美酒，又问："真人远道而来，有什么长生药带给朕吗？"

我师父沉默了片刻，回答说："大汗，贫道只有养生之道，而无长生之药。"

这个时候，我非常担心我师父的直率，会让成吉思汗感到恼怒。因为，成吉思汗太想长生不老了。他戎马生涯倥偬一生，如今，也年逾花甲了，精力不如过去旺盛，因此他迫切地希望能有长生之药帮助他长生不老。不知道有多少方士和巫师给他进献各种丹药呢。而宣使刘仲禄也跟成吉思汗说，我的师父都已经三百岁了，这才有了这次万里的邀请。可是，我的师父却说，"只有养生之道而无长生之药"，虽然很诚恳，也很真实，但是大汗会喜欢吗？

所有的人都屏气凝神，看成吉思汗如何反应。这个时刻是那么的漫长，又是那么的紧张。我看到，成吉思汗略微迟疑了一下，就点头赞许："真人很坦诚，朕很喜欢。真人很好啊。"他转移了话题，吩咐阿里鲜在御帐的东边，为师父和我们搭建两座白色毡房。阿里鲜立即出去办理了。

看来，大汗的心情很好，大家都松了口气。接着，成吉思汗又问镇海将军："人们平时怎么称呼真人呢？"

镇海将军回答："大汗，一般的人称呼他为师父、真人、神仙。"

成吉思汗说："好，今后，我们都要称呼真人为神仙。神仙，今天先见个面，吃完饭，你跟随我的部下，到前面的雪山上去看看吧，那里凉快。"

那天，成吉思汗和我师父约定好，在四月十四日问道于师父，还命令镇海将军、刘仲禄大人、阿里鲜和太师耶律阿海、内臣耶律楚材等记录问道的内容。但是，随后几天，情况发生了变化。探子来报告，说附近有花刺子模帝国的王子扎兰丁的残部集结作乱，杀害蒙古哨兵，偷袭运输车队，继续向蒙古人挑衅。成吉思汗大怒，打算亲征，于是重新占卜，把问道的时间定在了十月初，也就是半年之后了。

师父就对成吉思汗说："大汗，这里战事不休，贫道想先回撒马尔罕的馆舍居住，等待您问道的时候再来。"

成吉思汗说："也好，也好。不过，等神仙再来这里，路途上又很辛苦。"

师父躬身说："不打紧的，也就走半个多月，就到这里了。"

成吉思汗同意了，说："神仙啊，附近兵匪比较多，我们还在战事当中，很不安全，我就命令宣差杨阿狗带领一千士兵，和刘仲禄一起，护送神仙和随从一行，一起回到撒马尔罕城吧。"

第二天，我们就返回了。我们返回的路途走的是一条新路，但见荒郊野外，到处都是死去的士兵的枯骨。师父对战乱的后果十分吃惊，他喃喃自语，说战争实在太可怕了。

五月五日，我们又返回到了撒马尔罕城，在馆舍里住下来，和原先留在这里的尹志平道人重新会合了。

我和师父所住的馆舍位于一片山崖之上，非常清净，也不容易被侵扰。下面是一条非常清澈的河水。那河水是雪山水，清凉无比。

很快，就到了六月，天气很热，庄稼加速成熟，瓜果飘香，当地一位里姓官员专门给师父五亩地的瓜田，供师父和我们这些弟子们取用。我就经常到瓜田里摘瓜，看到有的西瓜和甜瓜像斗那么大。宣使刘仲禄一直陪伴我们。

六月，成吉思汗的二太子察合台来到这里，刘仲禄经师父同意，到瓜田里挑选了一些西瓜，奉献给二太子。我看到，当地居住的主要是回纥人，他们的男人也梳辫子，有的女人还长胡子，都信奉伊斯兰教，每天的早晚，由教长登上高台来呼唤民众，他们都在教长的带领下一起向西方施礼。教长的脑袋上缠着长达三丈的布做成的帽子。

夏天里，这里的温差很大，早晚很凉爽。师父带领我们研习经书，他也经常写诗。师父的诗我都记录了下来。到了七月十六日，师父派宣差阿里鲜送表章到成吉思汗的行在，确定讲道的日期。

八月七日，得到要我们即刻启程的批复。八月八日，我们再度从撒马尔罕出发，前往成吉思汗的行在。

八月十二日，我们过了碣石城。前面是险要的铁门关，在那里，前来接应的一千步兵和三百全副武装的骑兵护卫等候着我们，护送我们过了铁门关。

八月十五日中秋节，我们是在一条河的岸边大营里度过的。巨大的月亮映照着天地万物，我们连夜开拔赶路，为的是躲避回纥部族的叛乱和可能的袭击。在班里城，我们也没有停留，因为附近不断有回纥人的叛乱发生，局势很不稳定。他们对蒙古人的征服心存畏惧和强烈不满。

八月二十二日，师父熟悉的老朋友田镇海将军率兵前来迎接我们。

三

师父再次觐见大汗，成吉思汗很高兴，赐乳酪给师父和我们吃。八月二十七日，忽闻北部还有扎兰丁的残部袭击了蒙古军营，于是，成吉思汗决定北上。我们跟随他的行在继续北上了。九月初，我们渡过了阿姆河，在一片草原上扎营。师父的毡房就在成吉思汗大帐不远的地方。

九月十五日，成吉思汗决定在大帐中设立斋庄，并把太师耶律阿海从撒马尔罕召来，请求听师父的讲道。

那天傍晚，戒斋结束，大帐里面灯火辉煌，我们一些弟子在大帐门口侍立。我听见成吉思汗说："今天，我终于能安下心来，很高兴地请神仙给我讲讲道。"

太师耶律阿海担任翻译，旁边的阿里鲜、镇海、耶律楚材等近臣，都期盼着我的师父讲道。耶律楚材拿好了纸和笔，担任书记的工作。

这是激动人心的时刻。我师父静心默诵了一阵，开讲了："好，我开始讲了。大汗，道生天，育地，日月星辰、鬼神人物，都是从道而生，道是万物的基础和母体。人们一般只知道天大，但是不知道道的大。我平生离开家庭和亲人，所学习终生的，唯独就是道。道生天地，开辟鸿蒙，最后才生出人来。人是万物之灵，刚开始诞生就神光自照，行步如飞，不同于其他走兽。那个时期，地上生出了野生的庄稼，树下生发出可以吃的蘑菇，人们不用借助炊具，就可以生吃。这个时候，还没有火的发现和利用，因此，那些野生的粮食和菌的味道很香，很自然，人用鼻子去嗅闻它的香气，用嘴巴去尝它的味道，后来逐渐就失去了轻盈的感觉，为什么呢？是因为爱欲之念想过于深重。学道之人，比如我们这些道人，就是因为这个道理才去修习道法的。世人爱的我们不能去爱，世人住的地方我们不能去住，我们去声色，以清净为唯一的安慰心灵和肉体的办法。屏蔽各种世间的滋味，以恬淡为美。

"道和德又是一体的两面，有的人并不明白何为道，何为德。一些人的眼睛只看见颜色，耳朵只听见声音，嘴巴只尝到滋味，追逐自身的情感和欲望，就会散失其元气。就像充气的蹴鞠，气体充实了，就饱满，气体散失了，就瘪空。因此，人，要以气为主，光想着追求物欲而不断动念头，元气就散了，如同蹴鞠的气散了一样。上天生出两种灵物，一种是动物，一种是植物，草木之类都是植物，植物并无意识，它们依靠雨水和露水而活，自己就枯荣循环。人属于动物，动物是有感情的。如果没有衣服穿，没有东西吃，是无论如何无法度日的，因此，动物要经营自己的生命。昼夜劳作，是因为身体和嘴巴需要营养。

"这里就说到了人。人，分男人女人，男人是阳，又属火，女人是阴，又属水，阴阳相克相生，阴消阳，水灭火。因此，学道之人，必须而且首先要戒色。这是首要的一个准则。人们平时为了衣食住行而劳累自己的思想和身体，虽然散失了元气，但是却散得少，而贪恋色欲，则损耗精神，不仅散失元气，而且会散失得很多。

"道生出两仪，轻而清者，上升为天空，天，属阳，也属火；重的、混浊的，则下降为地，地属阴，也属水。人居中于天地之间，背负阴而怀抱阳。因此，学道之人首先要知道修炼的道理，要点在于去掉奢华，屏蔽欲望，固精守神。人要是只炼阳气，阴消失了而只保全了阳气，就会升天成为神仙，就如同火苗朝上升腾。愚昧痴迷之人，把酒当作琼浆玉液，以妄念当作平常的东西，放纵自身，追求欲望的满足，耗散精力，损害精神，于是就导致了阳衰而阴盛，则沉入地狱变成鬼，如同水总是往地下流一样。

"因此，学道之人，修真求道如同背着石头上山，山越高，就越觉得累。如果颠扑跌倒，那就前功尽弃了。因为修道很难，所以世上大部分人是没有办法去追求道的。这就是修道之难。而背离道则很容易，去追逐欲望的满足，就如同把一块石头扔到陡峭的斜坡上，越卑劣鄙俗，就越容易堕落，不一会儿就会滚下陡坡，一去无回，是因为往下坡滚非常容易。世间的大部分人都是这样，并不领悟其中的道理。"

九月十五日，我师父就讲了这些。成吉思汗命太师翻译，命耶律楚材做记录，他对听到的道感到很满意。

四

九月十九日晚上，天清气朗，成吉思汗召我师父进行第二次讲道。听的人和上一次的一样，翻译还是太师，记录的人也一样。

师父说："大汗，我在前一次讲的所谓修炼之道，都是常人求道的时候需要面对的。而对于您这样的天子来说，又不一样了。大汗本来就是天人，是您所推崇的长生天的化身和人间代表。皇天高贵，负载天命，是因为上天要借助天子的手除暴安良，安慰天下父母和孩子，恭敬地执行上天的处罚，如同代替木匠去砍伐树木。如此克艰克难，功成身退，最后才可以重新回到原来天上的星宿的位置上。因此，天子在人世间，一定要减声色，抑制住嗜好和欲望，圣体安康才能保证心思细密、周详并且高瞻远瞩。老百姓中，大部分男人只娶了一个妻子，尚且因满足欲望而损害身体，何况天子有那么多的嫔妃后宫，一定会深深地损害身体啊！大汗，您宫姬满座，我前些时候还听说，宣使刘仲禄又到中都替大汗选拣处女，来充实大汗的后宫。我看到《道经》上说：'不显示自己的欲望，使民心不乱。'既然显露了，戒之则很难。希望大汗留意这一点劝告。

"人成为真正的人，是因为人借助身体的躯壳，从父母亲那里得到的生命，神仙成为真正的神仙，是因为可以从道中得到领悟，能够思辨世界上的真假清浊。行善得道之人则升天成为仙人，作恶背道的人就下到地狱里成为恶鬼。

"道成为众多事物的显现，如同金属可以被打造成各种器物，销毁它的表象，就会重新返回到本色的金属状态。人行不行善，则表明他是不是背离了道。在人间的声色与衣食，人人都觉得是高兴和快乐的享受，其实，这并不是真正的快乐，恰恰相反，是人生的劳苦处。世人大都以妄念为真理，以劳苦当作快乐，难道不是让人感到悲哀的事情吗！他们并不知道，上天至乐才是真正的快乐。

"我辈中人，就是因为学道，抛弃父母，栖身于荒凉的大山中的岩石洞穴里，同时学道的同辈有四人，分别是马钰、刘处玄、谭处端和贫道自家。他们三个人功满道成，如今，已经升天化为神仙。只有我在人世间的辛苦劳顿的岁月还没有结束，每天只吃一顿饭，品尝一种味道，每顿又只吃一碗饭，怡然自得，就是为了等待升天得道的那一天。世界上那些富贵的人，沉溺于得到的富贵而无法自拔，能够拯救百姓，挽回时局，积累功德，就更为少见了。但凡积善行道之人很少，怎么能不成为神仙呢？

"我中土之国，承平的时间长了，上天就不断降临一些经文和教诲，劝人向善。大河南北、大江东西，很多地方都有。东汉的时候，干吉得到《太平经》一百五十卷，这些都是修真治国的良方啊。中国的道人背诵并且施行这些道理，就可以获得福气，成道成仙。还有，东汉恒帝永寿元年正月七日，太上老君降临蜀地临邛，教授天师张道陵《南斗北斗经》和《二十四阶法箓》等各种经籍，一共一千多卷。晋朝王篡生逢乱世，毒瘴横行，他一心祈祷，感动了太上道君驾临，教授他多部道经，以拯救百姓。元魏时期，天师寇谦之居于嵩山之上，于太上老君那里收受《道经》六十多卷，都是治心修道、祈福消灾、扫除魑魅魍魉、拯救百姓于疾苦之术。其他的经教，还有很多，来不及细说了。而降经的意思，就是为了使古今帝王、臣民都能行善。道经很多，我只是举了上述大概和要旨。

"天地之间，孕育出人类，人类是宝贵的。因此，人的身体很难得，就如同麒麟的角一样稀少。世间万物众多，纷纷然如同牛毛一样。既然一个人获得了难得的肉身，那么，就应该寻求养生修真之路，做善事，修福分，渐渐地就会领悟到道的存在。上至帝王，下至庶民百姓，虽然地位的尊卑差别很大，但性命寿数都是一样的。帝王是承受天命，谪降于人世间的，如果行善修福，在升天之后，就能够获得比过去在天上的位置还要高的职位，不行善修福，那就结果相反，会被贬低。上天中有些神仙功微行薄，上天会让他到人间修福济民扶困，最后才能得到高位。过去，轩辕氏背负天命来到世界上，第一世为庶民，第二世为臣子，第三世才为人君。他济世安民，积累了无数功德，寿数尽了，升天成为神仙尊者。

"大汗，您要修道得法，没有别的途径，应当外修阴德，内固精神，同时，还应该体恤下民，保护众生，使天下都安定是您外部的使命和行为，而节省欲念、保护精神，则是内部应该修炼的方法。人以饮食为本，清洁的，就是人的精气，混浊的，就是人的便溺，被释放出去了。贪欲好色，则丧精耗气，人就会衰老和疲惫。大汗，您应当更加珍惜自己的精气神，要吝惜自己的身体。每天晚上射精一次的话，就已经深深地损害身体了，更何况恣意地纵欲呢！虽然人很难全部戒除欲念，但是，如果能节制欲望，则离得道不远了！

"人的精神面貌为子，元气为母体。元气经过眼睛变成眼泪，经过鼻子变成鼻涕，经过舌头演化为津液，经过皮肤变成汗水，经过内脏则显现为血液，经过骨头则显现为骨髓，经过肾脏则显示为精液。元气全则生命蓬勃，元气消亡则人死灯灭，元气旺盛则人壮实，元气衰弱则人变得苍老。如果人能够经常保持元气不散失，就如同孩子有母亲，气散了，则如同孩子失去了母亲，就没有什么依仗和依靠的了！

　　"人的精神和元气，是一体的，人的精髓也是出于一个源泉。我想，大汗如果能尝试一个月安静地独自就寝，必然会觉得精神清爽，筋骨强健。当初，大汗一见到贫道，首先就问我，可有长生的药给我吗？您问得很好。我现在再次回答您，古人说得好：'服药千朝，不如独卧一宵。'药是草，精为髓，去髓而添草，对人的身体又有什么益处呢？这就像钱袋子里本来装满了金子，可是，不断地去掉金子，增添铁块，久而久之，金子没有了，钱袋子虽然仍旧是沉甸甸的，可是里面只是留下了不中用的铁而已。因此，服药的原理和我刚才举的这个例子是一样的。

　　"从古到今，人们为了繁衍和继嗣，娶妻而成家，是天理。先圣周公、孔子、孟子都各有子孙。孔子四十而不惑，孟子四十而不动心。人到了四十岁之后，气血就开始衰减，因此首先要戒的，就是色欲。陛下您的圣子圣孙满堂，如同大树的枝蔓广大，是很好的事情，因此，适宜保养身体、养生戒欲为根本啊。过去，宋朝徽宗皇帝本来是天上之人，有神仙道人林灵素带领他神游天上，入住天上宫殿，题写宫殿的匾额为'神霄'。在天上，宋皇不饥不渴，也不感觉到冷热，逍遥无事，快乐自在，很想一直在天上住下去，没有再回到人间的想法了。林灵素劝说他：
'陛下背负天命要降临人世，有天子的功德和劳作，大限没有完
毕，怎么可以在天上久久停留！'于是，宋皇就下凡到人间。后
来，女真国兴盛起来，宋徽宗兵败，被金兵裹挟到北方冰雪之
地，最后终老于上京。

"因此，可以明白一个道理，那就是，上天的快乐，比尘世
间的快乐要强一万倍。要知道，只要是人间的因缘没有终了，人
就不能随便地归天成为神仙，像大汗这样背负天命的人尤其如
此。贫道过去出家，同道本来有四个人，他们三个人已先于我化
升了，就如同蝉之蜕皮与脱壳一样，生命的失去是早晚的事情，
这并不令我悲伤。抛弃肉身这一具幻象，而化身为千百看不见的
东西，没有不可以的。但是，如今我还辛苦万端地存在于这个世
界上，那是因为我的尘世因缘还没有结束啊，我的肉身还必须在
世界上行走。所以，我才来到了大汗您的面前来讲道，这也是天
意啊。"

眼看天色漆黑，但见星河灿烂，我在帐外听到师父讲道，也
听到了成吉思汗发出了赞叹和满意的声音。看来大汗很高兴，我
们这些弟子也很高兴，心情十分舒畅。

五

九月二十三日，成吉思汗请师父第三次论道。大汗和颜悦
色，继续听道。

我师父说："大汗，人还没有出生的时候，是在混沌的道中

存在，无所谓寒冷暑热，也不知道饥渴，心无所思，真是快乐啊。等到生下来，降临到这个世界上，眼睛看到五色，耳朵听到声音，舌头品尝味道，意念思虑事情，于是，就有一万件事情和诱惑在等着他了。古人常说，心是最难测定的，因此，把心比喻为猿猴，把意念比喻为马匹，可以知道心意的难以把握和控制。古人曾经说：'猛兽容易降伏，可人心难以揣度，甚至难以降伏寸心。'明白了这个道理，就知道了成道升天的捷径在哪里。

"道人修真炼心，一件物事都不思量，就如同太虚世界的止水。就像水面的风突然走了，水面安静清楚，就像镜子一样可以映照万物，一览无余。而水面上忽然刮过风，使水面动荡而混浊，什么都不会被看见了。可以说，人的本来真性，静如从不流动的水，眼睛看见颜色，耳朵听到声音，舌头尝到滋味，心思考虑事情，这些从具体的感官，到心灵的感受，就如同风吹浪涛那样，一浪高过一浪地持续增加，到心灵的世界里才是最高的反映。我们道人修炼心灵的时候，一开始是很难的，而随着时间的推移，日子久了，功力日深，就会达到无为的状态。

"道人只有天地之间一具躯体，治心都非常困难，何况天子拥有天下和四海之内的所有东西，日理万机，修炼心性那就更不容易了。但是，如果能节制情欲，减少思虑，就会获得上天的佑护，何况如果全戒除了，那就会更加得到佑护。过去，轩辕黄帝善造弓箭，用武器来威风于天下。功成的时候，请教过仙人广成子，问他如何修炼心性、保养身体之道。广成子说：'我就告诉你一句话吧，不要思虑过多、操心过多就行了。'我想说的是，

帝即位十年，色欲旺盛，结果身体非常疲惫衰弱，每天他参加朝会，都要两个大臣搀扶着才可以上朝。后来，到处寻找高人和得道之人，求保养之方，也曾经请我去，问过我修真养身之道，我就像前面给大汗您说那些一样，告诉他应该怎么样。他果然按照我说的做了。从此之后，他的身体就逐渐地健康和强壮起来了，走路也跟年轻人一样了，在位三十多年，才升天故去。

"贫道生平学道，以无思无虑为圭臬。我曾经有一次做梦，梦见有天意告诉我：'你功行未满，应当等待时间到了才可以升化入天。身体是幻象，如果倒行逆施，那是不行的。只有真身飞升，可化为万千假象，没有不可以做到的。上天千岁或万万岁，但只要人间有事，就会奉天命而转世投胎，到人间的房子里。'大汗，您是下凡的星宿，早晚要回到天上的神位，唯如此，才当恭敬行事，少杀生，不使生灵涂炭，不使大地震怒，不使百姓遭殃，不使天地倾斜，这样的话，大汗您将功德无量，并获得长生。"

我师父讲解完道，成吉思汗很满意，传谕旨说："神仙的谆谆教诲，我恭敬地听到了。神仙说的这些道理，我明白，都是难行之事啊！但是，我不敢不遵从神仙的意思，我当经常来遵行。神仙传道的话，已经让近臣记录下来，并书写到册页上，朕将亲自阅读。如果遇到没有明白、过于深奥的，朕还要继续请教神仙。"

六

三次讲道之后，成吉思汗起驾东行，我们也跟随大营一路东行。这期间，我师父多次向成吉思汗讲解道法，对大汗不明白的地方再次进行开释。

十月初，我们跟随大汗的行在，在撒马尔罕西南方约三十里的地方扎营。由于讲道已经完毕，师父在心中已生归意。他请太师禀告大汗，道人喜欢清净，尤其不喜欢听到军马嘶鸣和兵器相交之声，希望能够在大汗的大部队前后，根据情况，自由地行走。成吉思汗明白我师父的意思，同意了。

我们就这样在成吉思汗大部队的前后左右行走，有时候跟在后面，有时候又走在前面，就这样踏上了归途。很快，冬天的降临使得天气变得越来越寒冷，到了十二月，大雪纷飞，冷风刺骨。好在有大汗的随从一路照应师父，我们的供给也没有问题。

十二月二十八日，下了一场大雪，同时，我们竟然听到了打雷的声音。成吉思汗觉得十分诧异，就派人来请教师父，为什么大冬天的，天还要打雷。

我师父回答说："我听说，蒙古人夏天不在河里洗澡，不洗衣服，不造毯子，野地里有蘑菇也禁止人去采摘。而且，有的蒙古人还不孝敬父母，这是三千桩罪过中最大的罪过啊，因此，上天是通过打雷来警醒世人的，希望大汗利用您的权威和盛德，来禁止人们那么做。"

成吉思汗听了很高兴，对手下将军和大臣说："汉人尊重神仙本人，就像我们敬奉长生天一样。我现在越来越相信道长真是天上的神仙啊。是上天让神仙对朕说这些话的，你们每个人都要牢记，都要孝敬父母，清洁自己的身体。"

来年的一月十一日，我们继续往东北方向走行。我不知道师父怎么想，反正我是有些归心似箭。走了三个月，我们离开西南边的撒马尔罕城已经有一千里了。

一月十九日，是我师父的生日，我们一起给他庆祝生日。二十日，提控府邸的李公前来拜见师父，师父告诉他："我们今后很难再见面了，因为，二、三月，天气暖和了，我就要东归了。"

一月二十二日，我们在一条大河边宿营。这里距离东北方的赛蓝城只有三天的路程。这里水草丰美，牛马繁盛。成吉思汗的大部队和我们都在那里休整。

二月七日，师父觐见成吉思汗，说："大汗，贫道离开故乡，曾经约定好三年回去。现在，距离我出发已经有三年了，能够回到故乡，是我的心愿啊。"

成吉思汗说："朕现在也在向东走，神仙，我们同路回去怎么样？"

我师父再三坚持要先行，成吉思汗沉吟了片刻："神仙，请再等几天，等太子来了之后您再走。神仙讲的一些道理，有的我还不很明白，等我都请教完毕了，神仙就自行走吧。"

师父答应了。

二月八日，成吉思汗在狩猎的时候，射中了一头大野猪，但是他的坐骑失去了控制，跌倒了。那头受伤的野猪并没有逃跑，而是盯着落马的大汗看，差点就冲过来咬他。幸亏护卫及时赶到，驱赶了那头野猪。

回到行在，我师父也听说了这件事情，就入谏给皇帝说：

"大汗，上天之道，在于少杀生，现在大汗年事已高，应当少外出打猎。从马上摔下来，是上天的告诫，而野猪没有上前伤害您，也是上天的庇护，不可不重视。"

成吉思汗回答说："谢谢神仙的提醒，朕已经深深地反省了。神仙劝诫我的话，是很正确的。我们蒙古人骑马射箭、围捕打猎，从小开始，已经习以为常。因此，朕会慢慢地停下来，我当记住神仙的话。神仙劝我的话，以后我都要听，至少两个月之内，朕不再出去打猎了。"

二月二十四日，师父觐见大汗，请求辞行。大汗说："神仙要东行，可是给神仙的礼物我还没有想好，朕要考虑一下，神仙，再等几天吧。"

我师父只好耐心等待。三月七日，师父再次觐见大汗请求东行，大汗就赐给师父很多的牛马。我师父一概不要，说："大汗只要安排好驿马就可以了。"

大汗知道已经无法再留住师父，就颁布一道圣旨，加盖御印，免去我师父门下所有道家子弟的差役和劳役，并命阿里鲜做宣差，护送师父和我们一行东行。

三月十日，很多官员都带着葡萄酒和瓜果，前来给师父送行，大家洒泪而别，我们踏上了回程的路。

（原载于北京十月文艺出版社 2013 年 4 月版《长生》）

一个西班牙水手在新大陆的见闻

　　阳光一直照彻着人类的疼痛，除去被海藻覆盖的时代，人类一直被自己的血和眼泪喂养而成长着。人类的本性中到底隐藏着多少只野兽，谁都无法从任何一部历史典籍中完全测知。在时代的变迁和历史的流逝中，人类渐渐从外部生活走进内心生活，从明亮走进阴暗的世界之夜半。所有过去发生的事只是作为一个遥远的梦，我们站在时间的土坡上，才能影影绰绰地看到一点什么。

　　人类学家雅尔·索斯泰尔说："没有鲜血，太阳和天地万物注定要毁灭……因此战争不仅仅是一种政治工具，它首先是一种宗教仪典，一种圣战。"人类前进的每一个脚印之中都注满了已凝成乌黑血痂的鲜血。弗洛伊德理论声称，人类历史上以活人祭神和吃食人肉的行为是受本能支配和侵犯本能的表达。因为这种行为包含了一种爱与恨的妥协，人们以吃掉牺牲品而培植自己在大地之上繁衍的信心。

下面的描述是十六世纪初期西班牙一个叫汉斯·斯塔登的水手所记述的，他于公元一五二一年在中美洲海岸附近遇上了沉船海难，从而目睹并记载了中美洲帝国、当时叫作西印度群岛或者新西班牙地区那些原始人的残酷行为和激情：

自从 1492 年发现了新大陆之后，在西班牙，掀起了持续的前往那片陌生的、传说到处都是黄金的地区进行探险的热潮。不过，大多数探险队，都是民间组织、由贵族和商人出钱组织的，探险队与政府签订了分成协议，每次探险回来，除了给政府上交一部分以外，其他的财富，都由探险队员瓜分了。这促成了一拨拨探险者、冒险家、士兵和罪犯组成的探险队前往西印度群岛，以至于更为广阔的新西班牙大陆。

遭遇巨大风暴之后，我们的船倾覆那一天的黄昏，我们的大船开始沉没，我的伙伴全部都掉进海中，被淹死了。群星闪耀之时，我一个人从海滩上醒来，发现我是唯一的幸存者。我浑身疼痛，躺在沙滩之上仰望天空。我知道我是到了西印度群岛的一处海滩上，剩下的路只有一条了。我想，那就是明天迎着朝阳，向太阳升起的陆地中央方向走去。

　　第二天清晨，为了看清我身居何处，我爬上了海岸，沿着海岸边上的一条不长但很高的山脉攀缘。不久，我就爬到了海拔数百米的山顶，当爬到山顶一棵长相怪异粗大的树顶时，我同时也听到了在空中传来的鼓声，这鼓声十分激烈、紧张，而且，类似于原始人类的喊叫之声也传了过来。透过稀疏的树枝，我看见了在山脚下的一片广阔的平原之上，有两队服饰不一，但都长发披肩的人流汇为一体，鼓声更加密集地响了起来，他们发出的声音显然是喊杀声。我明白了，这是两队人马在厮杀和战斗。而且，我惊异于他们人数的庞大，双方至少都有数万人，在那片广阔的平原上，拥挤与冲撞在一起，像两股巨大的颜色不一的水流，流汇在了一起。

　　太阳依旧清澈地上升着，它那博大明亮的光辉赋予了大地欣欣向荣的力量。我蹲在树顶之上，目不转睛地观察着这一场战争。一个上午过去了，我看见，有一队显然正在溃败，接着，另一种奇怪的敲击声传来，我看见其中一队开始发起了冲锋。很快地，在那片平原上，颜色一致的人驱散和追逐着另一队人，在那里，地上躺满了战死的人，空中投枪和箭镞割破空气，发出了刺耳的声音。太阳飞快地在空中运动着，不久，胜利者唱起歌，声音古朴，他们向西北方向列队行进。

　　我从山顶溜到了山脚下，当我沿一条小溪行进的时候，一队身穿草和树枝编织的衣服的原始部落人抓住了我。显然，他们就是刚才战胜的那一方。他们十几个人当中，几乎每一个人的腰间都悬挂着人头。其中一个在脖子上挂了一个由俘虏的耳朵串起来的项圈。我害怕极了，我竭力用西班牙语告诉他们，我是一个船员，一个落难的船员。我的服饰在他们看来是非常奇怪的，这使我发现我没有被他们当作战俘来看待。在步行了半天之后，我们来到一座城堡，也就是说一个国家的首都。

在随后的城堡游历当中，我感到无比的震惊，因为在世界上还从来没有听说过有这样一种国家，以及他们极其独特的宗教信仰。我发现，在这座城市里，任何建筑、艺术、生活习俗和宗教仪式都充满了暴力、鲜血和死亡。在这座城堡当中，那宏大的庙宇和宫殿边上，它们的墙壁和广场专门用来展示下颌、牙齿、手指，密集得像石子儿一样的人的指甲、骨头以及咧着嘴的死人头。这个国家的神吃人，它们专喝人的血，食人的肉。在这个国家中，祭司的职业十分发达，这个帝国的人也因为向神灵敬献人身人血而诉求免于灾难，免于使世界衰微败落、瘟疫流行，或成为一片火海。

我奇迹般地作为怪物或外宾，被送到了国王那里。这个国家的国王长得异常粗壮，显示出他在这片大陆上争伐的业绩和功德。显然，他对我发生了浓厚兴趣，在交谈过程中，我们渐渐地互相都听懂了对方的话，我受到了热情的款待。在这一天的十分盛大的晚宴上，我吃到了大量的珍馐。宴会结束时，在一阵狂热的欢呼声中，国王把一副由磨得光滑、洁白的人的膝盖骨串成的项圈，套在了我的脖子上。我的内心之中充满了兴奋与恐惧。事后，当我得知我在晚宴上吃了人肉烹制的菜肴时，我大吐不已。我简直无法接受我已由一个文明人变成了一个吃人的人的事实。

在西班牙，我的祖国，我也见过，或是听说过各种各样的酷刑，比如用拉动肢体的行刑架折断人的骨头，五马分尸，把人捆在火刑柱上烤死，等等。然而，我接下来在这个帝国所见的关于人杀人的场景，仍是让我震惊得几乎昏厥。

第二天凌晨，太阳还没有升起，东方只显现出鱼肚白色，我被国王的随从叫醒，然后，我被带到已穿戴齐整的国王身边。国王满怀激情地告诉我，他要带我去看看怎样杀死上一次战役俘获的近一万名俘虏。我们沿着一个巨大的金字塔的一百一十四级台阶向上攀缘，在我四周，更多的高大的庙宇和祭坛都森严地闪耀着白光。我们走至一半高的时候，一个圆形的类似古罗马角斗场的建筑展现在我们面前。我看见，在这个角斗场的中间，有一个沉重的磨盘石，一些结实的绳索穿过了磨盘的圆孔，这是一根非常长的绳子，绳子的那一头拴着一个十分英武健壮的战俘。

国王告诉我，这个战俘是上一次战役中对方的著名战士。国王一声令下，我看见一些人交给那个战俘一柄利剑，然后，四个手持利剑和盾牌的人围着他，国王又说了一句什么，战俘与四名战士开始交战了。这样的角斗是不公平的，最后，我痛苦而又触目惊心地闭上眼睛的时候，那个英武的战俘被四个战士杀死了，血像水流一样溅了开来，有一些还溅到了我和国王的身上。

之后，我们继续向上走，走到了这个庙宇的顶部。在这里，放置着巨大的石块，四周墙壁上，雕刻着巨大的凶猛海生动物的雕像。不同的是，我认出了在这块石板上和石板周围留下的一层厚厚的类似黏土一样的沉积物，原来，竟是凝结的血块。我终于明白了，这是一个大祭台。一股强烈的臭味扑进了我的鼻子，我不得不用一面洒了香精的手帕捂住鼻子。

在祭台的对面，耸立着一面巨大、凶恶的神灵雕像。国王告诉我，那是他们崇拜的战神神像。在神像面前，有十个人在烤着穿在木棍上的人的心脏。我感到害怕极了。

国王宽大的身躯异常威武，面对着他的帝国，他的江山，他的目光里显现出自豪和伟大的激情。接着，一些随从从下面带上来四名战俘，把他们交给了四个穿红衣的祭司。四个祭司一起抬起一个战俘，把他放在了那块石板之上。国王沉默地仰视东方，神情颇为虔诚与敬畏。我看见，东方已渐渐发亮，太阳升起来了。不久，我们周围的一切物体被照亮了，太阳徐徐地升了起来，我看见国王仰视那东升的太阳的脸上，滚出了一行热泪。

一个祭司将一柄尖刀交给了国王，国王转过身，我看见，那名战俘仰面躺在那块酷似太阳的祭台上，四个祭司捆好了战俘，并用绳子套住了战俘的脖子，用力向下拉，这样他就不能动弹了。国王高举着刀，走到那块太阳形祭台石的跟前，他用刀剖开了战俘的胸膛，这个时候，战俘的鲜血突喷而出，溅得很高，就像是沸腾的地下泉水一般。战俘的惨叫很快消逝，国王探出左手，掏出了人心。他快步走到祭台一侧，用手将心高高举起，作为对太阳的奉献。那颗桃子状的心刚开始还鲜红地蠕动着，鲜血不断地溢出，国王用手上下颠着那颗心脏，直到那颗心冷却下来，被颠成圆饼状，国王用手握紧，反手向下，挤出一些血滴，洒向太阳的方向。这个时候，国王高声朗诵：

> 太阳，宇宙间生生不息的伟大力量，
>
> 我们以血和人体来祭献你，
>
> 太阳，我们的全部光荣，都归功于你，
>
> 我们生长，我们死亡，我们歌唱，
>
> 太阳，请赐给我们永生永世的安宁、幸福和繁衍。

国王高声朗诵完，他将那颗心抛入了天空，之后，我们随着国王，沿着台阶又走了下去，走回到了王宫。然后，他手下的士兵，屠杀了那广场上所有的战俘。

在接下来的日子里，我又亲眼看见了另一场祭神的场面。在这一次的祭献中，一名年轻的被俘女子扮作女神克斯托西瓦特的提神，被杀死了——这是这一次战役后杀死战俘的仪式的压轴戏。

那一天，天气急转直下，冷风变得异常肆虐，空中不断有巨大的雷击，闪电疾速地掠过天空，瓢泼大雨倾盆而下，整个城堡都被雨和闪电笼罩了。这时，国王带着我们冒着大雨登上了那座最高的祭献台，十万名他忠诚的士兵以那座高高的祭台为圆心，向周围散开，他们高呼赞美上天和国王的口号，声音与雷电交汇融合，十分激越，在天际边无比雄壮地回荡着。很多熊熊燃烧的火把，在大雨的浇注下反而更加明亮。

我看见，那名女子被几个祭司抬到了祭台上，向下平卧着。祭司拉开她的衣服，捆住了她的身体，并用一根绳索将她的头向后拉紧，绳子拖至地面。两个祭司用一只两面多刺的箭鱼突吻，猛刺她的脖颈，借以分散她的疼痛感，另一个大祭司则利索地剖开了她的胸腔，在一阵闪电交汇映照之下，大祭司将那颗黑暗的心高高地举起，举向了天空，十万名士兵齐声欢呼，之后，大祭司把这颗心放入了一个绿石罐子中。众人响亮地吹起了喇叭，大祭司在喇叭声中用厚重的罩布，将那个女神替身的遗体盖住了……

为什么他们要残酷地杀死那些可怜的战俘呢？带着这个疑问，我开始进行观察。一个士兵告诉我，他们杀死战俘吃掉他们，是为了能获得战俘曾经拥有的勇气。又有一次，我再次目睹了他们在城堡的另一处杀死了一个战俘，所有的人都欢呼和吹着口哨，我看见一些年老的女人冲过去吸饮鲜血，而孩子们用手去蘸血，年轻的女人则把血涂在自己的奶头上，那个战俘的身体被切碎，放在火上烧烤，众多的人随后分吃了被烤熟的人肉。

在这个帝国士兵们的观念之中，他们认为，折磨一个可怜的俘虏，就等于杀死一千个敌人。而且，我还发现，他们把折磨俘虏作为一种娱乐，让这种娱乐经久不衰——从人们开始崇拜太阳一直到现在，更何况鲜血从人体内喷出时的新鲜感，会让人激动，使所有的人感到刺激。我明白了，之所以残酷地折磨和杀死战俘，是因为这个帝国的首领们想教给自己的人民残酷无情：如果你不勇敢作战，那么，一旦落入敌手，你也会遭受同样的境遇。

这个帝国的疆域辽阔，道路从城堡向八个方向延伸。每天，太阳都明亮地照彻世界，照亮整个帝国的沃土。在这个国家里，他们把太阳的形象刻画进他们的生活中的每一个角落，在所有高大的石砌建筑的墙壁上，水井边，庙宇顶，生活用品上，到处都有太阳的辉耀。这是一个太阳帝国，人们征战，是为了叫太阳永远每天穿越他们的国土，赐给他们以肉食、农作物和水源。一切都是为了太阳！

在每一次出发打仗之时，我看见，这个帝国的战士们身上涂满了油彩，装饰有奇怪和有震慑力的骨头，有时候，他们还服用一种叫"咕玛理"的幻觉剂，以期望自己能看到神灵显现，并请巫师念咒，施魔法于他们的兵器。太阳一旦升起，他们就浩浩荡荡地出发了，在城堡之中，尘土飞扬，使一切城堡内庄严沉重的建筑模糊不清。

在这里居住了一个月，虽然我受到几乎是奇迹般的礼遇，虽然我对每次祭礼和杀戮战俘的活动做好了心理准备，然而，我所受到的刺激和震动，依旧是异常巨大的。就在这年夏天，这个帝国对一座金字塔又进行了祭献活动。我看见无数个表情仓皇、疲惫的俘虏被排成四行，队伍弯弯曲曲长达两英里，每一行都有一个行刑队掌管行刑，杀掉战俘。他们足足干了四天四夜，昼夜不停。我算了一下，如果每两分钟杀一个人，那么这次祭祀活动中就可以杀死一万四千一百人。

有一天，国王终于批准我到一座大广场去了。在这个帝国首都的大广场上，我看见了几乎令我昏厥的场景：一堆堆排列整齐的头骨，堆起来有十人高，绕大广场整整一圈，我耐住激动的心跳数了一遍，竟有十万个之多！在广场的另一面，有一片矗立的柱子，柱子与柱子之间仅隔一臂之远，自上而下插满了横木杆，而每个横杆上都穿着五个人的头骨，我花了半天的工夫，清数了柱子和横杆的数目，再乘以五，我发现，在这里的人头骨一共有三万六千个。而且，在帝国首都城堡的西南部，有两座完全用头骨和石灰黏合而成的高塔，巍然矗立，向天空辐射着死亡的诗意。

没有鲜血，太阳和万物注定要毁灭，这个帝国的人们认为，自己的神圣职责就是通过战争来向神奉献众多的牺牲者。也许，他们之所以这样大量地消灭对手，完全是出于控制人口的目的？我这样想着。那么，他们又是怎样处理尸体的呢？我看到，当牺牲者被掏出心脏，他被人从祭台上扔向一个陡峭的台阶，尸体从上到下滚至一个场所，然后，一些老人把死尸割开，分给众人，战士们大摆宴席，欢歌载舞，大吃人肉。

这个国家有的首领家中养着几十名俘虏，以期他们长得又白又胖，在碰到喜庆之事来临的时候，就食用他们。这个帝国的战士们最喜欢的一道菜，是把人肉和胡椒、辣椒、西红柿一起烹煮。他们还喜欢吃人脑，我想，这也就是为什么我在广场上看到那十多万头骨的脑中已被掏空的原因。

我为人类这样身居残酷的环境，用残忍的方式对待同类而毫无怜悯感到难过。我试图将西班牙人的战争观描述给国王，但那个国王无法理解我。他告诉我，以太阳的名义进行战斗，并祭献战俘给太阳，让太阳喝到人的鲜血，是这个帝国能够生存下去的第一要义。

后来，我终于决定离开这个国家了。我告诉了国王，仁慈的国王派了一百人为我昼夜赶制一条木船，这年秋天，长达五十步的大船建好了。国王在祭台之上为我洗礼，举行了一个欢送仪式，这是一次不流血的活动。随后，整座城市里都响起了喇叭声，一条红布铺成的道路把我送上了大船。

在临上船的时刻，国王神色忧郁地告诉我，他得到了情报，说这块辽阔大陆的北面，印第安人部落的五十万大军正在南下，进行了半年征程，很快就要来袭击帝国了。在国王说这些的时候，我的脑海里依次闪现了帝国的神秘而又精美的石雕，那些堆满头骨的广场，那些沉积着乌黑瘀血的祭台和排血石槽，那些显示太阳神迹的日晷，那些高大的金字塔，庄严隐秘的庙宇，那些在祭司手上蹦跳的心脏和洒向太阳的鲜血。

离别的时刻我十分感伤，我敬献给那个国王一张地图，这是西班牙人对世界的新发现。而后，我登上了木船。船在海上航行了一天之后，第二天凌晨，几个配备给我的船员在船头发出了尖声的高叫，我连忙登上船头，这才看见，在离我们越来越远的帝国上空，有一条浓重的黑烟冲天而起，一些殷红的火焰腾空而起，船员们都跪在甲板上，大声地泣号，我知道，他们的帝国沦陷了，被印第安人攻占了，是印第安人放火焚烧了城堡。之后，在我们航行的两个白昼和一个夜晚，我们依旧可以从寂寞而又无比浩荡的大海上，看到那个太阳帝国领土上燃烧的白火焰和红火焰。

我们的船离岸越来越远，最后我们什么也看不见了，茫茫的海水和孤单的海鸟，在我们的视线里隐现与跃动，孤独和寂寞重新在内心里涌动。

后来，回到了西班牙，我把我的所见所闻写了出来，敬献给了西班牙国王。包括国王在内，没有人相信我的见闻，他们认为我完全是在胡扯，因为，我曾经遭遇过海难，完全精神失常了。他们说，人类不可能像野兽一样杀人，像我所描述的那样屠杀同类。最后连我也怀疑，我只不过做了一场梦，我看见的真的从来都没有发生过。

（原载于《西湖》2015 年第 1 期）

李渔与花豹

　　它是老年李渔养的一只花豹。李渔不仅养女人和家庭戏班子，还养了这只花豹。这说明，他喜欢女人和猛兽。在笼子里，花豹又一次睁开眼睛，看见了围住它的铁笼子的铁条，铁条之间的间距很狭窄，这使它感觉到不透气，目光变得迟滞，因为，它知道自己没有力量冲出去。后花园里的花香弥漫，这使它昏昏欲睡，使它感觉不到时间的流逝。

　　它刚才做了一个梦，梦见自己变成了一个人，变成了它的主人李渔。李渔原名李仙侣，字谪凡，号天徒，又号笠翁。梦见了自己变成了一个人，还是豢养它的主人，这使它很奇怪。因此，自从它梦见变成李渔之后，它就异乎寻常地意识到自己的特殊性，它能够看到自己身上花纹的变化如同谜语，这豹纹还如同某种流体，每天都在变化，像云彩，如河流、田埂和山峦的四季更替，在它的身上蔓延，延伸或者缩短，组合或者离散，总之，变幻无穷。因此，它可以想象自己就是大地本身。

在它的梦中，它梦到了李渔，那么，即使它身在笼中，也能够看见和经历这个人一生中的各个片段。李渔人生的这些片段，如同一叠压在一起的它身上的花纹一样流动着，变化复杂。一只豹子梦到了它的主人，这使它感到非常恐惧，同时又感到温暖。过去，它是一只健忘的豹子，对刚刚吃掉的食物都想不起来滋味，但是，它现在是一只有灵性的豹子，它现在想要想起来的，就是它是如何来到这个铁笼子里的。

因此，当它从变成李渔的梦中醒来时，看见自己身上那河流、田埂和山峦般斑斓的花纹时，不禁大吃一惊，因为，它弄不明白到底自己是一头豹子，梦见了一个名叫李渔的人，还是自己是李渔，醒来后发现自己变成了一只豹子。为此，在夕阳的余晖刺痛它的眼睛时，它感到十分苦恼，它就只好再次闭上眼睛，进入那持续不断的梦境中。

这个梦的时间开始于一六四四年，这一年，李渔三十三岁，在此之前，他去杭州参加了两次乡试，都未能成功。因此，当他听说这一年里北方的满族入主中原，并将很快南下的消息后，便放弃了继续参加科举考试的念头，绝望于功名。因为，战乱年代里，读书人的命运是最糟糕的，是最不知所终的。一开始，李渔举家迁往山中避乱，后来，因为山中生活不便，加上一场突然发生的山火，他又不得不带着家眷和跟着他的一些歌女舞女，从山中逃了出来。

这只花豹为自己梦见变成了李渔而疑惑，事实上，李渔后来一直为顺治初年浙东青山中的那场大火而疑惑不已。

那场山火是突然烧起来的，起因是他的出门捡拾柴火的妻妾二人惊慌地逃进家门，说，她们看见了一只花豹，一只色彩艳丽的、浑身如同着火了一样的花豹，在山前屋后溜达，并对她们虎视眈眈。李渔听到这个，拿起宝剑，大胆走出房门，忘记了这是一把他的戏班子经常演出的时候使用的道具剑。这时候，山中正是夕阳斜下，橘黄色的阳光将深秋的山林洇染得一片辉煌，仿佛天空都在颤抖，又仿佛整座山林都在燃烧。他仗剑向屋后的树林寻去，没走多远，就看见了那只花豹。

那只豹子是一只有金黄色火焰花纹的花豹，它正蹲伏在那里，用目光盯着李渔。李渔毫不畏惧地向它走去，他们就这样相遇了。在此之前，李渔从来也没有想到过自己会和一只花豹对视，因为它可能要危及他和他的家人的生命。在这种意义上说，这只花豹甚至比入关的清军所带来的威胁还要巨大。

在那个夕阳斜下的傍晚，他和一只花豹对视着。他们都没有退却，彼此都很勇敢，除了勇猛、戒备和恐惧，他们没有从对方的眼睛中读到更多的内容。他们就这样对视着，直至山林中暮气升起，大地因太阳落山而显得阴暗，他们的影子像一滴墨溶入了更多的墨的时候。天色使得李渔看不到豹子了，正在这个时候，山林中烧起了花豹的花纹一样的大火，而那只花豹子，在与他面

中，人间悲剧和喜剧交替上演，各种因缘际会发生在一个人那长长短短的旅途中，并以巧合和因果报应结束。《肉蒲团》则是一部奇怪的作品，初看之下似乎是劝诫人不要沉溺于肉欲，但是读者将随着小说中的主人公未央生一起经历一次肉欲的狂欢和狂迷之后，才获得一种大彻大悟，而在这个过程里，我们看到的，是一个淫荡的狂徒的纵情声色、毫无节制的性生活，细节突出，会引起读者的淫欲冲动，所以印行不久，就被某些道学之士给举报到官府，经过调查和李渔及其朋友的斡旋，这本书以官方调查上报为"此书并不是李渔所作"而作罢。

因此，李渔将更多的时间和精力，放到了自己的戏班子的演出上。因为演出是最好的商业、社交和娱乐活动。那段时间，经常有人跨省来请他的戏班子前去演出，因而，李渔可以拿到数目可观的赏赐和报酬，因为，他和他的家眷、家庭戏班子，一共有几十个人要依靠他生活，开销很大。

总的来说，有时候李渔的日子过得很富足，有时候，他又贫穷得身无分文，还要借债度日。但他的三十多个妻妾、仆人、子女、婢女、演员，都对他不离不弃，怎么样都要跟着他。这样的情况，使李渔对他周围的人充满了责任感，他不得不广开财源，自己印刷书籍出售，包括《闲情偶寄》《李笠翁批阅三国志》《新刻绣像批评金瓶梅》等著作。这样，他举债的机会减少了，演出费、出版印刷业、书画润笔等收入多元化之后，他就能够维持家庭的运转了，过着繁花似锦的热闹生活。

……花豹又一次睁开眼睛，它看见，有仆人用一根木杆挑着一只山鸡，扔进了笼子。这是它的食物。对于食物，自从它被关进笼子，它的食欲不振，胃口已经越来越小了，所以，它并不去理会刚刚送来的山鸡。它仿佛从空气中嗅闻出了一种熟悉的味道，那是一只母豹的气味，这一刻，花豹格外想念它的配偶。但母豹又在哪里呢？它又闭上了眼睛，通过想象去接近那时间中的母豹，就这样，它却又再次进入了对李渔的回忆。

李渔写过一本情色小说《肉蒲团》，说的是一个读书人未央生在与六个女人发生了肉体关系，纵欲之后，悟出了人生哲理，从肉欲中升华了。这本书因为性描写的细腻，被称为淫秽小说之首。但李渔虽然好色，却不淫。他在对女人的品赏方面，有着绝佳的品位。比如，在他的《闲情偶记》中，他就写到，初次与处女发生性关系时，千万不要伤害女人的感觉，因为，初夜对女人的意义非常重大，一定要小心翼翼。

但李渔和女人的关系十分复杂，他喜欢女人，也拥有很多女人。因此，当豹子又梦到了李渔和他的女人在一起的场景时，不禁就想到了自己和那只母豹的第一次交配。据说，豹子并不是可以随时起性的，它们都有自己的发情期，不像人，在成年之后的几十年中，随时随地都可以性交。花豹想起自己那一次和那只母豹的性生活时，既感到了甜蜜和忧伤，同时又感到了痛苦和畏惧。那是一头年龄比他大的母豹子，它们交合在一起时，费了很大力气，母豹子甚至还咬伤了它，但它最终还是进入了母豹子的体内。据说，公老虎的生殖器是带倒刺的，在交配中倒刺会使交配中的母老虎靠得更近，那么，公花豹同样也长着带倒刺的生殖器，它钩住了母豹子的阴道内壁和靠近子宫的肌肉皱褶。而母豹的不合作，也加剧了它们之间的痛苦，在拉扯中，它生殖器上的倒钩被扯掉了，留在了母豹的体内，而母豹则号叫着，消失在了丛林中。

李渔公开宣称自己好色是在南京，他与很多女演员、乐师，以及秦淮河边上的艺妓都有一手，他像一把巨大的茶壶，不停地向那些女人身上玫瑰色的小茶杯里倒水。此外，李渔对情爱是持开放态度的。对他的戏班子里的同性恋，他也很理解和欣赏，可以说，是他把他们中的一些人发展成了双性恋。他无微不至地关心和爱护着跟着他的每一个女人。在豹子的梦中，李渔像一架精力充沛的机器，一边领着他的戏班子四处游走，赚取演出费，一边写下了大量的诗文、杂著、戏剧和小说，还编定与评点了几部历史著作，印刷出版，获取了不菲的金钱。同时，李渔身体健壮，他不停地向女人那两腿之间的玫瑰茶杯倾倒爱液，他的生命力在那些年，完全释放了出来。

当然，每个人都有自己的命运，每只花豹也有身上的花纹全部消失的时候。李渔终将走向他人生的衰败期。一六七六年，也就是康熙十五年，他送儿子回乡参加童子试时，再一次看见了故乡的山水，突发思念故乡之情，两年之后，他由金陵移家到了杭州，在云居山的东麓，过起了隐居生活。

当花豹的梦向结局挺进的时候，它势必将与李渔再次相遇。史书上记载，李渔在一六八〇年死于贫困交加，但花豹的梦则提供了另一种可能性。

那仍是一个黄昏，李渔拄着拐杖来到云居山中散步，在夕阳余晖中，再次和一只花豹相遇，这只花豹像一块石头那样卧在灌木丛中，李渔有些老眼昏花，走到了很近的地方，才看见了它，这让他吃了一惊。他以为自己是身处梦中，一瞬间，他回到了一六四四年清军入关那一年他曾经和一只花豹相对，但他发现，这一次不是，因为豹子明显不是上次那一只，这一只要更大，身上的花纹也更像夕阳中的火焰。他和豹子就那样对峙着，谁也不后退一步，仿佛都要证明自己勇敢似的，直至黑夜像一张大网一样降临。然后，花豹温柔地、乖顺地来到李渔的身边，任凭李渔抚摸它身上火焰色的花纹。

李渔就豢养了这只豹子。他把它关进了铁笼子里，让它每天做梦。李渔也在日渐衰老，并且和花豹在梦中相遇，互为彼此。李渔梦见的，是自己和一只母豹的交配以倒刺的损害导致了身体疼痛而告终。

后来，某一天的傍晚，一场大火点燃了云居山的半个山麓，四周的人都去上山救火。他们看见了一只在火焰的包围中奔突的花豹，并抓住了它。但谁也没有找到李渔，连他的骸骨也没有，但花豹十分清楚，那场大火不过是一个梦，就像它身上的花纹一样是流动和难以捕捉的。现在，它可以安详地闭上眼睛，继续做梦了。梦见它变成了自己的主人李渔，并再次经历了他全部的生活。

（原载于《西部》2015年第4期）

鱼玄机

鱼幼薇，鱼幼薇，我非常爱你！李亿一边用手测量着她的三围，一边发自内心地说。对于这一点，鱼幼薇——鱼玄机是心领神会的，她的身体花枝乱颤，迎风摆柳，迎合着李亿的手的探索，带出了一阵阵娇羞的呻吟。

那个时候，鱼玄机还叫鱼幼薇，还不叫鱼玄机，是李亿后来将她不得不休掉后悄悄送到了咸宜观，才给她改了名字，叫作鱼玄机。

李亿是一个才子，他娶了江陵的名门望族裴家女子裴氏为妻，这次来到长安是补缺任职。裴氏在长安也有很多亲戚，她性格强悍，常与他吵架。这次来长安赶考的书生很多，不少人请李亿辅导，考试完毕，考生们在长安城内游玩散心。

每年赶考完毕，考生一般都要在长安潇洒走一回，在龟兹人开的卡拉ＯＫ厅里唱歌，在红灯区跳贴面舞，进行木盆香草美人共浴和上床，大吃波斯美食和长安小吃。考生们一边吃着喝着，一边都会向街上匆匆走过的唐朝胖美人行注目礼。长安那时候可是一个国际化大都市呢。老外的人口约占长安总人口的百分之二十。因此，李亿骑着一头驴子也想出门散心，驴子把他带到长安城的红灯小巷时，他自己都还没有意识到呢。

"这么多红灯笼，这么多女人都在用星眼流眄瞄我，送来一阵阵电波，电得我胸口直疼！"李亿心里想。他的眼睛放出了光彩。他一扫心中的阴霾，并且用力地用左脚磕了磕驴子，驴子心领神会地带着他向香怡园而去了。

需要说明的是，那天晚上李亿并没有遇到鱼幼薇，他在香怡园碰见了来长安赶考的老友们。每个人都搂着一个妞儿，打算醉卧长安，长卧花丛。诗人花子虚笑着对李亿说："我每次来考，不过是为了这条街上我的妹妹们，李亿，你是幸运啊，娶了名门望族裴氏，又来到长安补缺，混上了一官半职，有了俸禄，不用像我们这样要去考试来博取功名啊。我是没有脸回去见天天磨豆腐的老婆了。"

这触到了李亿的痛处，是的，虽然如今来到京城长安居住，他还有一个凶悍的老婆裴氏。裴氏在这里有很多亲戚，因此就有了很多耳目，这使李亿心情十分恶劣，他问他怀里的女子："你叫什么？"

"我叫藕香。我家穷，父亲过去是个刀笔小吏，但新近县衙门机构改革，我爸爸离了岗，天天在邮驿站代人写信，生意不好。现在，烽火连三月，匈奴人入侵，总是觊觎我大唐江山，可仗还没开打，没有出征的战士，写信的人就少了。母亲在一家染坊帮工，染的布也卖不出去，前年还突然中了风，一下子偏瘫了，弟弟充了军，镇守边关，可总是让家里捎些银子去，奴家本来冒充男孩，都快把乡塾读完了，却被发现了，父亲接连欠了几笔债。一个月前，就把奴家卖到这里，入籍为娼了……"藕香呜呜地哭了起来。

"莫哭，莫哭！"李亿有点儿心烦意乱。每一回召妓，听到的总是这一套，也不知是真是假。但这一回，他动了恻隐之心。他想，假如我能救一个风尘女子出这水火之地，岂不是积了德？可他对藕香有点儿不满意，觉得她的姿色和技艺有点儿低。而且，头脑简单。这一点，他认为这个女子远不如他家里的凶悍老婆裴氏，起码，裴氏是家族势力很大，对他今后为官很有帮助啊。

多年以后，当李亿展开一张白色丝绢，读到鱼玄机写给他的一首诗时，昔日那种美妙的爱意早已灰飞烟灭了。但这并不能说明当初他的感情就是假的。李亿后来明白了真爱就是互相伤害，像两把刀砍在一起，你中有我，我中有你，一拨开，你有残缺，我也有暗疾了。

那首诗全文如下："山路崎斜石蹬危／不愁行苦苦相思／冰销远涧怜清韵／雪远寒峰想玉姿／莫听凡歌春病酒／休招闲客夜贪棋／如松匪石盟长在／比翼连襟会肯迟……"

李亿被一些考生作为老师邀请，一起玩耍以答谢他。再过些日子，考生们就要回乡了。所以，李亿会落寞许多，他的心情格外糟糕。唐代很开放，尤其是娱乐方面，对官员也没有特殊的管制。所以，即便这几天他已连续和藕香、银莲、春梅、夏祺、灵珠过了夜，但他总觉得缺点儿什么。他一直在想。

"激情！是激情！我缺乏一种生活的激情！"他忽然喊叫了起来。

这一天他下班之后，把书童打发走，又一个人骑着驴子向红灯巷而去，还打着刚刚吃过的羊杂汤的饱嗝，有些消沉与颓废。驴子把他带到了红灯笼一条街，那些铺设来的灯笼光，又把他带入了一种飘飘欲仙的境地。他想随便挑一家妓院进去乐一下。而这时，有一群惹眼的人闯入了他的眼帘。

这一群人，有男有女，说说笑笑，推推搡搡，旁若无人，从内走出。其间尚有两名女子，一着白衣，一着红裙，红白相衬，十分扎眼。李亿定睛一看，男男女女，有几个他也相识，其中就有诗人花子虚。在花子虚边上，迎风摆柳，那个穿红衣的女子长得十分漂亮：一双大眼，三层眼皮，忽闪一下，跌一跟头，瓜子脸型，线条柔和，小嘴樱桃，笑不露齿，星眼流眸，云鬓高高，鼻尖纤巧，步态轻飘，衣袂飞动，凌波微步，香汗微出，通体舒展，娇羞一笑，百媚千生。把个李亿都看呆了。李亿看到了她，之后就怔怔地站在那里，一步也挪不动了。

事后，鱼玄机回忆了那次她和李亿的初次见面："那个白面书生会是谁？他怎么看上去有一点儿颓废，有一些迷茫，把头四处望，却不知向何方？他的身材有点儿瘦，形销骨立，形单影只，站在风中，独钓红灯巷，却为何，不见身边美人陪？莫非是，失去了心上人，或是考场失利，欲寻短见，走错了地方，来到了这灯红酒绿的烟花巷？"

她和他一刹那的目光对视，双方都被电击了一下。蓦然回首，那人正在灯火阑珊处，说的就是这种感觉。事后李亿对鱼玄机说："当时，我就感觉到要和你发生些什么了，你这个女人，将进入我的生命！"

花子虚叫道："李亿，你发什么呆啊？还不过来见过各位仁兄和大美女！长安诗派的朋友李霖、王昌贵、谢岳歧、董子叔、令狐宁，你都熟悉。这个女诗人不认识吧，人家可是鼎鼎大名的啊！哈哈，怎么，目光直勾勾看着人家小娘子，太不礼貌啦，对不对，鱼幼薇鱼姑娘？"

"我也算是个诗人吗？虽然小女子我的确是写了几首诗呀。"穿红衣裙的女子反问道。她对李亿粲然一笑，说这话间，目光一点儿也没有离开李亿，却用手轻推了一下花子虚，怪他言语莽撞。

多年以后，当李亿回忆起这段感情的时候，他的表情沉痛："我真的没想到女诗人这么难缠，我真的没想到和女诗人谈恋爱这么费劲儿。她搞得我精疲力竭！我甚至对感情都不太感兴趣了。全怪她，这个女诗人怎么对我有这么大的打击？"

那次李亿和鱼幼薇相见之后，真是恨自己为什么没有早一点儿见到她，白白在红灯巷的烟花女人那里费了不少工夫。鱼幼薇是一个才女，李亿后来才知道，她出生在长安一个穷苦人家里，母亲靠在妓院旁边给欢场女人洗衣服为生，让鱼幼薇也从小就知道了风月场的事情。后来，这鱼幼薇竟然有了很大诗名，原因在于，著名诗人温庭筠慕名前来拜访鱼幼薇，给她出了一个诗题《江边柳》让她做，结果，年仅十二岁的鱼幼薇立即吟诵道："翠色过荒岸，烟姿入远楼，影铺春水面，花落钓人头……"

温庭筠当时是四十多岁的男人，虽然相貌奇丑，人称"温钟馗"，但是诗才很高，诗名远扬，现场听到十二岁的鱼幼薇做出这首命题作文，七步成诗，简直是服气极了，拍手称快。他就给鱼幼薇当了老师，辅导她写作。

鱼幼薇的成长也很迅速，写下了很多好诗篇。有趣的是，她和温庭筠的关系一直是柏拉图式的精神恋爱，从来没有肉体亲昵，这一点，也是温庭筠把握得好，虽然情窦初开的鱼幼薇多次要献身于他，但他还是发乎情，止乎礼了，两个人并没有肉体关系，只留下了美名和两个人唱和的优美诗篇。

最近一年多以来，十六岁的鱼幼薇名声更大了，和长安诗派这一干诗人才子往来密切。她天资聪慧，写诗填词，才华卓然，加上她容貌姣好，从小就能歌善舞，因为母亲给妓院帮工洗衣服，她熟悉妓院，决不当妓女，练就了一副好身材，学习了一身好舞蹈，光靠给达官贵人唱歌跳舞，就能过上很好的生活。眼下，她很想找个好男人把自己嫁了。但她认识的适龄青年，要么早已三妻四妾，要么家人不满意她的出身，鱼幼薇正苦苦地等待着她的梦中情郎出现呢。

"他应该有才气，家里不必有太多的钱，但能维持家用。已经有一个老婆倒也罢了，我可以做妾，可我一定要掌握主动权，在爱情中一定要占上风，因为爱情是一个跷跷板，必须有人占上风。他一定要体贴我，家里有大院子是最好的了，我可以种上些花花草草，陪他赏月、饮酒、作诗。他不要太胖，不要长胸毛，有一点腿毛是不打紧的。他的眼睛最好要大，是双眼皮，他要是还能舞剑，是再好不过的了……"鱼幼薇盘算着她未来相公的标准。

而李亿，正好符合她的这一标准！

"那天，仿佛如电光石火一般，我腰间佩着的宝剑发出了一阵鸣响。那天，在红灯巷的相遇，决定了一次伟大爱情的诞生。我和长安诗派的众位诗人打了招呼，便一起去饮酒。那天的月光很好，我乘兴舞了一套剑法，在月光下是衣袂飘飘，端的是占尽风光。我用余光看鱼幼薇，发现她的眼睛都有些湿润了。"李亿后来如此回忆道。

那天，鱼幼薇看到李亿的剑术如此漂亮，当下也舞了一会儿剑，她耍了一套"峨眉剑"，轻柔流畅，在月光下红衣飞舞，十分漂亮。当时，很多女子都会舞剑，大诗人李白就经常"三杯拔剑舞龙泉"。

盛唐时期，还有一位女子剑术家公孙氏，大诗人杜甫曾看过她的剑术表演，如此描绘道："昔有佳人公孙氏／一舞剑器动四方／观者如山色沮丧／天地为之久低昂／耀如羿射九日落／矫如群帝骖龙翔／来如雷霆收震怒／罢如江海凝清光……"

花子虚见鱼幼薇舞剑，摇头晃脑地背起了杜甫的诗句，这边李亿已按捺不住，持剑跳入场中。两人一白衣一红衣，舞成一团。这一回，两人舞了一回"三合对剑"，一招一式，形端劲道，纵横挥斥，流畅无滞，奔放如醉，乍徐还疾，柔和氤氲，连绵不断，当真是珠联璧合，对影成双。旁边那长安诗派的众诗人观二人舞剑后，一个个诗兴大发，当天晚上又一起吟诗作画，十分尽兴。

"我们越靠越近了，我们的心越贴越近了，我们之间有一种缘分……"李亿和鱼幼薇双双坠入爱河。两天以后，他们就上了床，进行了一番缠绵——这一番缠绵，折腾了一夜。李亿施尽了浑身解数，叙绸缪、曝鳃鱼、蚕缠绵、龙婉转、鱼比目、翡翠交、鸳鸯合、空翻蝶、背飞凫、临坛竹、凤将雏、海鸥翔、野马跃、马摇蹄、白虎腾、偃盖松、吟猿抱、三春驴等十八式，每回把个鱼幼薇弄得直告饶："亲爱的，你饶了奴吧，慢些搞，亲爱的你好猛烈啊，我、我又丢了……"

两人剑也舞了，诗也互相赠了，床也上了，接下来，怎么办？李亿忽然害怕和迷惑了，"我家里那个裴氏，虽然出身名门望族，但天天倒也给我斟茶捏脚，虽不像花子虚的老婆那样给他磨豆腐，供他专心参加考试，但我老婆也不错，对我在外面如此快活，也不怎么管。但如今有了鱼幼薇鱼姑娘，我的新的激情和爱情，我该如何处理这两人的关系呢？裴氏是我结发妻子，可这鱼幼薇，也是我的心上人，最好娶进家门。但自古水火不能相容，我是了解我夫人的脾气的，我如何把这事处理得更好呢？"

鱼幼薇一边穿衣服，一边看到李亿有些愁眉苦脸，就问他有什么心事。李亿不再隐瞒，从实招来。鱼幼薇笑了："这个问题好办，我愿意做你的妾，只要你愿意娶我，我就跟你回你的家乡，和裴姐姐好好相处就是了。"

鱼幼薇的回答令李亿一扫心中的担忧。几天后，他们一起回到了李亿的家。

李亿的心里一直有一个梦想："去长安郊区，最好是去华山脚下创造一个爱情的伊甸园，一个男人一妻一妾，两个女人和谐相处，她们亲如姐妹。这个梦想马上就要实现了。我已经有了一个名门望族的原配夫人，我又娶了一个才貌双全的女人做妾，我的伊甸园，眼看着就要成了！我还要写好多好多的诗篇，把剑术再练精一些。而且，弄一个沼气池子，用沼气来发电。这样，村里再也不用煤油灯了，读书的孩子可以用沼气灯来阅读古诗了。把那些大粪都利用好！"

"过来娘子，过来夫人，我来给你们引见一下，从此以后，就是一个屋檐下，同是一家人了，咱们创办一个精神与物质的伊甸园，和和美美过日子吧。夫人，这些年来你辛苦了，这一次，我考得比上一次强多啦！"李亿回到家中，向裴夫人介绍自己新纳的妾——才貌双全的鱼幼薇。

两个女人初次相见，就像平静的水流下暗藏着凶猛暴跳的激流。她们彼此细细打量着。一个心想：这个骚狐狸，凭着她的姿色和那么点诗才，就想迷住我相公，看我怎么慢慢收拾你！要你知道温水煮蛤蟆和热带风暴的威力！另一个心想：这女人，人老珠黄，虽然出身名门望族，但自己都变成豆腐渣儿了还不知道，有雀斑又是平胸，单眼皮也不知道找高丽人整容，怪不得相公不喜欢你！

李亿在一旁见两人相见，心中窃喜，盘算着这伊甸园算成啦！我可以去华山脚下，营造田园生活，自由写诗和搞沼气发电啦！

"你要学会斟茶捏脚，你要学会舞剑和写诗。"李亿分别向鱼幼薇和他的原配夫人吩咐道，"总之，你们要好好相处！"两个女人的嘴角都挂着微笑，缓缓点头。作为两个茶杯，她们一同向一个茶壶致敬，她们都盼着这个茶壶在晚上向自己的单独的杯子里多倒些爱液呢。事实上，她们已经暗中较上劲了。

他们三个人在华山脚下租了一个农家院过生活。有一天，李亿骑着驴子从华山上采薇回家，一进门，就发现家里乱作一团，原来，裴氏和鱼幼薇打了一架。鱼幼薇在裴氏的房间里发现了一个小布人，小布人身上缝了几个字："鱼幼薇"，小布人身上已经被扎了许多根针。这可是放蛊。

"她天天用妖术咒我死呢！呜呜呜，怪不得我浑身刺痛，开始我还以为是对这里的水土不服呢，我的月经也不调，每周都要来一点红，现在明白了，全是你这个恶毒的大老婆在作怪！呜呜呜，相公，你可要给我做主啊！"鱼幼薇一头扑到李亿怀中，娇哭不止。

李亿安抚了半天，这事儿才算过去。但自从他娶了鱼幼薇回来，这家中便无宁日了，两个女人是五天一小架，十天一大架，把个李亿吵得诗书也读不进去，采薇也采不着了，建沼气池的事因人手不够，搜集不到足够的大粪而暂时搁浅，他更加苦恼了。

"真是雪上加霜啊，原以为娶了一个才貌双全的女人，加上我的名门妻子，两相宜，哪知道弄了个鸡飞狗跳！我的家，哪里像是个伊甸园？我的那个理想家园，在哪里？在哪里？"李亿独自对月长叹。

几个月下来，李亿发觉鱼幼薇不是一个省油的灯。她是一个很有个性的女人，她的要求也特别高，吃、穿、用的，都要好的，化妆品必须是咸阳名牌才可以。在精神生活上要求也特别高，今天要和李亿一起去挖地菜，明天要和李亿一起去踏青，后天要去放风筝，还在风筝上题诗，"把它们都放飞到蓝天中去"，害得李亿没有时间去搜集足够的大粪来进行沼气发电。三个人争吵、和解，再争吵、分手，再聚首。

鱼幼薇还喜欢赌气，已经出走三次了，每次出走几天后又回来，如此把个李亿折腾得筋疲力尽。

他们分手的导火索，是鱼幼薇的红杏出墙。裴氏看到丈夫领进家门的女人夺走了丈夫的心，不堪羞辱，一怒之下，跑回了长安娘家。

也是在这一天，有一个行吟诗人叫白不居，是个白面小生，路经此处，碰见了鱼幼薇，而鱼幼薇在情感上得不到李亿全部的爱，或者说李亿不能满足她全部的要求，她一赌气，跟着白不居一走了之，私奔了。

李亿回来，听村里人说鱼幼薇跟一个小白脸跑了，立即骑着驴子追赶，追上后拔出剑和白不居打了起来。几个回合，白不居的发髻就被李亿一剑削掉。白不居的小脸当时就更白了。他一下子跪了下来："爷爷，李爷爷，您就把我当个屁放了吧！这个女人我根本就不想勾引她，是她自己要和我走的，这不怪我啊！"说着话，他磕头如捣蒜，连鱼幼薇看着都脸红，后悔没长眼睛，竟然和他这个懦夫私奔，最后，她不得不和李亿回到家里。

一进家中，发现原配裴夫人回娘家了，李忆又赶到了丈母娘家。进了门，发现裴氏在房梁上挂了绳子，正在上吊，李亿挥剑将绳子砍断，上前一探鼻息，发现老婆还活着，又是揉胸，又是口对口进行呼吸，终于把裴氏救活过来。老婆醒转，第一句话就是："相公，多谢你救我，对不起，上吊之前，我吃了不少大蒜，这一张嘴，把你熏着了！"

　　一句话，说得李亿泪雨涟涟。心想，还得是原配、结发妻子裴氏好啊！她忠心耿耿、任劳任怨，天天给我捏脚斟茶，让我安心读书写诗，我娶了妾之后，爱情旁落，冷落了她，伤害了她这个原配。从那以后，李亿便天天和原配圆房。

　　一周以后，李亿给鱼幼薇写了一封休书，这休书是给裴氏看的。他将鱼幼薇放入咸宜观，还给了道观一笔不菲的灯油钱，意思是要道观照顾好鱼幼薇，并给她起了一个道姑名：鱼玄机。鱼玄机于是伤心而去，进入了咸宜观。

　　"李亿，你我尘缘已断，这是昨日做梦，花仙子告诉我的，也许，你觉得我的要求太多、太高了，我们之间的感情经过了几次折腾，已经太脆弱了。这个家再待下去，对你对我都不好。我和裴姐姐相处不好，甚至到了你死我活的地步。我多盼望得到你的抚爱，像过去好多狂暴的日子，可眼泪把枕巾都打湿了，从黑夜一直等到东方显出鱼肚白，伸手向旁抓，一把空空也，你也没有回来。我摸着自己的身体，独自向隅泣。我知道，我们的缘分尽了。现在你狠心休了我，那我走了，只有这样才能让你我的心情恢复宁静。珍重！"鱼玄机也给李亿写了一封绝交信。

　　天明之时，李亿展开鱼玄机托人带来的白绢信笺。他悄悄读之。虽和裴氏从精神到肉体都贴近了些，但休掉鱼玄机，她的离去仍令他肝肠寸断，潸然泪下。他知道，鱼玄机的心已经死了，她这一走，自己恐怕永远也见不到她了。后来他带着裴氏远走他乡，去扬州当官去了。

是的，鱼玄机这一走，就决定再也不见李亿了。她最开始对李亿的期望很高，她是一个读过书的女性，想得多，要求得也很多。后来发现做二房的难处。一个茶壶可以倒好几个茶杯，这完全是男权主义那一套！而且，李亿虽是一个二流诗人、三流剑客，但他整日忙于采薇（也不带上我），搜集大粪，用沼气发电，根本不管她内心里的女性主义是如何萌芽的，心里是怎样想的。这次失败的婚姻对她打击特别大，她真的是有些心灰意冷。所以，她被休掉以后，也像娜拉一样出走到了道观里。

可娜拉出走后又怎样呢？从古到今，有多少个娜拉出走了？结局如何？谁做了详细的统计没有？告诉我！

鱼玄机在咸宜观出家，当了一个道姑。唐代的尼姑庵和女道院是妇女的避难所，就像最近一个美国学者发现，中国的麦当劳快餐店里经常有单个的女人待着，只要一杯饮料，坐在那里发呆，他发现，原来，当代中国妇女没有过多的公共场所可以待，就只好待在快餐店里发呆了。鱼玄机与一些官人、文人雅士有过几段风流韵事，但她再也没动过心。在长安城，曾有描写她的生活的《女人的一半是两个男人》《菩提子》《常春藤》等在坊间颇为流行，但当有记者去采访她，她什么人也不见，什么话也不想说。渐渐地，她也变得神色消沉，情绪低落。

　　我一开始来道观的时候，非常消沉。我没想到婚姻是这样子的，我几乎万念俱灰了，但后来，道观中自由自在的冥想生活，让我恢复了生命力。在咸宜观中，既有虔诚信教的女子，也有走投无路的寡妇和被休掉的女人，也有一些不愿再当妓女的女子，真的是良莠不齐，什么人都有。而且，在道观中，我们还可以以盛宴和狂欢来招待一些客人，我还能出门和男人幽会。正是在一个酒会上，我认识了他，那是我来道观第三年的事儿了……（摘自《鱼玄机：实话实说》）

　　"苦思搜诗灯下吟，不眠长夜怕寒衾。满庭木叶愁风起，透幔纱窗惜月沈……"

　　"枫叶千枝复万枝，江桥掩映暮帆迟。忆君心似西江水，日夜东流无歇时。"

　　在咸宜观中，每当观中的桃花、杏花一起盛开，鼓儿、铙儿一起响的时候，鱼玄机芳心寂寞，心如枯井，就写些诗怀念自己的情人和过去的爱情生活。在她的梦中，过往生活的影子交替出现，所有的场景是重叠的。有一天，她偶然走进了道观中放香火的地穴，发现了一个时间圆环。

　　时间圆环不仅是时间。如果你穿过时间圆环，那就能够看到所有的时间和空间，所有的现实和幻象，没有开始，也没有结束，没有最大也没有最小。在鱼玄机进入的那个时间圆环中，她看见了所有女性的生活，从茹毛饮血时代的群奸群宿，到母系氏族社会的有妈没爹，再到奴隶社会的女奴买卖，又到封建社会的妻妾成群，又到当代社会的私立妓院，再到资产阶级的换妻游戏，还有美国大学中的女权运动与同性恋，中国的女性主义和女同性恋，与男性性用具、女性自慰器、振荡器的生产链条。一瞬间，鱼玄机透过漫漫长河，看见了人类中所有的女性形象和命运，生活与情感，物质与精神。她泪如雨下。

"咸阳桥上雨如悬，万点空蒙隔钓船。还是洞庭春水色，晓云将入长阳天！"忽然，一个白衣男子，羽扇纶巾，谈笑俯仰之间，诵出一首温庭筠当年写的诗，把鱼玄机一惊。她抬头一瞥，这一瞥之下，两个人目光相遇，各自心头又是一震。

多年以后，当鱼玄机面对行刑的刀斧手，又想起了那个雨雾弥漫的下午，在咸宜观和诗人陈韪相遇的情景。当时，她的心怦怦乱跳，那种久违了的爱的感觉又回来了。被李亿消耗掉、遮蔽掉、掩埋掉、忽视掉、撕裂掉的感情，又重新燃烧起来了，她和他都感到自己将再次坠入情网。

陈韪是一个风流才子，出身富裕家庭，放荡不羁，喜欢忘情于山水之间，酒肆之内，红灯巷里，石榴裙下，女人丛中。他第一眼见到鱼玄机，也是在雨雾弥漫的女墙之下，只觉得这个女子好特别好特别，别有一番味道在眉梢。陈韪有一个理论，那就是：一个女人是什么样的，从她的眉眼就可以看得出来。

"她，一定有过一次刻骨铭心的爱。她，一定有很高的情感诉求。她，一定对自己作为受压迫的女性地位有所反抗。但是她，却受到了挫折。总之，她是一个受伤的女人。因为，她长着一双柳叶眉，这种眉毛，迎风才能摆动，随波就会逐流……"陈韪暗自盘算。

两个人从相识到上床统共不过三天时间。由此可见，两人都是那种有激情的人，性情中人。鱼玄机自从和李亿分手后，已经几年没有性高潮了，这一次和陈韪在一起，又燃起了她体内的欲火。她的生命中有不少男人作为过客，但和陈韪，似乎激情四射。有一次，两个人狂暴地做完爱，她高潮迭起，不断"丢了"，然后哭了。

"走四方，路迢迢，水长唱，汉宫春，照渭滨，无言语，是老臣，香不灭，丝难绝，梦不归，连天草，客恨多，一曲歌，洞庭波，非昔日，梦不成，夜云轻，潇湘去，月自明，似有情，得同行，分头处，一夜声，主人家，清露沙，入云斜，荞麦花，在天涯，山杏花……"

陈韪诗兴大发，鱼玄机意乱情迷。刚好晚唐兴起了旅游热，两个人也双宿双飞，走遍了名山大川，他们上了华山，在峭壁上锁了个连心锁，到了青岛海滨，共同捉放了一只百年海龟，山盟海誓，海枯石烂，过了一段有情有义的生活。

　　我后来懂了好多道理，那就是，一切都是过程，只要曾经拥有，哪管什么天长地久，拥抱到天明，就已经很多。所以，我和陈韪热恋一年，走遍了祖国的好河山。可曲终人散，我收不住这个花心郎，当年是我把李亿弃，今朝是他把我摧残，这到底是哪般风月轮流转？男权社会真讨厌，我又重回咸宜观……（摘自《鱼玄机：实话实说》）

　　在道观里，她从不想向任何人提起，陈韪竟然和她的侍女绿翘发生了肉体关系，趁她不在的时候。她气坏了，因为现场捉奸了。陈韪慌忙逃走了，就像他本来就是她生命中的过客。鱼玄机愤怒至极，她对绿翘进行了拷打，即使绿翘不断告饶，她也不停下来，内心的妒忌驱使她打死了绿翘。

　　这一下，打死绿翘，麻烦大了。她慌乱之下，将绿翘埋在了道观后面的花园里。然后过了几天之后，她向官府报告了绿翘的失踪，说她跟一个男人私奔了。绿翘的亲戚找了一段时间，发现所有的可疑线索最终都指向了鱼玄机，认为鱼玄机是绿翘失踪的知情人，甚至是犯罪嫌疑人。官府派人立即对道观进行了搜查，结果在后花园的新土堆下，发现了绿翘的尸体。她因为殴打侍女绿翘致死，三个月之后被刑部判处了死刑。

　　这就是鱼玄机的无可抵抗的命运，一个才女的悲剧命运。往事纷至沓来，她没有向任何人讲述她看见的那个时间圆环中女人的悲惨历史，正是时间圆环让她顿悟了一切，看透了世间女人的一生。

多年以后，当年仅二十六岁的鱼玄机面对行刑的刀斧手时，她在内心背诵起她写给李亿的一首诗："……虽恨独行冬尽日，终期相见月圆时。别君何物堪持赠，泪落晴光一首诗。"这时已是冬天，这个早晨别有一种枯瑟和寒冷，她看见了咸宜观屋檐上的冰柱，流出了眼泪。

刽子手仔细地量了量刀和她头颅的距离，准确而迅疾地砍下了她的头。

（原载于上海文艺出版社 2016 年 3 月版《十一种想象》）

安克赫森阿蒙

一

我是安克赫森阿蒙，我最开始就叫安克赫森阿蒙，后来，我夫人名字被改成了安克赫森阿吞。我有一个同父异母的弟弟，他叫图坦卡蒙，也被改成了图坦卡吞。

再后来，发生了一系列变故之后，我们又再次改名了，我改回了安克赫森阿蒙，我的弟弟则改回了图坦卡蒙。我们改动名字的过程，就是我的生命中发生了很多重大事件的过程。

我们为什么被改了名字呢？这要从我们的父亲阿蒙霍特普四世说起了。

我的父亲血统尊贵，是埃及的法老，是上埃及和下埃及，是尼罗河两岸以及南边和北部地区广大和肥沃土地的唯一的统治者。北部到达了一个叫叙利亚的地方，南部听说到了尼罗河第四大瀑布。这片广大的土地，是天神眷顾的大地，法老则是它的主人。东部到达努比亚地区，西边则是广阔的沙漠地带利比亚，这些地方都由我父亲、伟大的法老统治。实际上，是我的祖父阿蒙霍特普三世的功绩，使得埃及如此广袤繁荣，到处都是肥沃的土地，而对外战争的胜利，也使得南北东西方向上的那些归顺的国家和部族不断前来进贡，有骆驼、香料、长颈鹿、黄金、象牙、黑檀木，以及天青石、酒、粮食和各类的珠宝。我还记得我的父亲曾经给我们念了远方的一个归顺的国王写来的充满了奉承和顺服的信笺，里面是这么说的：

"尊敬的奉承天神统治上下埃及土地的法老阿蒙霍特普四世陛下：在您的国家，金子就像地上的沙子一样多，您要做的，只不过是弯腰把它们捡起来罢了。"

这个远方的国王说得对，在宫廷里，到处都是金子、银子，以及各类闪光的东西。我足不出宫廷，从小就见识了各种各样的珍奇异宝。谁让我生在帝王家呢，我就有着这样天生的优势。埃及有两大名城：孟菲斯和底比斯。以前，法老大都住在孟菲斯，那里是尼罗河入海口所形成的三角洲地带，土地肥沃，良田众多，连绵到看不见边际。孟菲斯是国家的政治中心，法老在那里主持政务，大臣和其他的官员们都在那里围绕法老忙碌。宫殿巍峨地耸立着，到处都是高大的石块累积起来的建筑，以及将尼罗河的泥土进行拓方、晒干、垒构而成的建筑群。后来，尼罗河的水位连年上涨，结果使得很多泥砖建筑受到了侵蚀，宫殿都受到了威胁，法老决定搬迁了。我的祖父阿蒙霍特普三世和我的祖母提伊曾经坐着皇家大船，沿着尼罗河到达了底比斯，看到了远处那些历代的法老捐金修建的连绵起伏的神庙，就想从孟菲斯搬到尼罗河的中部城市底比斯了。

我就出生在底比斯，此后在这座城市里长大。我的母亲和其他的亲人、大臣以及宫廷的仆人告诉我，底比斯过去可不像现在这么的繁华。现在的圣城底比斯，到处都是石头建筑起来的高大的神庙，其中，以供奉阿蒙神的神庙最为辉煌。历代的法老，因为感谢神的眷顾，都要献出金子给祭司们，请他们修建神庙。于是，底比斯的神庙就越来越多，也越来越辉煌了。其中最大的就是我的祖父阿蒙霍特普三世修建的一座供奉阿蒙神的卡纳克神庙。那巨大的拱门、繁多的台阶，让人头晕目眩，让人感受到了神恩的无限眷顾和阿蒙神的庄严神圣。

虽然在底比斯这座繁花似锦的城市里，那些多达上千座的神庙中，供奉的大都是不同的神，但是供奉阿蒙神则是最为重要的事情。阿蒙神是全埃及最主要的神。怎么说呢，阿蒙神是一个隐身神，也是底比斯当地的守护神。阿蒙神在底比斯被供奉为主神是在我父亲出生时的一千年前，由此可知阿蒙神的古老了。如果不供奉阿蒙神，那么，法老和他的子民就不会受到天神阿蒙的庇护，就得不到风调雨顺的年景。于是，一千年的祭祀和对神庙的修建与装扮，使得底比斯成了一个金碧辉煌的城市，一个到处都是阿蒙神的气息的城市。正是阿蒙神，带领着其他大大小小的神，带给了底比斯乃至整个埃及以祝福和护佑。

我母亲涅菲尔提提告诉我，在埃及人的信仰里，阿蒙神是和过去埃及人信奉的至高无上的神合成了一体，叫作阿蒙－瑞。阿蒙神有一个形象，他是一个头戴装饰有鸵鸟羽毛并垂挂在肩膀两边的高个子男人。他的夫人叫穆特，他们结合生下了王子洪苏，由此，这三个神构成了一家三口的神圣家庭，成为守护底比斯和整个埃及的国土上全部人民的守护神。而我们这个法老家族之所以叫阿蒙霍特普，名字里的含义就有"取悦于阿蒙神"的意思。就这样，我的祖父和祖母，法老和他的皇后，阿蒙霍特普三世和提伊，最喜欢的事情就是坐上舒服豪华的皇家游船，穿行在尼罗河上，在孟菲斯和底比斯之间往还，接受沿岸的子民的顶礼膜拜，处理尼罗河两岸的事务，使上埃及和下埃及成了联结紧密的国土。

我的祖父阿蒙霍特普三世比较果敢坚决，他娶了一个平民女子提伊作为王后，他们一共生了六个孩子。长子叫图特摩西斯，很早就被确立为法老的继承人，并在孟菲斯被委任为高级祭司，在那里负责处理神庙事务。但是，就在我的祖父成功地统治着埃及，一切都是那么顺利的时候，忽然有一天，从孟菲斯传来了不好的消息：图特摩西斯得了急病去世了。而这个时候，我的祖父，法老阿蒙霍特普三世也患上了一种牙病，他的腮帮子肿得老高，非常疼，疼得经常哀号，每天需要依靠鸦片和酒来减轻痛苦。在这种情况下，自然无法处理好朝政了。于是，我的奶奶、

王后提伊就建议，由他们的小儿子，名字也叫阿蒙霍特普的，来
辅佐父亲，共同执政。

　　这个阿蒙霍特普就是我的父亲，算起来，等到他继承了法老
的王位之后，就是阿蒙霍特普四世了。据说，我的父亲小时候在
宫里沉默寡言，不爱抛头露面，也从来没有想到过自己有一天会
当上有着至高无上权力和荣耀的法老，可是，命运就把这顶王冠
戴到了他的头上。几年的共同执政后，我的祖父就去世了，我父
亲就继承了法老的王位，他就成了阿蒙霍特普四世。

　　我父亲、法老阿蒙霍特普四世和我的母亲涅菲尔提提生了七
个儿女，其中包括了我，有六个都是女儿。此外他们还有一个儿
子舍曼卡拉，也就是我的一个直系血亲的弟弟。后来，我才发
现，在共同生活的过程中，他们身体也在发生着奇异的变化：我
父亲和母亲，以及我的姐妹们，身体都变得拉长了一样，下巴变
得尖利，眼睛成了长长的一条缝，而手指也在变长。腿就更不用
说了，变得就像尼罗河湾里的芦苇那样细长。我们一家人的体形
发生了这样大的变化，不知道这意味着什么。我仔细地观察，发
现我们一家和周围其他的人，那些大臣、官吏、侍卫、宫娥、侍
卫都不一样。我们家庭成员的五官和四肢末梢都在拉长。当然，
也不是无限地变长，而是停留在了不能再长的状态，就没有再变
长了。我们一家就长成了这样的人：长手长脚，细细的长眼睛和
长耳朵，下巴伸展出来也很长。

　　可能有人会问我，你们法老一家人的身体都发生了这样奇怪

的变化，是不是预示着什么不好的变故呢？是不是你们一家都遭受到了神秘的诅咒？我想，也许是这样。接下来，就发生了一件大事情：在我父亲担任法老的第五个年头，有一天，他突然宣布，他要改掉自己的名字，把阿蒙霍特普改成了埃赫那吞。这个名字的含义是"阿吞的光芒"。接着，他就把我的名字改成了安克赫森阿蒙，把我的同父异母的另外一个弟弟图坦卡蒙的名字，改成了图坦卡吞。就像我在前面说的那样，我们的名字就是在这个时候被父亲改了。

为什么我父亲要把他的名字和我们姐弟的名字都改了呢？这和我父亲做出的一项重大决定有关：他改变了自己的信仰。过去他一直信奉和供养阿蒙神，现在，他决定抛弃阿蒙神等各种大大小小的埃及众神，而信奉单一的神——阿吞神了！我父亲由信奉阿蒙神以及其他各类神，改信了太阳神阿吞神，并将其作为唯一的信仰，这是整个埃及生活中特别重大的事件。阿吞神是太阳神，在我父亲的描述中，阿吞神就是一个光芒四射的圆盘，他像太阳一样，将光芒和热量带给了全世界，没有任何动物和植物不是受到阿吞神的眷顾的。父亲就这么忽然决定废弃以往埃及的所有的神，宣布新的神诞生：阿吞神，太阳圆盘神，是我们应该供奉的唯一神。

我父亲所做出的这项重大的决定多少显得莽撞。但是，他是法老，是上下全埃及的主人，他说什么，就是什么，任何人即使反对，也是藏在心里。阿吞神据说是由鹰头人身的瑞－何露斯神演变而来的。而且，就在我父亲宣布他改了名字为埃赫那吞、宣布只信奉唯一的太阳圆盘神阿吞神的同时，他还宣布了另外一个重大决定：迁都。把现在在底比斯的皇宫，迁移到埃及中部的一个不知名的地方去。

"有一天，我梦见了那个地方。在一抹山峦的山凹所形成的凹状山影上，升起了光芒之神、万世万物的唯一的神，太阳神阿吞的圆盘！所以，我一定要到那里去，重新建立一座都城，我必须去那里，因为，阿吞神在召唤着我。"

我的法老父亲那狭长的眼睛里放射着狂热的光芒。他的决定先在皇宫里引发了争议和不解。但是父亲是法老，法老的意志是不可违抗的。我的妈妈，我的姐妹，我的弟弟舍曼卡拉和图坦卡吞，都必须首先要听我父亲的。父亲梦见的那个地方，就是我们一家要去的地方。那是一个叫作阿马尔那的地方。

可是，我母亲知道他的这个决定会造成什么样的影响，对整个埃及意味着什么。她对我们的法老父亲说：

"夫君，我们都跟你走。你到哪里，我和孩子们就去哪里。"

她停顿了一下，又说："但是，你的这个决定，会在底比斯乃至全埃及造成很大的震动。首先，是那些掌管阿蒙神庙的祭司们会感到不满，他们觉得改变了信仰，会使他们的神庙遭受重大的挫折。因为他们是除了你之外，在埃及的田产和财富最多的人群。其次，你的大臣中大多数人会不理解，不知道他们愿不愿意跟随我们去。然后，是底比斯的贵族和平民们不理解您。所以，我不知道有多少人最终会跟着我们去阿马尔那，你所说的那个地方我都不知道在哪里。"

　　我的法老父亲说："我不管所有人怎么想，可即使只有我一个人，我也要去那里，去阿马尔那。我必须去那里，因为那是一个圣洁之地，是阿吞神在呼唤我，去那里专门为神建立一所城市，在城市里，还要建立阿吞神的大神庙。"我的法老父亲的眼睛里那狂热的光芒是任何东西都无法熄灭的。

　　为了安抚底比斯的民众，我的法老父亲阿蒙霍特普四世和我母亲、王后涅菲尔提提一起在王宫的高高的天桥——君临之窗上，召见了他们的臣民。他们宣告了这个决定，号召底比斯所有人，都去和我父亲一起追随他的梦想，去那个叫作阿马尔那的地方，建立一个崭新的、信奉阿吞神的圣城！

　　的确就像是我母亲预料的那样，那些管理阿蒙神神庙和其他众神神庙的祭司们不愿意跟随我父亲，那些底比斯的一些大臣和官吏，比如底比斯的执政官拉摩斯，也都选择了留下来。但还有很多人支持我父亲的决定。首先，是信奉阿吞神的祭司。其次，是那些本来就没有什么财产的平民，他们都热切地盼望着改变自己的生活。

　　到了我们要离开底比斯的那一天，在尼罗河上，几十艘大船上都挤满了人，尤其是看到了新的机会的平民。很多祭司和贵族心情复杂地选择了留下，而一无所有的人平时只能骑毛驴，现在不用骑毛驴了，跟着我父亲一起追随他去信奉阿吞神的梦想，坐上了过去他们根本就不可能坐上的大船，还有大批的工匠——法老要依靠他们去修建巨大的宫殿和神庙——也在船上，启程沿着尼罗河进发。

我们一家人也在船上，和法老父亲一起前往阿马尔那，那个传说中的太阳圆盘神阿吞神每天都要以太阳的形象升起来的地方，大家都很高兴。每个人在船上都是兴高采烈的，大家都觉得，跟随受到神的眷顾的法老一定不会有错，新的生活在召唤着他们每个人。我们必须跟随神的召唤，前往那个应许之地阿马尔那。

我母亲说，我们前往阿马尔那的船上旅程整整走了七天。浩浩荡荡的船队在尼罗河上航行，鳄鱼和河马纷纷躲避开我们，沿途的风景非常美丽。之后，我们到达了阿马尔那，可是，大家看到的却是一片荒原和沙漠。真的，那里什么都没有，除了偶尔刮过的旋风。但这里的确就是阿马尔那，就是我父亲要找的地方，一个什么都没有的圣洁之地，我的父亲要在这里建立起信奉他的唯一神、全埃及的唯一神阿吞神的都城，有宫殿、神庙、街道和市井的新城市。

沮丧、惊愕和失落很快为我父亲带给大家的坚定、希望和热烈的情绪所代替。大家马上都投入了建设新都城的工作中。建立阿马尔那的速度比我们预想的快。成千上万的农人、打鱼人和工匠来了，大家一开始都住在帐篷里，然后，他们各司其职，各归其位：农人在河谷和荒地上开辟农田，种植庄稼，然后酿酒和制作面包。打鱼人从尼罗河中打捞各种鱼类，他们还捕捉飞禽。工匠们则日夜不停地运送石块和土坯，建造着新的都城。我父亲则负责规划，发出指令，实现着他的蓝图。我的法老父亲对我们说，这里是阿吞神第一次出现的地方，因此，必须在阿马尔那建立都城和阿吞神庙。他是被一种神秘的力量给带到了这个空旷的一无所有的地方的。

二

几年之后，一座崭新的、我的法老父亲阿蒙霍特普四世期许给大家的阿马尔那城建成了，真的在一无所有的荒野上建成了：一条皇家大道穿越了整座城市，城市的右边是尼罗河，左边是山峦和悬崖，城市里有皇宫、神庙、街道和市区以及居民区，功能分布齐全。而且，我母亲告诉我，真的就像是我父亲所梦见的那样，有一天的早晨，她在新的皇宫里那巨大的阳台上向外面看，当时太阳正在从凹字状的山峦上升起来，那种景象就是阿吞神、太阳圆盘神的化身在上升，带给了我们大家以惊喜。而阿吞神现在是唯一的神，是全能神，信奉阿吞神的狂热，从我父亲的目光里传布开来。在宫殿、神庙和方尖碑上，到处都有阿吞的印记和象征。我的法老父亲还将阿马尔那的名字改成了埃赫塔吞，意思是"阿吞的世界"，表明这里的世界是阿吞神的。

在阿马尔那，我渐渐地有了记忆。我的法老父亲任命的新的大祭司梅里－瑞，每天要向太阳圆盘神阿吞祷告，跟随我的父亲、法老阿蒙霍特普四世，指导着埃及人的生活。我则生活在新皇宫里。新皇宫规模宏大，有父亲处理政务的厅堂，有接待使者的大殿，还有很多卧室和后宫居住的房间，以及厨房、花园和储藏室。我父亲让工匠也修建了一座天桥，横跨皇宫东西两部分，像底比斯的皇宫里的那个"君临之窗"一样。后来，我的法老父亲和我母亲涅菲尔提提一起站在那里，向虔诚的朝臣和平民颁发黄金项圈，这是对臣民的最大的褒奖。

我的法老父亲身体力行，在信奉阿吞神方面不遗余力。他还建立了一个供皇宫里的人员进行祈祷和供奉太阳圆盘神阿吞神的私家小庙，并亲自设计了阿吞大神庙：在空旷无人的空地上，阿吞大神庙被设计成长方形，中间什么都没有，只有一些空的架子可以摆放祭祀品。其他的神，比如阿蒙神等，都是有神像雕塑的，但是太阳圆盘神阿吞神则没有形象，因为他的化身太阳，我们每天都可以看见，因此，这个私家的小庙里就没有阿吞神的雕像，甚至都没有屋顶，对阿吞神的崇拜可以通过没有屋顶的空旷之地，直接到达天庭。

有时候，在我少女的记忆里，我还常常想念着底比斯的繁华，想念那个城市里朝晖的灿烂和傍晚浮尘遮蔽大道时候的辉煌和朦胧感。尽管作为法老的女儿，我是不能随便到大街上去，但各种街上的声音也会传进皇宫里，让我想象着外面那火热的世俗生活。小贩的叫卖，妇人之间的闲聊，孩子的打闹，驴车的轱辘声，等等，都在我的耳朵边出现，相关的场景就在我的想象里浮现出来。但是在阿马尔那，或者在现在叫埃赫塔吞的这座新城市的皇宫里，我听不到那么多市井声了。因为，我的法老父亲阿蒙霍特普四世决定，他永远都不离开这座城市，也很少到大街上去，他就是喜欢待在阿吞神庙里祈祷，供奉阿吞神，对别的事情都没有什么兴趣，行为变得多少有些古怪。

我妈妈告诉我，过去，我们的祖先，那一个个的伟大的法老，从几千个春夏秋冬的轮回中，带给了上埃及和下埃及繁荣。是尼罗河水的泛滥带来了适合耕种的泥土，因此埃及的农作物丰收。有了粮食，人们的繁衍就顺畅，就变得众多。人多了，就出现了更多的事物。而法老的职责之一，就是去征伐，向四面八方的敌人去征战。法老是勇敢的，那些埃及的敌人纷纷被击败，成为朝贡者，每年都给埃及送来他们国家最好的东西。到了我祖父、法老阿蒙霍特普三世时期，埃及是世界上最伟大的国家，土地上到处流动着酒和蜜，流动着黄金和白银，流动着财富。

可是，我的父亲，法老阿蒙霍特普四世决定不离开这座城市，只是在这里一心一意地供奉阿吞神。我的法老父亲把他的使命只理解为、缩减为他是埃及人民精神生活的引导者。后来他连外国使臣都不接待了，由手下的大臣去应付，他则专心地供奉阿吞神，亲自撰写《阿吞神颂歌》，狂热地崇拜阿吞神。如此一来，他也就不会去孟菲斯和底比斯巡视，无法对那些掌握了巨大财富的祭司阶层发挥影响，他的臣民就不会见到他的尊容，就会对法老丧失一些崇拜。还有，他如果不去指挥军队对付埃及的敌人，那么，在埃及四周的敌人——赫梯人、米坦尼人、努比亚人、利比亚人、柏柏尔人、贝督因人，都会乘机兴风作浪。而军队里的将领因为没有仗打，也会感到憋闷，会抱怨，会认为自己地位在下降。一些年之后，等到我父亲去世之后，我才懂得了，埃及的权力是掌握在法老、祭司和军队将领的手里的。

不过，我的法老父亲依旧很重视他的家庭和孩子。我说过了，他和我的母亲涅菲尔提提一共生了七个儿女，还不包括那个同父异母的弟弟图坦卡吞。我们亲生姐妹一共有六个，我是第二个女儿。但是，我其他的五个姐妹，都没有长大到十岁就夭折了。只有我的弟弟舍曼卡拉和我，还有图坦卡吞长大了。

生育了过多的孩子使我母亲的身体日益显得虚弱。为此，我的法老父亲非常疼爱我的母亲。每天，他们一起向阿吞神供奉祭品，带着她出席各种礼仪活动。他们手拉着手和臣民见面，显示了他们之间感情的深笃。后来，在给我母亲竖立的赞颂石碑的碑文中，我的法老父亲是这么赞美我母亲涅菲尔提提的：

> 涅菲尔提提，法老的王后，她是皇宫中伟大的女性，是法老甜蜜的爱。她有着让法老欢愉的名字，因为她的名字的意思就是"美人降临"。她有着妩好的容貌，身上装扮着双层的羽毛；她是快乐女神，深受法老的宠爱。听到她的声音，法老感到欢悦。她是法老的发妻，法老的至爱，她是埃及的国母。愿她获得永生。

我的法老父亲阿蒙霍特普四世不仅爱我的母亲，也喜爱他的孩子们。那些年，他去任何地方，只要是能够带着我们，都要我们和他在一起出行。他对我们这些儿女简直称得上是溺爱了，只要是我们想要的东西，他都满足我们。我们皇室一家就在这样的环境里，其乐融融。但是，我的姐妹的接连夭折也是他无法阻挡的，他感到了痛苦，就不断地到阿吞神庙里进行祈祷。

实际上，外面的世界在一点点地变化。我们后来才知道，由于我父亲哪里也不去，外面的世界如同一个正在被白蚁所咬噬的世界，一点点地发生着溃败和分解。我的祖父使埃及变成了一个强盛国家，我的父亲继承了庞大的丰厚的家业，但是他疏于打理，结果这个国家里，税收在流失，对外贸易在衰减，军队没有仗打，得不到军费因此士气低落。官吏变得腐败和无能，因为法老不管他们，他们就开始鱼肉百姓。人民怨声载道，整个上埃及和下埃及都弥漫着群龙无首的气氛。后来，他们把这些都归咎为我的法老父亲信奉了阿吞神作为唯一神。

可是，当时，我们在阿马尔那或者是埃赫塔吞城里，是不大能够感觉到这一点的。主要是这里的人都是阿吞神的信仰者，祭司也都是阿吞神的祭司，臣民都是信奉阿吞神的子民，大家都是那么的信仰单纯。但在这个新的都城，尽管有着辉煌的皇宫和庄严的神庙，可老百姓的生活却真的是每况愈下，不如在底比斯的生活。这是一些宫廷里的仆人们议论时我听到的。百姓们没有得到更好的食物，除了阿吞神带给了他们精神的沐浴，他们没有得到期盼得到的财富和生命的健康。疫病时常发生，食物有时短缺。可这一点从皇宫的餐桌上是看不出来的。我们什么都不缺，阿吞神的光辉似乎是、至少是照耀着我们一家人。但是，对于那些臣民，他们的生活就不一样了。

就这样，我的法老父亲沉浸在对阿吞神的唯一信仰中，子民们则感到了贫困和压抑，渐渐地，有些人就离开了这里，到底比斯或者孟菲斯去了。我们也是逐渐地感到了这座城市的子民在减少。后来，我的法老父亲和王后母亲听到了一些汇报，开始在那个长长的天桥上的"君主之窗"频繁出现，每次出现都带着我们这几个孩子，然后，在鼓乐齐鸣中，给那些忠于皇室的子民颁发黄金项圈，以此来鼓舞大家，并且奖赏那些忠心耿耿的人。这多少起到了稳定人心的作用。

三

似乎一切是从我的母亲涅菲尔提提的去世开始发生变化的。在我们到达这座城市的第九个年头，我的母亲得了一种病，很快地瘦弱下去，然后，她就去世了。这时，各地陆续有不好的消息传了过来：埃及的敌人，那些觊觎埃及土地上的财富的国家，竟然纷纷开始袭扰埃及；底比斯和孟菲斯的祭司们不理会我父亲发出的必须信奉阿吞神的指令，依旧悄悄地供奉着阿蒙神以及其他各种神祇，信奉阿吞神的，只有在阿马尔那或叫埃赫塔吞的这个地方。官吏腐败到了使用流氓去强行征税的地步，军队纪律涣散，经常袭扰老百姓。强奸民女和偷盗时有发生。

我的法老父亲听到这些消息都感到非常不开心，他发现自己在逐渐失去对埃及的控制，似乎有一种强大的力量在和他作对。他狂怒了，认为发生这些事情的源头，就在于很多埃及人对阿吞神的信仰不坚定甚至是抵触，于是他下令，向全国派出了一千个石匠，让他们到全埃及的各个神庙那里，去把神庙里凡是有阿蒙神的地方，都把阿蒙神的名字从石头建筑上铲掉。即使是阿蒙霍特普一世到三世的名字里含有的"阿蒙"也不放过，全部都铲掉！使阿吞神的光辉覆盖大地，覆盖埃及，成为埃及唯一的神灵信仰。

我的法老父亲铲除阿蒙神名字的这个决定，多少显得疯狂，可因为他是法老，尽管有人感到了不满，可是从来不会违抗。在那派出去的一千个工匠的铲除下，阿蒙神的名字从石头建筑上消失了，我父亲也感到了满意。但是不久，他的身体也开始变坏了。他常常感到精力不济，就让我的弟弟舍曼卡拉和他共同执政，来锻炼舍曼卡拉的能力，希望他能到时候继承法老的职位。可舍曼卡拉的身体一直都不好，和父亲共同执政一年多之后，就先去世了。

接着，又过了一年，某一天，我的法老父亲很突然地没有征兆地就去世了，死得非常突然。阿蒙霍特普四世在执政十七年之后去世了，留下了一个彷徨无助的埃及，留下了一个人心不定的埃及，一个风雨飘摇的埃及。而我们一家，会迎来什么样的变化呢？

我的法老父亲阿蒙霍特普四世去世的消息很快由信使向各个城市传递出去了。他们骑着快马，飞奔在埃及的大地上，传递着这个消息。而皇宫里也是一片惶恐。到底我们要往哪个方向走，谁也说不清楚。而现在面临的首要问题，就是由谁来继承埃及法老的王位。在我父亲和母后涅菲尔提提所生的儿女中，我是最聪慧，也是最健康的，也是最让父母喜欢和欣赏的。眼下，其他的姐妹兄弟都夭折或是死去了，现在只剩下了我和我的同父异母的弟弟图坦卡吞。

图坦卡吞的母亲是我父亲迎娶的一位贵妃，她的名字叫基雅。基雅在生下我的这个弟弟图坦卡吞之后的当天，就在产床上因为大出血而去世了。传说她流出来的血流出了皇宫，一直流到了尼罗河里，并且引来了兀鹰在皇宫的屋顶哀鸣。我父亲很喜欢基雅，但因为我母亲，他就从来不曾和基雅单独出现在众人的面前，就是为了给我母亲以不可动摇的王后才有的尊贵地位。可是我知道，我的法老父亲也是非常宠爱基雅的。基雅长着褐色的皮肤，大大的眼睛，身材丰满而匀称，我的父亲曾专门为她修建了一座私庙，供她单独地向阿吞神祷告和供奉。可她那么早就去世了，我的母亲就告诉我们姐妹，一定要好好对待我们的这个同父异母的弟弟图坦卡吞。

我们都很听母亲的话，对图坦卡吞非常好。从小我们就在一起玩耍和学习。他四岁的时候，宫廷教师就开始教授他象形文字。埃及的文字都是图画，以图画来说话。有的图画是一个发音，有的，就是一句话。图坦卡吞非常聪明，这是因为他有一个很大的脑袋。有一次他剃光了头发，我发现他的脑袋和我们姐妹的很像，但是他的后脑要更往后，就像一个木瓜那样向后面伸展出去。如果我们姐妹的脑袋是椰子，那么他的脑袋就是横着长的木瓜。有着这么奇特的脑袋的弟弟，的确很聪明，学习那些对于我们这些女孩子来说十分复杂的东西，他是一学就会了。他有读懂那些象形文字的天赋。埃及字母表有二十五个发音，然后是这二十五个发音组合成了埃及语言。

　　我们一起学习时，使用的笔是芦苇管，我们用芦苇管去蘸黑色的或者红色的墨汁，把文字写在一块不大的、长方形的石板上。然后再用水洗掉。我们学习的都是过去的法老、大祭司和古代的圣贤留下来的箴言，这些箴言就如同魔咒一样，引领着埃及人的精神生活。

　　当我们的学习有了一些基础之后，我们就开始使用纸莎草纸来书写。在纸莎草纸上书写对阿吞神的祈祷文和赞颂文，是我们的必修功课。朗诵、书写、猜谜语，我们的学习生活充满了乐趣。我也很乐意带领着这个可爱的弟弟一起成长。就这样，在皇宫里，我们姐弟逐渐地长大，而其他的姐妹则在夭折，一个个地离开了我们，一直到后来舍曼卡拉也离开了我们，只剩下了我和图坦卡吞了。

　　我和弟弟图坦卡吞的感情非常深厚，就是因为我们一起成长的。除去在宫廷里的学习生活，我们还和大臣的孩子一起，被引领到尼罗河边去观赏鳄鱼。在尼罗河那混浊的河水里，时常漂浮着如同浮木一样的东西。但教师告诉我们，那就是能够把人一口咬成两截的、十分凶狠的鳄鱼。我的弟弟图坦卡吞也非常喜欢野外的生活，他会自己制作弹弓和弓箭，用它们去猎取水鸟和野鸭。有时候，我就跟在他的身后，我们潜伏在芦苇荡里，我看着他瞄准猎物，然后发射弹丸和利箭，射中了猎物。然后我就欢呼，并且和他一起划船去捕捞那些猎物。啊，现在想起来，那是多么幸福的童年时期啊。

后来，当他长到了八九岁，我父亲手下的士兵就开始教他学习驾驶战车。那是埃及军队用于作战的主要工具之一，是由两匹骏马拉着奔驰着的战车。全副武装的人站在马车上，向着敌人的阵营冲锋。只有学会了驾驶战车，图坦卡吞才会成长为一个男子汉，他才能够成为未来辅佐父亲执政的人。同时，他在士兵的协助下，学习使用了各种的武器，青铜战斧、弓箭、长矛、盾牌、行军皮水囊、投石器、铠甲和头盔，这些战士必须携带的东西，都是他要熟悉的。

我就这么和弟弟图坦卡吞一起无忧无虑地长大着。我们对一切都那么好奇，对文字、语言、游戏，对天神、动植物和各种技术都十分好奇。我们在学习世界上一切新奇的东西的同时，就在一起长大成人。

还有一点需要说明的是，后来，我们俩几乎同时开始怀疑阿吞神了。那个我们的法老父亲信奉的唯一神似乎并没有给埃及带来好运，相反，在宫廷外面的世界传来的都是不好的消息。我和弟弟都记得，在最近一些年，经常有信使骑着快马，从遥远的地方送来一些长方形的泥板，上面刻着和埃及文字完全不一样的楔形文字。那些楔形文字被深深地刻在了泥板上，由大臣翻译给我的法老父亲听。

据说，那些楔形文字是阿卡德语，写信的人都是其他地方的国王或者部族长老，是埃及的法老过去和现在所庇护的地区的首领写来的。他们是亚述人的国王、哈梯人的国王、乌加里特人的国王、比布鲁斯的国王。我和弟弟就知道了，他们这些国王所统治的地方，比上埃及和下埃及周边的国家，如努比亚、赫梯、利比亚等，还要遥远得多。这些国王写给我的法老父亲的楔形文字泥板书信里，都说了些什么事情呢？我和弟弟听到大臣讲解这些楔形文字信件，大都是外交和军事方面的情况。这些受到埃及法老庇护的国家，都需要我的法老父亲派出军队前去帮助他们处理内部的问题，比如内部的叛乱、纷争和矛盾。还有一些信件来自孟菲斯和底比斯的官吏，他们要求我父亲对一些争端做出仲裁。我记得被我父亲派到了比布鲁斯的亲王阿迪也写来过求援信，他希望我的法老父亲派出特使，去解决当地的贪污官员的问题。

我的法老父亲对上述所有的请求都不予答复。他什么也不做，除了说："知道了。"我和弟弟不知道他是怎么想的。任何信件他都不回复，任何请求他都不答应。任何事情都无所谓，都无法占领他那颗已经被阿吞神所占据的心。

四

在我们的法老父亲去世之后，我们姐弟俩就这么互相依靠着，生活在宫殿那巨大的柱子和厚厚的帷幕后面，向外面那广阔的世界彷徨地张望。

我的法老父亲阿蒙霍特普四世死去后，制作他的木乃伊需要七十天的时间。

制作木乃伊，是为了有一天法老能够复活，继续在人间执政。可是，我早就知道那是一个瞎话。因为从古代到现在几千年了，那么多的法老制作成了木乃伊，可是谁复活了呢？一个都没有。但是尽管如此，还是要制作成木乃伊。制作木乃伊，有专门的药师。我只是听说了一些大概的情况，从来都不敢到制作的现场看，当然，也没有人会同意我们去看我的父亲是如何被制作成木乃伊的。我听说，制作木乃伊，除去人体的水分是最重要的事情。首先要除去内脏，这还包括用金属丝从死者的鼻子里伸进去，然后将脑浆搅拌成液体，再翻转死者让他的脸冲下，这样脑浆就会从鼻子里流出来。接着就是除去全部内脏，再用麻布把尸体裹起来，裹很多层，裹得很紧，再涂抹上继续吸取水分的矿物质，最后，再涂上灼热的树脂保护住尸体不让外面的空气进去。经过了这些实际上非常烦琐和花费时间的程序，就可以把制作好的木乃伊，放在棺木里，等待入葬了。

我记得，由于我的法老父亲、阿蒙霍特普四世的死是突然发生的，整个阿马尔那或者埃赫塔吞城立即陷入一种慌乱中。到底埃及要往哪里去？谁来继承法老的位子？阿吞神的信仰怎么办？这些都是未定的。首先就是新法老要尽快产生。现在，百分之百拥有我的法老父亲的血统的只有我一个，百分之五十有我父亲的血统的，是我的同父异母的弟弟图坦卡吞。而他，还是王室里目前唯一具有法老血亲的男性。也就是说，继承我法老父亲的王位的男性，就只有我的弟弟图坦卡吞了。但是，由于我的弟弟图坦卡吞只有一半的纯正血统，他必须要和我这个有着百分之百法老血统的姐姐结婚，才能拥有合法的继承权。

就这样，在我父亲的木乃伊制作的过程中，我们很快在王室其他远亲的成员以及大臣的簇拥下结婚了。那一年，我的弟弟十岁，我十三岁。接着，我弟弟坐到了可以并排坐四个他的法老那宽大的、无比华丽庄严的、只有法老才可以坐的王座上，我则坐在他身边的另外一个供王后坐的座位里，成了埃及最新的法老和王后。我就是这么嫁给了我弟弟图坦卡吞的，这就是我们俩不可抗拒的命运，而我们本来就相依为命，因此，我们仓促间就接受了这样的命运。

由于我们都还太小，在我弟弟继承了法老的王位之后，非常需要有人辅佐。在这个时候，父亲身边原先倚重的几个人的作用，就凸显出来了。

首先是宰相埃伊，他是父亲依靠过的得力的老臣，那时他五十出头。他的资格很老，在我的祖父阿蒙霍特普三世时期，他就是一个贴身的谋臣。他被称为是"皇家书吏""国王陛下所有战马的监管者""神之父"，从这些称号上就知道他是多么有权势，又是多么深受到我法老父亲的信赖和倚重。而他的妻子提耶，说起来，和我们家更加亲密：她是我母亲涅菲尔提提的奶妈。我妈妈幼年的时候就喝过她的奶水，因此，被我父亲赐予"金身之人"这个称号。我们两家有着如此关系，使我们在这个艰难的时刻，显得更加亲密。于是，埃伊和提耶，宰相和他的夫人，就成了我们姐弟俩在我们的父亲去世之后最为亲密的、可以信赖和依靠的人。果然，他们夫妇精明强干地帮助年幼的我们姐弟俩，在继承了法老和王后的位子之后，处理了很多棘手的问题。

其次重要的人物，是整个阿马尔那或者埃赫塔吞城的大祭司、阿吞大神庙的主持梅里－瑞。梅里－瑞过去是一个小祭司，就是跟随我父亲来到了阿马尔那，才获得了大祭司这个位置，并且在十多年的时间里成为地位最显赫、财富最多的人之一。现在，祭司的心态可能十分复杂，因为我的法老父亲去世，那么今后阿吞神的地位在埃及到底会怎么样，是不确定的，而阿马尔那或者埃赫塔吞城的未来命运会怎么样，也都变成了未知数。梅里－瑞号称"国王的秘书""世袭亲王""阿吞神的大祭司""国王右侧的执扇者"，从这些称号上，就知道他有多么的位高权重了。我父亲驾崩，梅里－瑞是最紧张和有危机感的人。如果此后埃及再也不信仰太阳圆盘神阿吞神作为唯一神，那么，他的地位就没有那么重要了。在我的法老父亲死去之后，他就极力地鼓动我的弟弟作为新法老，继续支持阿吞神为唯一神的国教政策。我的弟弟答应了。他就放心了。

第三个重要的人物，是大祭司潘赫西。他是皇家阿吞神庙的大祭司，号称"阿吞神谷仓和牲口的监管者""国王的心腹""国王在北方的首席大臣""上下埃及国王的二等祭司"。他在宗教地位上比梅里－瑞低一点，但是，拥有着重要的皇家阿吞神庙和大量的财富，成了我父亲死后能够左右我们命运的人。他的意见也是我弟弟必须要尊重的。

就这样，我弟弟继承了法老的王位之后，这三个人就成了最主要的摄政大臣。

我弟弟继承法老的王位之后，传递消息的信使就立即上路，被派往上埃及和下埃及广为宣布，同时，还带回来了各种反馈消息。那些消息反映了上埃及和下埃及的普遍的诉求，就是希望埃及新的法老能够重新回到底比斯和孟菲斯去，放弃阿马尔那或者叫埃赫塔吞城。另外，他们还呼吁新法老立即放弃将太阳圆盘神阿吞神作为埃及唯一信仰的国策，改信以阿蒙神为主的多神教，重新回到被我们的父亲曾经搞乱了、走了一段歪路的那条正路上去。这些诉求在我们两个懵懂的少男少女的心中，当时引起的波澜并不大，因为我们还不清楚这意味着什么。可是，在三个摄政大臣之间就爆发了争论。

他们三个人中间，两个阿吞神的大祭司都主张我们继续留在阿马尔那或者叫埃赫塔吞城。只有宰相埃伊则希望我们返回底比斯去，并且重新奉行信奉阿蒙神等多神体系的宗教信仰。埃伊知道那两个大祭司不会同意他的观点，他们的势力很大，埃伊就暗中做了很多准备以应对不测。首先，他笼络了军队里的人，让他们支持他，把守卫皇宫的人都换成了他信赖的部队。同时，派军队监视两个大祭司的活动，并把守很多阿吞神的神庙。在那些紧张的日子里，那两个大祭司曾经策动了一些反抗，但是都被埃伊的人给扑灭了。暗中的较量持续了几个月，最终，埃伊占了上风。

可是，表面上是风平浪静的。每天的御前会议的下面会蕴藏着多么剧烈的争斗和风暴，以及风暴争出的胜负，我们姐弟俩完全都看不出来。后来我才知道，埃伊的很多主意，也都是他那个足智多谋的夫人提耶出的，提耶帮助她的丈夫战胜了两个大祭司。最后，埃伊在一次御前会议上说，来自上埃及和下埃及的全体民众们，都迫切地希望新法老回到底比斯，去进行一次正式的加冕，而埃及子民也想趁着这个机会一睹新法老的光彩。宰相埃伊的这个提议非常正当，两个祭司无法提出异议。但是他们却说，不管法老去哪里，他们都不离开阿马尔那，因为他们是阿吞神的仆人和供奉者，他们必须在这里了此一生。

（原载于《花城》2013 年第 1 期）

图坦卡蒙之死

一

　　我的法老父亲阿蒙霍特普四世的木乃伊安葬在一座同样修建在沙漠中的金字塔里，几天之后，我就和我弟弟、丈夫、新法老图坦卡吞一起，乘坐皇家大船前往底比斯。我们离开了那个只为阿吞神建造的城市，而且，我们可能不回来了。宰相埃伊和他的夫人提耶与我们同行。大祭司梅里－瑞和潘赫西就像是他们所发誓的那样，留在了阿马尔那，去继续供奉阿吞神。在大街上，新法老和王后要去底比斯加冕的消息已经通告给了市民们。民众知道，自从我的父亲阿蒙霍特普四世去世之后，新的变化就即将来临。

在我们的大船后面，紧跟着其他的大船，上面挤满了打算和我们一起到底比斯的民众。如此一来，阿马尔那岂不是会逐渐地变成只剩下了阿吞神庙、空荡荡的皇宫和少许子民的废弃的城市？我感到了郁闷。但我的丈夫、新法老图坦卡吞则指着外面的景色对我说：

"你看，在尼罗河的两岸到处都是想一睹我们面容的老百姓，他们在欢迎我们！"

的确，在尼罗河的两岸，我们这个船队逆流而上，前往底比斯，沿途的老百姓都来到了尼罗河的岸边欢迎我们。新法老和我这个王后则不时地站在船舱前面的甲板上，向他们致意，并引发了一阵阵的欢呼。他们已经有很多年没有看到法老了。因为在他们看来，我父亲法、老阿蒙霍特普四世非常奇怪，多年来，从不离开阿马尔那，任由埃及处于逐渐的崩解过程中。现在，新法老和他的王后一起出现在大家的面前，很多东西开始变化了。

新法老和新王后，我们两个十多岁孤独的孩子，一起到达了底比斯。对于底比斯，我那幼年的印象已经丧失，出现在我们面前的，是一个非常繁华热闹的大城市，只不过，也透露着一些衰败的气息。在街上，我们的车队经过的时候，我注意到，底比斯的市民看到我们的眼神，并不像尼罗河两岸的人那样欢呼雀跃，而是冷漠的和多少带有着敌意的。我的丈夫图坦卡吞紧紧地拉着我的手，我们的内心里充满了恐惧，对即将到来的挑战毫无把

握。我们也知道，来到底比斯，需要一切从头开始。一定会有艰
难的岁月在等待着我们。新法老需要重新获得百姓的信赖，他们
要看看新法老能带给他们什么。

我们住进了我的祖父阿蒙霍特普三世曾经住过的宫殿里。进
入那个辉煌华丽的宫殿里，我幼年的记忆多少有些恢复，至少，
那里散发出来的气味是我熟悉的，那厚厚的帷幕、奶油香、熏香
综合发出的气味我十分亲切。显然，为了迎接我们的到来，宫殿
进行了紧急的装修。

我们安顿下来，在随后的日子里，心情逐渐地好了起来。

加冕的日子很快到来，加冕的地点在我的祖父、法老阿蒙霍
特普三世修建的规模宏大的卡纳克神庙里。那里供奉的主神是阿
蒙神。那天，整个仪式庄重、威严、温暖，我的丈夫、弟弟、新
法老图坦卡吞先沐浴净身，然后穿上法老的冠冕衣服，进入那个
神灵居住的大殿。他穿越了方尖石塔，走过了法老祖先建立的圣
殿，并不时地顶礼膜拜。接着，他先后戴上了白色的冠冕和红色
的冠冕，这样他就成了上埃及和下埃及的王。接着，他又戴上了
蓝色的冠冕，又成了埃及军队的主帅。

然后，在祭司的引导下，他缓慢地走向法老的那个镀金的宝
座。靠近宝座的时候，他从大祭司的手中，接过了弯拐和连枷，
这象征着法老统治全埃及臣民和保护老百姓的权力和责任。接
着，大祭司开始唱颂对新法老的赞颂。他在赞颂新法老的五个名
字。这些名字代表着新法老继承的都是什么样的神奇的力量。首
先，法老是鹰神何露斯的化身。其次，他还是眼镜蛇女神和兀鹰

女神的后代。接着，他是上、下埃及的统治者。最后，是他的名字图坦卡吞。五个名字代表五个头衔，它们分别赐予了新法老，新法老图坦卡吞就正式加冕了。

加冕过程完成，在回到皇宫的路上，到处可以看到欢庆的人群。为了庆祝新法老的加冕，所有的人在这一天都能喝到免费的酒，吃到不花钱的面包。这是一个欢乐的夜晚，整个底比斯到处都是欢乐的人群，他们跳舞，举着火把，欢乐地游行。

晚上，在皇宫里，听着外面喧闹欢乐的市声流泻进来，我和我的丈夫、新法老图坦卡吞在一起，心情复杂。图坦卡吞拉着我的手说："加冕了，我现在是正式的法老，统治着上埃及和下埃及了，是不是，姐姐？"

我说："我现在不是你的姐姐，我是你的王后。你不能再把我看成姐姐了。"

他笑了："是的。我想告诉你的是，我感到了不安。昨天晚上，我梦见了父亲，他严厉地谴责我，责问我为什么要抛弃阿马尔那，为什么要抛弃信仰阿吞神。我辩解着，但是他不听。他非常生气。我想，加冕完成，我们是不是应该回到阿马尔那去？"

我叹了口气："你决定了吗？你要是决定了，我就跟你回去。你到哪里，我就到哪里。"然后，我们拉起了手，互相地亲吻。

一个月之后，我们又回到了阿马尔那或者叫埃赫塔吞城。我们在那里待了一年的时间。我看到，我父亲的死使得整个城市在迅速衰败，太阳圆盘神阿吞神的光辉也在黯淡。一年后，我们想，必须要选择了，当宰相埃伊派人前来迎接我们的时候，我们最后决定，永远地离开阿马尔那了。

这一次，在回底比斯的路上，我们把自己的名字改成了图坦卡蒙和安克赫森阿蒙。也就是说，等我们到达底比斯的时候，我们就成了阿蒙神的供奉者了。

我们抵达了底比斯，埃伊带领官吏和祭司的长长的队伍在皇宫门口迎候我们。接下来的时间里，新法老宣布，埃及从此恢复过去的信仰，信仰以阿蒙神为主神的多神，放弃信仰唯一的太阳圆盘神阿吞神。同时，图坦卡蒙宣布，任命霍连姆赫布将军为大统领，开始征伐那些越来越放肆地袭扰埃及的敌人。比如，努比亚人竟然扣下了别的国家运送给埃及法老的进贡品。因此，重振军队的士气，提高军队的地位是非常重要的。接着，新法老下令宰相埃伊对整个官吏系统进行清洗，对那些民众反映比较大的贪污官员，全部抓起来让他们坐牢，进行全国范围之内的官员选拔，选贤任能。接着，任命能干的贸易官员，向几个方向的国家敞开贸易往来，增加人民的财富和国家的税收。

新法老的这一系列举措深得民心。图坦卡蒙还下令，那些多年以前被我父亲、法老阿蒙霍特普四世在各个纪念碑和石头宫殿的基座上、在高耸的方尖碑上铲掉的阿蒙神的名字，立即重新恢复。石匠们恢复了它们，只不过镂刻的痕迹更深了。

如今，官吏、军队、祭司、百姓都欢欣鼓舞。那些让大家高兴的举措，大都是在宰相埃伊的建议下进行的。其实，我的丈夫、新法老图坦卡蒙只有十多岁，还是一个青涩的少年，整个国家的担子落到了他的肩膀上，他怎么能抗下来呢？必须要依赖能干的谋臣。而埃伊就是法老真正的左膀右臂了。作为摄政大臣，埃伊干得太出色了，他虽然年事渐高，但是精力充沛，他甚至为未来十年里埃及的发展都规划好了。新法老和王后、图坦卡蒙和我，只需要在各种宴会、节日晚会和神庙落成典礼的时候前往出席就可以了，一切都由埃伊安排好了。我的丈夫、法老图坦卡蒙总是拉着我的手，显示着我们的感情深笃。

二

在随后的几年里，图坦卡蒙，埃及年轻的法老，他在逐渐地熟悉着自己的身份和要掌握的事务。他开始知道自己的责任是多么重大。每天，他都要在埃伊和其他几个大臣的帮助下，处理各种政务。从孟菲斯到底比斯，管理上、下埃及的地方官员，司库、军队统领、建筑总管、户籍官们都会向他讲述自己遇到的问题，需要法老给予解决。图坦卡蒙越来越熟悉国家的事务了。他那些年做的事情都是对的：积聚财富，整顿军队，重修神庙，从财政、国家安全和精神信仰三个方面入手，重新使埃及走上了正轨。

在新法老、我的丈夫图坦卡蒙逐渐从十岁到十八岁的这个阶段里，在他的身边，又形成了三个谋臣共同辅佐他的局面：大司库，也就是财政部部长和税务总局局长马雅；负责军队事务的大将军霍连姆赫布以及负责朝廷内政和外交的宰相埃伊。这三个人对法老图坦卡蒙都是忠心耿耿的，即使其中埃伊资格最老，完全可以倚老卖老，但他也依旧谦恭地处理着所有棘手的事情，而不让年轻的法老感到为难。有这三个大臣的辅佐，埃及的国势在迅速地上升，恢复到了我的祖父阿蒙霍特普三世当政时期的政治清明、国势上升和经济繁荣。

在很多人看来，我的父亲、法老阿蒙霍特普四世是一个性格古怪的异教徒。他将埃及引领到了一条邪路上去。埃及从古代到如今，几千年过去了，信仰的神非常多，后来这些神已经变得你中有我、我中有你了，怎么可以去信奉唯一的一个太阳圆盘神阿吞神呢？这样势必在埃及人民中间画出了一道鸿沟。再说了，在埃及的信仰体系里，信奉各个神是人的自由。而不同神的神庙和祭司周围，聚集着庞大的祭司利益集团。这些祭司利益集团在我父亲阿蒙霍特普四世决定信奉唯一的太阳圆盘神阿吞神之后，就会损失巨大的经济利益，他们怎么可能支持我的父亲呢？所以，我父亲改变信仰的事情就无法持续。这是后来我们才明白的道理。

在我们重返底比斯之后的那些年，我听说了阿马尔那在日渐地衰败。越来越多的人离开了那里，那里只剩下了空寂的神庙，里面供奉太阳圆盘神阿吞神的石刻圆盘也蒙满了灰尘，祭司们也越来越少。在沙漠上无中生有地建立的阿马尔那或者埃赫塔吞城，不再有光辉了，注定要暗淡下去了。

我还听说，这些年，自从我的丈夫、新法老图坦卡蒙下令重新信奉阿蒙等众神之后，一些工匠就在埃伊的悄悄部署下，不断地前往阿马尔那，将那里空寂的阿吞神庙拆除，把那些巨大的、早就雕琢好的石块取走，运到了埃及各地，去建造阿蒙神神庙。渐渐地，阿马尔那就从大地上消失了。再后来，我听人说，去过那里的人发现阿马尔那已经被夷为平地了，重新变成了一片贫瘠的沙漠，不断有龙卷风刮过，只有牧羊人偶尔会光顾那里。

埃及军队重新控制了西边的地区，对南边的努比亚地区的战斗也取得了胜利。这都是霍连姆赫布将军的功绩。短短的时间里，过去被邻居和埃及的敌人蚕食的失地，都逐渐地回归了埃及。大量的黄金从战胜区源源不断地进入埃及的国库里，就像流水一样多，像源源不断的尼罗河的泥沙一样多。

我的丈夫、法老图坦卡蒙每一次在得胜的将军回到底比斯的时候，都会检阅部队。而长长的战俘队伍也会在他的眼前通过，然后，会被送到各个地区去劳动。我的法老丈夫就赏赐霍连姆赫布将军更多的田产，还宣布他为"皇家建筑总管"和"国王土地上的代言人"称号。但是将军最喜欢的还是"皇家书吏"这个称号，他专门请人雕刻了一尊自己作为"皇家书吏"的石像。

我的丈夫、法老图坦卡蒙很快地成长起来了，他越来越多地参与到和那三个重要谋臣的讨论中，并且不再像一个牵线木偶，而是有着自己的决断力的、拥有权势的法老。他决定，在底比斯的卢克苏尔神庙里修建气势恢宏的柱廊。这家神庙是我们的祖父、法老阿蒙霍特普三世建造的，没有完工，到了我们的父亲、法老阿蒙霍特普四世时期，因为他下令改信阿吞神，神庙的柱廊就荒弃在那里了。现在，继续建造这个神庙，意味着对埃及信奉多神的所有祭司的安慰，他们会明白，新法老是多么愿意回到埃及古老的信仰和荣耀里，而所有的祭司们的利益和荣耀，也都由此得到了保证。

完成了神庙的华美柱廊及其装修，接着，我的丈夫图坦卡蒙就宣布举行奥佩特节的庆典。这个节日是过去每年都要举行，是庆祝阿蒙神一家三口来到埃及的节日。到时候，法老和祭司要从卡纳克神庙里请出阿蒙神、他的妻子——圣母穆特，以及他们的儿子——圣子洪苏的金身雕像，放到船上，在内河上航行到卢克苏尔神庙，然后，在刚刚修建好的柱廊里被供奉，举行一个繁复的奉献祭品的仪礼，整个庆典活动十分庄重。等到活动结束，然后再把阿蒙神一家三口的雕像重新送回卡纳克神庙。这个举措也深受埃及民众的欢迎，他们感到新法老是多么贴心和亲民啊。

总的来说，对于我这么一个女人，在底比斯的生活是惬意的。但对我的丈夫、法老图坦卡蒙来说，他日渐感到肩膀上的担子很重。不过，在繁忙的政务工作之外，我们还喜欢到距离皇宫不远处的尼罗河湿地去猎捕鸟类。那是一片洪水泛滥所形成的三角洲地带，水草丰美，河汊众多，沼泽连片，因此鸟儿也很多。往往到了这个时候，我们就想起来当年在阿马尔那度过的无忧无虑的童年。在芦苇荡里，我的法老丈夫喜欢用弓箭去猎捕水鸟。每当他将一枚利箭射向了飞鸟的时候，在他身后的我就又准备好另外一枚，准备递给他。有时候，他还使用投棒去击落飞鸟。

除了在三角洲一带活动，我们有时候去皇城南边的沙漠里，驾驶战车去猎捕鸵鸟。鸵鸟很大，站起来比我们高。但是当我们站在战车上追逐鸵鸟的时候，鸵鸟就显得矮小了。可鸵鸟奔跑的速度非常快，需要有很好的驾驶战车的技术，才可以靠近它们。于是，我的法老丈夫就用弓箭去射击。

在宫廷里，处理完政务，他和我会下棋。这是我们小时候就玩过的对弈游戏。这种游戏叫作"塞尼特"，是在画有三十个方格的泥板上下棋。如果走到了"水"格里，就是掉进了沼泽。如果进入"好极了"的方格里，就赢了。我们在一起的时光是那么的多，那么的快乐，忘记了我们的烦恼和忧愁。

而我们最大的忧愁，就是我们还没有后代。作为法老的妻子，我虽然比他大几岁，但是我必须要生出有着纯正皇室血统的后代才可以算是一个合格的王后。我们曾经青梅竹马、两小无猜，现在我们长大了，也越来越恩爱，他的眼睛里只有我，没有别的女人，即使法老可以有成群的嫔妃，但图坦卡蒙也没有打算另外再找。我很安心，很满意。为了早日怀孕，我悄悄地吃了很多强壮女人身体的药。果然，我怀孕了，我的法老丈夫非常高兴，他请来了念咒的巫师给我驱除魔鬼，还专门挑选了最好的御医给我保胎，并且早早地就制作好了产凳。那种凳子是专门用于皇室女人生孩子时使用的，通过利用重力，使孩子从母亲的子宫里出来。

我甜蜜地等待着孩子的降生，可是，到了我怀孕八个月的时候，忽然有一天，在睡觉的时候我感觉到肚子特别疼，然后，孩子流产了。我哭了。那是一个女婴，经过了医生们的检查，发现这个流产后就没有生命迹象的早产儿是一个畸形儿，她的脊柱是弯曲的，肩膀一边高一边低，即使生下来，也是一个残疾人。于是，在皇宫里，有人传言说，法老和王后遭到了恶魔的诅咒，因此，才怀上了畸形的孩子。

为了破除这个流言，图坦卡蒙专门请来了巫师作法，在宫内驱逐那些看不见的魔鬼和诅咒。巫师还专门制作了一尊图特神的蜡烛像，点着之后，让我叉开双腿坐在那只产凳上，让升腾的青烟进入我的阴道和子宫里，去驱除那里的魔鬼。然后，他们把我产下的那个死婴做成了木乃伊，期待她有一天能够复活。

我很焦急，因为，我必须要为法老生一个儿子，只有这样，法老才会有一个继承人，而有了继承人，就会有法老，有了法老，埃及就不会四分五裂，就会安定祥和。这是我的责任和义务，我必须要完成这个使命。

在流产之后的那段时间里，我的法老丈夫图坦卡蒙对我非常好，他安慰我，鼓励我，让我的心情逐渐地好转。我感觉到他现在成熟了，无论是作为一个男人还是作为一个统治全埃及的法老，他都成熟了。他现在十九岁，精力旺盛，年轻活泼，朝气蓬勃，正在使埃及焕发新的活力。在三个谋臣的帮助下，我的法老丈夫图坦卡蒙励精图治，使埃及回到了过去的光荣时代。疆土在扩大，敌人望风而逃，国库充实，军队强大，人民安居乐业，神灵得到的供奉比以往还要多，因此年年都在保佑着尼罗河水带来肥沃的泥土，去浇灌良田，使农作物茂盛地生长。

图坦卡蒙有着天生的治理国家的才能，现在，他能够和大司库，也就是他的税务和财政总管马雅，和负责内政外交的宰相埃伊一起讨论大事小事，不再像过去那样都由宰相最后建议定夺，而是由他来定夺了。我有几次似乎看到了埃伊的眼睛里掠过了一丝阴郁的怨恨，但是我还怀疑我看错了。因为，埃伊可以说是一个三朝的老臣，忠心为国家、为法老服务着。我的法老丈夫亲自和外国使节交谈，亲自决定对外贸易的细节，亲自挑选下属各级政府的官吏，并清点国外的贡品，然后入库。他的记忆力非常好，只要是他决定的事情，他都不会忘记，因此，周围的大臣和官吏们逐渐地感到了图坦卡蒙的精明强干，感到了他的明察秋毫，感到了他的不好糊弄。就连埃伊有时候做错了的事情，我的法老丈夫也开始批评和斥责他。这在过去都是不可想象的事情。就这样，我的法老丈夫在他十九岁的时候，重新将我们的父亲阿蒙霍特普四世搞坏的事情弥补过来了，将统摄埃及的三股最大的力量——法老的王权、强大的军队、通神的祭司统摄成了一个整体，使埃及的国势继续增长。

就在这年的年底，我再次怀孕了。但是到了第五个月，尼罗河水最满的时候，我又再次流产。这次流产的又是一个女婴。这次流产对我的打击很大，比第一次还大。所有人都认为法老图坦卡蒙和他的王后遭到了诅咒，但是谁都不清楚这诅咒来自哪里。我哭了，为无法为我心爱的丈夫、法老生一个儿子而痛苦。第二

个流产的孩子照例被制作成了木乃伊，等待死神俄塞里斯批准她
进入来世再和我团聚。

在暗夜里，一切喧嚣都沉寂了，在空旷的宫殿里的房间里，
法老、我的丈夫图坦卡蒙劝慰我：

"没事的，我们还年轻，我想，你肯定会给我生一个继承人。"

我哭着说："我受到了莫名的诅咒，我看你还是尽快另外去
选择一个妃子吧。"

他拉着我的手，坚决地说："不，我不要其他的女人给我生
儿子。我只要你。"

尽管我的法老丈夫那么坚定地表达了爱我的心，可是我知
道，我的身体是孕育不了合适的继承人了。医生告诉我，那第二
个流产的婴儿也是有残疾的，脊柱骨也是扭曲的。我想，应该尽
快让我的法老丈夫寻找到其他的女人。我托病要求在别的房间里
静养，就这样让他一个人住在最大的房间里。我暗地告诉埃伊，
尽快给我的丈夫寻找合适的、身体强壮的女人做贵妃，给他生养
后代。就这样，虽然我一个人在暗夜里哭泣，但我也在默默地祈
祷着我的法老丈夫能够尽早有个继承人。

三

有一天清晨，皇宫里侍奉图坦卡蒙的一个宫娥，忽然急匆匆
地赶到了我的房间："王后，快去看看法老吧，他忽然——"她
哭了起来。发生了什么事？我赶紧穿好了衣服，来到了法老的寝
房。这个时候，我看到宰相埃伊也匆忙赶到了。跟随他来的，还

有一个精通医术的祭司大夫。我扑到了我的法老丈夫的床前，发现他已经昏迷不醒了。在他的后脑和脖颈相连接的部位，出现了一块隆起。他斜躺在那里，没有多少气息，但有红白相间的血和脑液正在从他的鼻腔里缓慢地向外面流淌。我只能理解为他被袭击了！

法老在自己的卧室里被袭击，这是从来都没有听说过的事情。祭司大夫立即做了紧急的处理，他剃光了法老的头发，露出了伤口。在图坦卡蒙的后脖颈那里，肿着一个很大的肿块，显然，有人趁着法老熟睡的时候，猛然袭击了他，用重物击打了他的后脑。我的泪水情不自禁地流了下来。我还没有给法老生下一个继承人，现在他却遭到了致命袭击。我说："宰相，立即采取封锁皇宫的措施，立即调查他被袭击的原因，抓住凶手！大夫，请不惜一切代价，拯救法老的生命！"

我看到埃伊也感到了震惊和慌乱。他的花白的头发飘到了前额，他说："是的，王后，我要立即展开调查。快，派人封锁皇宫，进行调查。现在的关键问题，是要搞清楚法老目前的情况。大夫，你看看法老眼下的情况到底怎么样。"

那个祭司大夫从随身携带的医药箱里，取出了一柄很长的青铜探针和一把闪光的骨钳，但是都没有派上用场：法老的后脑只是有一块很大的肿块，他只是昏迷不醒，那血液和脑液止不住地往外流。他继续仔细地检查了一番，然后转身对我说："王后陛下，我认为，法老的情况非常严重，因为脑组织受到了损害，我，我是无能为力了。"

听到了大夫这么说，我心急如焚。我无法控制住自己，大声地哭了起来。祭司大夫继续给昏迷的法老进行紧急处理，让他侧躺着，擦拭了他流出来的血液。然后，大夫开出了一张长长的药品单子，让人赶紧去买。

埃伊则去组织人手进行调查，我和其他一些宫娥陪伴在法老的身边。浅浅地，我停止了哭泣，这个时候是非常时刻，我应该表现得更加坚强、从容才对。我是法老的王后，我现在不能乱了方寸，对所有人都是表率，我提醒自己。显然，如果说法老都遭遇了这样的不测，那么我也处于这样的危险中。我紧急地思虑着，我在这个时候，应该信任谁，又应该去依靠谁呢？我心乱如麻。

上午，天色大亮，巫师拿来了祭司大夫开的药物，那些药物散发着各种古怪的味道。这些药物有的我认识，有罂粟、没药、红花、苦艾、刺柏果、胡荽等，有的我不认识。巫师将这些药分成两个部分，有的熬成药水，有的混合了蜂蜜捣碎成药膏，先把药膏贴在法老受伤的部位，然后，在那里盖上一块亚麻布。巫师把熬好的药水递给了我，说："如果能够给法老喂下去就好了。"

我采取了一个办法：给法老翻身，让他正面躺下，脑袋悬空不让伤口接触到枕头，而是让人用手托举着，接着用一根粗细合宜的芦苇管，放进被撬开的法老的嘴里，然后给法老喂灌药水。药水缓慢地流进了法老的嘴里。图坦卡蒙处于昏迷中，没有任何下咽的动作。我暗自祈祷着那块覆盖在他后脑伤口处的亚麻布上绘制的何露斯神能够显示神迹，使我亲爱的法老丈夫苏醒过来，睁开他的眼睛，重新看到他心爱的我。

我每天都在祈祷，祈祷我的法老丈夫病情好转。接下来的几天里，他的情况有所转变，他有了一点意识，虽然昏迷，睁不开眼睛，无法开口说话，但是能够吃点东西了。我将生鸡蛋拌无花果碎末来喂他，用蛋壳粉冲葡萄酒来喂他。就这样，类似的情况持续了一个月，那个时候我每天都给他喂这些东西，尤其是葡萄酒，都是秋天里我在皇家葡萄园里精心采摘，并酿造出来的。他就用芦苇吸管缓慢地吸食。偶尔，很短暂的时间里，他睁开了眼睛，用微茫的目光看着我，嘴发出了含混不清的声音：

"安……克赫，森森阿阿阿阿阿……蒙……"

他呼唤着我的名字，他认得我。我流下了激动的泪水。但是，到了这天晚上，在我的怀里，本来在熟睡的他忽然开始大口地喘气，脸上流露出无比痛苦的表情，然后，他就安静地歪过了脑袋，死去了。

在那一刻，皇宫的夜晚被我一声长长的哀号给刺穿了。这声哀号是那么的凄厉、悲切，穿越了皇宫里厚厚的帷幕和宫墙，飘到了城市上空，并飘落到了尼罗河的水面上，和尼罗河的波涛一起喧嚣和悲鸣。

四

在帝王谷里，耸立着很多高大的金字塔，历代的法老们都安眠在那里。虽然我的法老丈夫图坦卡蒙在就任法老之后的第二天，他的陵墓就开始筹备和实施修建，可是工程进展一直很缓慢。因为我的丈夫图坦卡蒙太年轻了，谁会想到他的死来得这么快呢？他还只有十九岁，就离开了人世，即将被制作成木乃伊，等待来世和我相会。

我还活着。我在惊恐、疑惧和愤懑中活着。一直以来，都有一个巨大的疑问在我的脑海里盘旋，这是谁干的？谁杀害了我的法老丈夫，指使人在深夜潜伏进入法老的卧室，给他的后脑以重重的一击？我悲愤交加，无法自持。因为，种种迹象显示，我的法老丈夫被谋害，和宰相埃伊有关。

第一个信息，是在将我的法老丈夫制作成木乃伊的时候，埃伊给图坦卡蒙修建陵墓的时候。虽然埃伊表现了悲痛，但是他对调查凶手似乎很马虎和漫不经心。他告诉我，调查凶手的进程毫无结果。"也不排除，法老他是自己磕的。"他的这句话让我觉得他在轻描淡写，他在粉饰和掩饰着什么。但这还不过是我作为女人的直觉。埃伊的那个精明强干的妻子提耶在去年去世了。埃伊的脾气在妻子去世之后就显得粗暴和无常，经常莫名其妙地发火。在图坦卡蒙、我的法老丈夫死去后，他负责督造陵墓。有一天，我去看了看那个陵墓。当我走进墓室之后，我忽然从墓室的壁画上，看到了某种可怕的结果。那幅墓壁画，画的是图坦卡蒙的木乃伊在即将入葬的时刻，由大祭司主持启口礼的情形。大祭司主持启口礼，是为了让死神控制的生命气息重新被吸到法老的口中，然后复活。

让我来仔细地描述那幅画吧。画面上，身穿有着豹子斑点衣服的大祭司，正在用启口器物指向我的法老丈夫图坦卡蒙的嘴巴，这样的意思是重新赋予法老以呼吸和生命，期待他有一天复活。我的法老丈夫则站在有着包括了牛腿、鸵鸟羽毛等供品的桌子前面，面对着大祭司，张开了嘴巴。奇怪的是，那个大祭司却头戴着法老的王冠，说明他将作为新的法老，在为图坦卡蒙施行启口礼。这个大祭司像头顶的文字说明了他的身份：他，就是宰相埃伊。我的脑袋轰的一下子，明白了事情的真相。而且，我还发现，在墓室的壁画里，根本就没有我的画像。我必须要陪伴我的丈夫图坦卡蒙，但是完成的四面壁画里，都没有我的形象。这说明，埃伊的心思是，根本就不想让我陪伴图坦卡蒙。

那么，埃伊想做什么？很简单了，他想要娶我，让我成为他的王后，而他则继承法老的王位。我这么怀疑的时候，大概在我的法老丈夫驾崩的第十二天，他来到了宫中，直接向我求婚。他的表情十分沉重而庄严："王后啊，现在，埃及又到了一个非常微妙和艰难的时刻了。法老走了，没有留下继承人。而没有法老的埃及，是不可想象的，是要四分五裂的。因此，其他的臣子们推举我立即继任法老。而我想的是，要迎娶你作为王后，因为只有我们两个人的结合，才可以让我拥有法老家族阿蒙霍特普世代的光荣，才会让你生下有着纯正血统的孩子。我虽然已经六十多岁了，但是我的身体非常强壮，这个没有问题，请王后尽快做出决定吧。"

他说话的语气，已经由谦恭变得强横和不由分说了。他那么迫切地要和我结婚，要继承法老的王位，我不怀疑他，我还能怀疑谁呢？事情明摆着了，他是宰相，负责法老身边的事务，他可以自由地出入皇宫，而连警卫都是他安排的。现在，我完全可以想象是他派人在那个夜晚，进入皇宫里，用木槌重击了法老的后脑，杀伤了他，导致了他的死亡。因为法老的死，受益最大的，现在看来，就是宰相埃伊。我说："就是你，就是你杀害了图坦卡蒙，我的法老！你是凶手！"

他很诧异，或者装作诧异地看着我："王后，你的精神状况有问题，怎么会是我呢？你疯了！"他生气地走了。

我哭了，为我的势单力薄，为我的未来命运，因为我现在也无法左右我自己的命运。我在埃伊的控制中。他似乎已经胜券在握。

但是，我还要奋力一搏，我不能让杀害我的法老丈夫的最大嫌疑人继承法老的王位，我必须阻止他。我想到了身边的人。大司库马雅是一个精明而软弱的人，现在，他和埃伊靠得很近，不可能帮助我。大将军霍连姆赫布将军呢？他可能早就和埃伊结成了联盟。那么，过去法老身边的人，都不可靠了。我还有没有别的办法呢？有没有外援呢？

我想起来了小时候在父亲的身边，看到大臣手里举着的写满了楔形文字的长方形泥板的情形。现在，是到了必须要向埃及的敌人求援的时候了。有时候，敌人的敌人就是朋友。埃及的敌人是谁呢？我想到了赫梯人。赫梯人认为埃及长期占领了他们的部分国土，他们恨的就是埃及的将军和宰相了。我应该向他们的国王求援，我想，这是我唯一能够摆脱掉埃伊的控制的办法。我立即用芦苇管写下了一封信：

> 赫梯人的最尊贵的苏皮卢利乌马斯国王陛下：
>
> 　　我是埃及王后安克赫森阿蒙，我有一件十分紧急的事情向您求援。我的丈夫、法老图坦卡蒙驾崩，而我们还没有继承人。而现在，谁和我结婚，谁就是埃及的新法老。我听说您有好几个儿子，我恳请您派来一个王子和我结婚，然后我辅佐他担当全埃及的法老。现在我处于危险中，法老过去的一个仆从想和我结婚，但是我不会从仆人中挑选丈夫的！可现在他势力很大，我十分害怕，请国王陛下尽快派来您的儿子和我结婚。切切。
>
> 　　　　　　　　　　　　　　　埃及王后安克赫森阿蒙

我用莎草纸写好了这样一封信，派了我信得过的仆人，连夜前往赫梯国去了。送走了这封信，我就在想，我是不是过于天真了呢？赫梯国王会相信我的这封信吗？如果他真的派来了一位王子，那么，埃伊会接受吗？我想他一定会暴跳如雷。

我焦急地等待着来自赫梯国的消息。一个月之后，我听说赫梯人派来了一个老臣，负责外交事务的大臣哈图萨兹提。但是，这个老臣前来埃及，主要是和宰相埃伊以及军队首领谈判过去俘虏的释放问题。那个老臣根本就没有要求和我见面。不过，也许，他就是来刺探情况的？他是不是假借谈判释放过去的赫梯人的俘虏问题，前来一探埃及的虚实？如果是这样，即使是埃伊接见他，也会把法老已经驾崩的消息告诉他，因此，他就证实了我所写的信的情况属实，那么，他就会回去向赫梯国王汇报，然后，就有可能派来王子和我结婚。新法老就会是我的新丈夫，而不会是埃伊了。

想到了这里，我的心又开始充满了希望。果然，哈图萨兹提派人给我送来一封信，信的内容是，赫梯国王收到了我的信，但是国王认为我可能会欺骗他，因为埃及人就是依靠狡猾和欺骗的本事才获取了赫梯人的大片土地的。也许王后和法老是有子嗣的。但现在，哈图萨兹提已经知道了实际情况，打算回去禀报国王，请王后等待消息。

我立即派遣我信赖的特使哈尼，和哈图萨兹提一起启程，前往赫梯人那里去说明真实的情况。哈尼的手里拿着我给赫梯国王写的第二封信，内容如下：

赫梯人的最尊贵的苏皮卢利乌马斯国王陛下：

您派来打探情况的使臣哈图萨兹提已经返回了，我想，虽然我和他没有见面，但是他知道了我上一封信的内容是真实的，也向我转告了您对我第一封信的反应。我现在派去我信赖的特使哈尼，请哈尼当面向您说明，我肯定没有欺骗您，我如果有子嗣，是不会如此低三下四地求您的。但是眼下我不会从我过去的仆从中挑选丈夫。我听说您的儿子有很多，请赐予一个给我吧！我会尊敬他为丈夫，并帮助他登上埃及法老的王位的。请答应我的恳求，尽快派您的儿子来吧！

埃及王后安克赫森阿蒙

一个月后，哈尼回来了，他向我讲述了他面见赫梯人国王苏皮卢利乌马斯的情况：

"我首先向他证实了您的信的内容属实。但是，赫梯人的国王还是感到其中有什么问题。我就告诉他，向外邦人请求赐予一个丈夫来当埃及的法老，在我们埃及的过去是从来没有过的事情。简直是埃及的国耻！可是，我们哪里都没有去，而是直接到了你们赫梯人这里，到了国王您的面前，恳求您派您的儿子前往埃及迎娶我们的王后。请您尽快做出正确的决定吧！我说完了，国王没有回答，请他的大臣们表达意见。于是，几个主要的大臣七嘴八舌的，什么意见都有。最后，苏皮卢利乌马斯国王沉吟了很久，让人从档案库里翻出来了一份过去埃及和赫梯人签订的和平协议，向大家念了一遍，然后说：'你们刚才都听到了那份我们过去和埃及人签订的和平协议，我们的过去和埃及有过很好的和平时期。现在，埃及的王后又向我们发出了这样一个请求，那么，我觉得这是我们赫梯人和埃及人缔约和平的又一次机会。现在，为了两个国家的共同利益，我们应该继续保持那个和平协议。我决定，派出一个王子，前往埃及和王后成婚。'"

哈尼说完了。这些情况让我很高兴，我给了他一个黄金项圈作为奖赏。他走了。

我又等待了一个月，一直到我的丈夫、法老图坦卡蒙下葬一个月之后，也没有等来赫梯人的王子前来和我成婚。到底是哪里出了问题呢？

后来，我才知道，赫梯人真的派出了他们的王子和一个求婚的使团。但是王子和他的使团在到达埃及边境的时候，就被埋伏在那里的埃伊派去的人给杀了。

是哈尼出卖了我。哈尼是一个双面间谍，是一个势利的小人。他看到了我势单力薄，回到埃及之后，就向埃伊报告了我给赫梯人国王写信的情况。埃伊一方面继续向我逼婚，阳奉阴违；一方面派人杀掉了前来和我成婚的王子，彻底地断绝了我的希望。

现在，埃伊坚定地朝着要当埃及的新法老的目标在前进着。他已经确定了和我结婚的日子，就是在明天。而和我结婚之后，他就理所当然地成了埃及的新法老，因为，我是埃及的王后。我不想让他得逞。但是，我还有别的办法吗？他已经四下派人去通告了，还把我囚禁在屋子里。明天，明天，明天即将来临了，这个漫长的黑夜真的是太漫长了，漫长得就像埃及的历史一样，让人透不过气来。我还有别的选择吗？

在我的手边，我正在端详着埃伊送来的一枚订婚的信物，一枚很漂亮的蓝色陶土烧制的指环。在这枚有着蓝天般的蓝色的指环上，刻着两个人的名字：埃伊和安克赫森阿蒙。我端详着这枚蓝色的戒指，多么希望上面的两个人的名字是：图坦卡蒙和安克赫森阿蒙。但是，我知道，我再也没有这样的机会了。我现在被埃伊控制，在这间不透气的房子里等待天亮。到了明天，我就会成为他的王后。婚礼的一切全都准备好了。埃伊信心十足地按照他的计划在安排着所有的事情。我就要成为他的新娘了。

但是不，我还有办法，那就是，我不愿意活着过完这个夜晚了。在我的枕头边，放着剧毒的药丸，那是我在我的丈夫、法老图坦卡蒙驾崩之后不久，我就悄悄地准备好了的，目的就是预防不测。眼下，事情正在朝着我最不愿意看到的方向发展。好吧，那么，我就让我自己的生命结束在这个晚上。等到明天埃伊的人前来迎接我，满心以为会迎接到一个身穿新衣的新娘的时候，他们看到的，却是我冰凉的、追随我的法老丈夫图坦卡蒙而去的尸体。想到了这一幕，我感到了快意，感到了欣喜若狂，因为，这就是我的报复和我的反击，我的逃避和我的抵抗，我的自尊和我最后的选择。

我吃下了那颗药丸。我很快就感到了昏昏欲睡，感到了肝肠寸断，感到了头晕目眩，感到了黑暗无边。是的，无边的黑夜正在像墨汁一样浸透了我，让我沉沉地睡去，让我沉入水底，像一块鱼骨一样沉到安静的河底。我，安克赫森阿蒙，就这样沉入了死亡的湖底。我的手也慢慢地松开，那枚蓝色的陶土指环，有着埃伊和我的名字的指环，就从我的手上掉到了地上，不再有任何意义了。

（原载于上海文艺出版社 2016 年 3 月版《十一种想象》）

楼兰五叠

一叠

　　一开始就有水。水泽很大，是遥远的冰山上的融水，形成了河流，然后冲荡成一片湖。湖边有很多罗布麻，这里就叫罗布淖尔了。那个时候，罗布淖尔湖面开阔，湖边芦苇丛生，汇入湖水有很多条小河，河边都是芦苇。再往上游走，就都是胡杨树林、红柳和梭梭林了，可以看到野骆驼喜欢奔跑和栖息在树林里。

　　我记得我出生没有多久，睁开眼睛之后，被妈妈抱着来到湖边，我就看到这些了。那时我只知道谁是我的妈妈，不知道谁是我的爸爸。不过我有很多叔叔，他们对我都很好。我感觉我妈、我外婆、我奶奶，也就是所有的女人都能说了算话。女人比男人的地位高，她们说话算话，还能惩罚男人。

我记得，那时候动物也很多，野骆驼、野马、野羊、野驴、野鸭、野狗、野兔子到处都是。此外，还有鱼，湖水里生长着很多鱼，最多的是大头鱼，这种鱼的脑袋很大，占着半个身子，也很傻，很容易抓到。还有身上有五条黑道的鱼，狗鱼、鲫鱼和小白条鱼，在湖水里欢畅地游着，然后被我抓到。孩子们抓鱼用长木棍做的鱼叉，大人们用渔网。

在我的童年时光里，随着我逐渐长大，在芦苇荡里抓野鸭、野兔，捡拾鸟蛋，非常开心。出门打猎都是成年男人的事，他们到傍晚会扛回来野羊和野兔。女人在用芦苇和泥巴糊起来的圆锥形的屋子里做饭缝补衣服。我们的衣服大都是麻做的，很结实，也很凉爽。下雨天有点凉，这样我们再披上皮衣。

我最喜欢看的就是芦花了。到了秋天，到处都是芦苇，随着风在摇摆，芦花絮飞起来，漫天遍野飘洒和飘扬起来的感觉非常美丽。此外，骑马奔向胡杨林，可以看到胡杨喜欢流泪。这是一种喜欢流泪的树，我品尝了胡杨的眼泪，真是又咸又涩，就像是人的眼泪一样。

大人们喜欢喝一种深绿色的麻黄汁。这种汁液是从麻黄叶子和枝干里榨取出来的。它能止痛，还能带来幻觉。妈妈说我们的生活很苦，我们喝的水逐渐变得有些咸味儿和苦味儿了，沙尘暴也常来。

女人们被烟熏火燎，我能听见整个部族的女人很多都在咳嗽。人的寿命都不长，往往四五十岁就死了。人死了，是一件大事。身体裹上麻布，穿上毡鞋，头上戴着插了大雁和水鸟的羽毛的毡帽，然后埋在北面的墓地里。

那片墓地很大，存在了几百年了。大人用胡杨木做成了圆圈形状的栅栏，木栅栏用红砂石粉涂抹得一片鲜红，看上去像是地上的太阳在燃烧。人就埋在沙子地里，被太阳看护。所以，那片墓地后来被叫作太阳墓地。

死人的时候，送葬的队伍长长的，在沙地上拉出了影子。人们唱着赞颂太阳的歌。没有太阳，就没有万物。这是我们都知道的。那个明亮的火球在天上闪耀，照看着我们所有人。

在我成年的那一年，发生了一场大火。大火是由突然出现在湖水中的黑色液体所引起的。

有一天，我在湖上打鱼，忽然看见湖面涌出来一团团黑色的黏稠的液体，味道很难闻，这黑色液体形成了圆圈，在一圈圈地扩大，在湖面上越来越大。还带着一种咝咝的响动，黑色液体的大圆圈中间，开始向上喷射出五六个人那么高的水柱。这简直是恶魔大水蛇来了！有人尖叫，我们也试图靠近这黑色的、在湖面上越来越大的圆圈，中间的那个黑色水柱就像是恶魔的脑袋一样。

有人说这是怪兽，可我靠近黑色液体抓了一把，黏在我手上，很难洗掉。这说明它是一种液体。整个部族的人都听说了这件事，都走出了泥巴芦苇墙屋子，乘坐独木舟卡盆去湖上，靠近那怪物。他们每个人都用手去抓一把，然后惊叫着重新划着卡盆，回到了岸上。

然后，我就看到了你，姑娘。你是从芦苇荡里钻出来的，在大湖的另外一边的部族长大，和我们是不远不近的邻居。我们的部族和你们的部族交换食物和用具，我们部族的女人擅长各类芦苇编织物，草盘子、草篓、草鞋、草衣、草帽，你们部族的人擅长将胡杨木做成各种东西，木盆、木碗、木勺子、木鞋子，什么都是木头做的。我们两个部族就互相交换，然后，我就看到你了，你的眼睛那么美。你调皮地在你坐着的独木舟上，拿木桨把水花打起来，溅到了我的身上，问我："傻小子，看我干什么？你叫啥？"

我说："我不傻，我叫巴布。你呢？"

她眨巴着眼睛："我叫芦花。"

我说："好吧，芦花姑娘，你说说那黑色的圆圈和水柱是个啥。"

她说："不知道，但肯定不是好东西。"

我们就在水面上追逐，我跳下湖，在水下抓到了一条行动迟缓的大头鱼，然后从她的独木舟边突然冒出水面，把那条大鱼扔到她的独木舟上。我和芦花就这么认识了。

就是在那一天，天空中突然下起了雷阵雨。黑色的云团压过来，我们都很害怕，赶紧上岸，一阵阵闪电在头顶闪亮，炸雷在空中爆响。闪电和大地接触，一道白色的闪电击打在湖面上，刚好和那个黑色圆圈中间喷溅而起的水柱相遇，白色的耀眼的闪电遇到了黑色的水蛇头，瞬间就着火了。

我们都惊呆了，我们看到，那黑色的水蛇头立即变成了红色的火蛇，一阵阵的炸响声荡漾开来，着火了！火蛇头接着燃烧，闪电已经失踪，雷雨下了起来，大湖之上，黑色的云层中闪电映射在湖面之上，火蛇在熊熊燃烧，然后向下迅速扩展，把大湖湖面之上的黑色的圆圈点燃了。

这真是壮观啊，湖面在燃烧，喷溅出来的火蛇头也在燃烧，还在随着大风在飘摇，就像是活着的一头巨兽在向我们示威，在自己欢快地舞蹈。湖面的燃烧让热量升高，火势这么大，我们都从来没有见过。火势蔓延很迅速，眨眼之间，就蔓延到了小河边的芦苇荡。整个芦苇荡也开始着火了，很多鱼都翻了白肚皮，从水下浮出来。这就了不得了。

"巴布，巴布，你看，芦苇荡都烧着了！"芦花很焦急，她哭了。然后她捶胸顿足，我走过去揽住她的腰，我说："野火烧不尽，春来芦花生。"

我的安慰起到了一点儿作用，她靠在我的肩头啜泣，然后停止了哭泣，呆呆地看着天地之间的这场大火，逐渐地烧向了远方。水天连接处，是火。水火不容，可水火也有互相妥协的地方，我看着这天地之间的一场大火，感受到了大自然的神力。

第二天，火熄灭了。雨停了，全体族人都出发了。水面的火蛇头也熄灭了，火蛇头没有了。可湖面之上，还有黑色的黏稠液体在涌出来，现在是一眼咕嘟嘟冒着的喷泉。黑色的液体继续外溢，在湖面之上扩展。有白色的水鸟不慎掉入了这黑色的黏稠液体上，羽毛被粘连了，无法起飞，凄惨地鸣叫着。

我外婆取出来记事的一段木头，刻下了两道紧挨着的深深的痕迹，我问她："外婆，这是什么？"

我外婆说："我记下来的都是大事。现在我记的是：'泽中有火。'"

我妈妈、我和芦花去解救水鸟，把被黑水黏住的水鸟带到岸上，给它清洗羽毛。但很难洗干净，于是，这只水鸟就在我家里住下了，成了我和芦花见面时一定要谈到的事情。

男人们出发，在余烬未消的芦苇荡里寻找大火劫余后的受伤和死去的动物。他们的收获很大。来不及在大火中逃跑的野羊、野兔、野狐狸、刺猬、蛇、水鸟等，收获很多，大火把几条小河支流边的芦苇荡都烧完了，余烬中，能够捡拾到很多猎获物。不光是我们家族，大湖沿岸的其他几个部族都在这场大火中，捡拾到了他们想要的东西。

我和芦花也在余烬中找到了烧熟的鸟蛋。我在独木舟上给她剥开一枚鸟蛋的壳儿，喂给她吃。

她用白白的牙齿咬住鸟蛋，眼睛又黑又亮。

她说："巴布，我爸爸说要见见你。我们的部族是男人说了算，和你们家不一样。"

我坐在芦花的独木舟上，前往罗布淖尔的北岸。那边河汊纵横，林木茂密。到了那边的部族，芦花的父亲出来了。这是一个不到四十岁的男人，穿着白色的麻布衣服，脚上是一双牛皮鞋子。他说："听芦花说，你会打猎，你跟我去打猎吧。"

他拿着弓箭，这是一种由胡杨枝和红柳木做成的弓箭，箭镞是黑曜石打磨的，十分坚硬锐利。

芦花冲我使了一个眼色，我说："我不会射箭，但我会下套子。"

"什么套子？能套住什么东西？"他的眼睛和芦花长得很像。

"兔子套、狐狸套、水獭套，我都会下。"

他笑了："我还以为你能给老虎下套呢。咱们今天去抓老虎。罗布虎，你见过吗？"

我愣了一下："没见过。但听说，在胡杨林那边有，可从来没见过。"

"罗布虎其实就是大的猫。昨天，有一只野骆驼被老虎咬死了。我们去那边看看。给你一把砍刀，老虎扑过来的时候你可以用。芦花，你在家等着。"他不让女儿跟着我们去。

我们乘上一条独木舟。我知道这是芦花的父亲在考验我，考验我的胆量、勇气和技艺。独木舟是中间挖空的，叫作卡盆，我们划着两艘卡盆，从罗布淖尔北岸，前往上游的大河分流和河汊地区。听说那边沼泽遍地，草木茂盛，树林里生长着一种颜色偏白的老虎，叫作罗布虎。

我们划了一个上午，带着的烤饼吃了一半，来到了胡杨林的最茂密处。

我们上岸，芦花的爸爸非常懂得分辨各种动物的踪迹，他很快指给我看野山羊、绵羊、野牛、马、野驴、野骆驼的踪迹，最后，他还拈着一根黄色的毛，说："这就是罗布虎的毛，你看，那边还有罗布虎的爪印。"

我看到了像一朵朵盛开的花朵的虎爪印，在湿漉漉的地上呈现。不远处，就是茂密的胡杨林，这种树上了年纪就形状怪异，像一个个骨节患病的老人，站在那里，树叶是黄色的，又非常美。老虎的颜色，应该和这树叶差不多吧？还是偏白些？

我们在胡杨林里埋伏起来，在一处低地休息，喝水，吃东西。芦花的爸爸问了我好多问题。比如，我爸爸是谁。我老实回答，不知道。"妈妈呢？"我告诉了他，我妈妈的腿是部族最长的，最会编织草篓、草盘和草簸箕。我说了很多，他问我："你有什么梦想？"我说，我想带着芦花一起远走高飞。"去哪里呢？"我想了想，去罗布淖尔北边的乌鲁塔格山的北面，那里有一片雪山。雪山那边就不知道是什么了。

"哦，你想去更远的地方。"他笑了，"我知道芦花很喜欢你。你也喜欢她，对吧？可更远的地方有没有东西能吃，就很难说了。"

我笑了，点头承认。我非常喜欢芦花，她很顽皮，她很喜欢捉弄我。

这一天晚上我们在星星的注视下，睡在罗布麻上。到了清晨，天还没有亮，我就听到了树林里传来了嘶吼声。我被芦花的爸爸弄醒了："快点，老虎来了！"

　　我们摸过去，看到了在清晨的曦光里，在胡杨树林之间，一只黄色偏白的大猫——罗布虎，正在和一头牛搏斗。在大牛的旁边，还有一只吓得乱叫的小牛。老虎不断地扑击大牛，我们从迎风的方向走过去，看到了老虎的扑击非常有效，一下又一下，那只保护小牛的老牛却不堪扑击，背上已经皮开肉绽了。

　　我仔细看着芦花爸爸的动作，他示意我们不要动，要静观变化。等到老虎和大牛的搏斗到了尾声，大牛倒下了，几乎筋疲力尽的老虎又扑向了小牛，一嘴咬住了小牛的喉咙，拖着走，不撒嘴。眼看着小牛也窒息了，这时，芦花的父亲一跃而起，迎着老虎跑过去，一边跑一边射箭，嗖嗖的射箭声破空响起，非常有力，几支箭准确地射在老虎的心脏、眼睛和脖子处，老虎惨叫一声，倒下了，我飞奔到老虎跟前，用青铜刀一下割开了老虎的脖子。

　　芦花的父亲说："嗯，动作够麻利。"老虎的鲜血在喷涌，芦花的爸爸伸过脑袋去畅快地喝着老虎血，我也学着去喝老虎的血。这只老虎的血很腥，很鲜，也很甜。

　　等了一会儿，我们再去看那头小牛，小牛也快死了，它的喉咙差点被老虎咬断了，呼哧呼哧地喘气，喉管处还有血沫子。小牛那单纯而悲伤的眼神我没法看，它的两只牛角晶莹剔透，青黑色，就像是玉石一样。

　　我们获得了一只罗布虎，一大一小两头牛。

　　可怎么把两头牛和一只老虎带回北岸的家，是一个麻烦。芦花爸爸经验丰富，他非常兴奋，高兴极了，这可是最丰厚的收获呀，很多年都不会碰到。可芦花的爸爸有办法，他先是截取了两棵胡杨木，以最快的速度在胡杨木中间挖了坑，然后把这胡杨木拖到河边，和我一起拖着三只动物，把老虎的尸体放在一截胡杨木上，把大牛绑在一棵胡杨木上，用麻绳将我们两艘卡盆的后面系紧了，又把小牛放在他的卡盆上，开始划着卡盆返程。

我永远都无法忘记我跟着芦花的爸爸，各自划着卡盆独木舟返程的路途。太阳高照之下，我奋力地划着，尽量跟上芦花爸爸的独木舟。我们两艘卡盆后面，各自系着一截装载捆绑着牛和老虎的胡杨木。

借助河水的力量，我们顺流而下。

我们划呀划，划呀划，带着丰厚的收获。这三头动物浑身都是宝，够一个部族全体吃好久，一顿吃不了，还可以用盐把肉带骨头腌制起来。老虎皮和牛皮都是好东西。

我很兴奋，划呀划，划呀划，我时不时回头看看我身后胡杨木上绑着的老虎，这家伙死了，可它的眼睛还在睁着，随着水流的激荡，点着头，看着我，不知道是什么意思。它想说，你很棒，你很棒，连我都能杀了吗？

我们回到了北岸，芦花全部族的人都来欢迎我们。芦花也在，她扑过来抱着我，身上有花的香气和鱼的腥气，还有羊奶的味道。

大家都很高兴，很快就把两头牛和一只老虎的肉分完了，家家户户兴高采烈。到了晚上，整个部族的营地里，家家飘出了烤肉、煮肉的香味儿。

芦花的爸爸对我很满意。他取下来了小牛的两只角，打磨成了能吹响的牛角，当着我的面呜呜地吹。然后又拿皮绳穿好了，把我和芦花叫到了一起，在我们俩的胸前，一人戴上一只牛角。

芦花父亲说："你们结婚吧，你回去告诉你妈妈，我想让你把芦花娶回去。"

芦花和我抚摸着一模一样的小牛角，青青黑黑的牛角散发着温暖，我们相视一笑，然后我们举起牛角吹。

后来我就带着芦花回家了，结婚了。

我们两个部族的来往增加了，这是因为我们在持续地联姻。

整个罗布淖尔到处都是水，是风，是河流在注入水。可有时候，还有沙尘暴，还有旱灾，长时间不下雨。我们只好去砍树，砍掉那些胡杨。老人说，树砍得越多，雨水会越少。人口增加了，可水却在变少。罗布淖尔在不断移动。

我妈妈也死了，她被埋在那片太阳墓地里。她死的那天，身体裹着黄麻布，头上戴着白色的、插着几根雁翎的毡帽。她闭上了大眼睛，一动不动。死亡原来这么可怕，她永远都不会再向我笑了。

太阳墓地里，红色的木头栅栏高高地直指天空，和燃烧的太阳一个颜色。我们都喜欢红色，红色是火焰，是我们的血的颜色。可死亡接踵而至。七个月的时候，从孔雀河上游来了一群强盗。他们骑着马，旋风一样席卷了罗布淖尔，抢走了部族男人们的猎获物。于是发生了战斗。

那个时候我在罗布淖尔打鱼，我看见了这场战斗在不远处的岸上发生。等到我回到了岸上，我们部族的人已经死了十几个，整个部族里很多房屋都被毁坏，东西都被抢走了。本来每家每户的东西都不多，都是草编物、木制品、皮毛和晾干的鱼肉、咸肉等，现在大部分都被孔雀河上游来的强盗偷走了。

他们旋风一样来，骑着马，速度很快，比我们的快，抢完了就旋风一样走。

在太阳墓地，又多了一些埋葬者。殷红的木头栅栏朝向了天空，太阳炽热地照射着大地和新死者。

我们长长的送葬队伍，低首哭泣。我看见在沙地里，在太阳墓地中，干燥的风在吹拂，而失却了水分的干尸，几十年、几百年前的干尸，从沙子里面露出来。

我们要继续和强盗作战。于是，部族的女人们也组织起来，因为那些家伙还要来的。等到他们再次来到的时候是两个月之后，部族已经有准备了，埋伏好了，射箭、陷阱、绊索都起到了作用。

这一次，我们部族砍杀了二十三个骑马蒙面的孔雀河上游的人。我们把他们的尸体扔进了罗布淖尔里面，可那些尸体就是不沉下去。

我发现罗布淖尔的水变得咸涩了。靠近我们村落的水系，很久没有流动。

芦花也怀孕了，是我的孩子，我不叫她和我一起去打鱼了。

芦花开始呕吐，她的肚子微微隆起。可她却得了一种奇怪的病，有一天她被蚊子咬了，身体就不停地打摆子，身体忽冷忽热。几天之后，她就不行了。

巫师来了，手里拿着拨浪鼓，脑袋上都是羽毛。他穿着麻布大衣，在点燃的火堆前后跳跃。喷水，把一条鱼破开。

我在黄泥芦苇屋子里，紧紧地握着芦花的手，她看着我，叫着叫着，眼睛睁着，笑了，她不再叫了，没有劲儿了。孩子流产了。我的芦花也死了。

奶奶说，这是女人的命，十个女人就有两个因此而丧生，只不过，这次是我的芦花而已。

芦花死了，我怎么办？我握着渐渐冷却的芦花的手，我知道她永远地离开我了。罗布淖尔的风也变得咸涩了，就像是我的泪水一样咸涩。

我把芦花葬在了太阳墓地。我把那个小牛角放在她的左手里，帮助她握紧。小牛角贴近了她的心脏。

我的胸前还有一柄牛角，这是我们之间的信物，两只牛角现在分开了。是我去太阳墓地亲自挖的墓穴，我挖得很深，我希望谁都不要找到她，包括风，包括云，包括鸟。我看到，红色的木栅栏朝向太阳，我的芦花将在这里安眠，而我将走向远方。

我要把她藏在大地的深处，在那里，她将和她的祖先、爸爸妈妈会合，将来也会和我会合。我把她埋在了太阳墓地里。太阳火辣辣地照射着我和我的悲伤，火红的木栅栏被风吹歪了。这片墓地埋葬了成百上千的死者，如今，又多了一个。

我拿起了我胸前的牛角号，面对白花花、火辣辣的太阳，吹了起来。牛角号的呜咽里，是我的悲伤，是小牛死前的灵魂在诉说，是芦花和我在说话，是风在借助牛角说着它们的话——更大的黑沙暴就要来了，就要在这罗布淖尔肆虐了。

我埋葬了芦花，罗布淖尔已经不值得我流连，我要划着独木舟，穿越整个罗布淖尔，向北而行。我不知道那里有什么等待着我，是雪山？是苍鹰？是马群？是暴风雨？是流星？是山的回声？

我时而吹着牛角号，时而划着独木舟卡盆，在茫茫的罗布淖尔湖面上一路北行。茫茫的湖面之上，只有我一个人，在奋力前行。

二叠

姝人：

此次西行，前途迢迢，不可预测，所以我给你写这封信。

我知道我无法发出信笺，以及后面写给你的每一封信，你也都看不到。等到我回家了，你就都读到了。会有你读到全部信笺的那一天，假如我活着回去的话。即使我死了，有人会帮我把这些信带回去给你看，这样你就知道我在西域的心情，我在做什么，想什么，我又是如何想念你的，在每一天，每一个晚上，在大漠、戈壁那些孤寂的白天，我是如何借助晨光或者暮色，写下了这些信。一般我都写在厚皮纸上，有白色丝帛的时候我就写在丝帛上，这样就是白帛黑字，写完之后，墨迹干了，就裹带在我的身边。我自己常常拿出来看看，想象假如你收到这信笺，会是什么表情和心情——你的眉毛会不会变得弯弯的，就像是春天里新发的柳叶一样，你的眼睛会不会眯起来，就像是燕子的嘴衔一样细微，你的笑靥也会浮现，你会把我写下来的信一个个字仔细地读着，默默地念着，然后，把它们都记在心里，想念在远方的我。

是的，我已在路上，西行西域，大道朝天，天气多变，天象复杂。夜晚，星空的浩瀚让我感到了自己的渺小。白天，天距离大地很近，距离我的心很近，我豪气万丈，因为有你在长安期待着我的归来。

我不能确定我能否安全归来，所以我已经叮嘱了随从的壮士，要保管好我的东西，一旦我发生意外死去，他们要把我带着的东西分门别类地交给我的亲人。这里面有给我父母的，给我的朋友的，也有给你的这些皮纸和锦帛信笺。我除了盼望能够早日回到长安去迎娶你之外，我不能再盼望别的了。

可死亡总是和我相伴的。我此次西行的目的地，是楼兰和龟兹两个小国。这两个小国经常出尔反尔，最近更是倒向了匈奴，将大汉派去的使者击杀。楼兰和龟兹都在大汉通向西域的大宛和其他西极各国的要道之上，国虽小，但位置很重要。他们有自己的生存之法，那就是尽量保持中立，在我大汉和匈奴人之间保持平衡。

妹人啊，给你说了这些姑娘家不很感兴趣的事，也是为了说给我自己听的。这些年来，楼兰分别向匈奴和大汉派出了王子作为质子，几年前，发生了一件事：老楼兰王病逝了，为了尽快立新王，他们派人快马赶到长安，打算接在长安做质子的楼兰王子回去登基。结果，楼兰使者到了长安，傻眼了。

你知道为什么？原来，他们的那个王子在长安待了很多年，整天无所事事，到处惹是生非，还管不住自己的欲念，喝酒了就惹是生非，强抢民女不说，有一次还埋伏在半路上，袭击新选入宫的宫娥队列，偷抢了两名本来要献给皇帝的宫娥。于是，皇帝震怒，下诏让人把这个楼兰王子处以宫刑，也就是把他裤裆里那个男人长着的惹祸的东西给割掉了，连同两个蛋蛋一起，这样他就不会再惹祸了。这宫刑处罚，对于男人来说，都是很羞辱的事情，等于是废掉了一个男人。

这个王子被处以宫刑，等于废掉了，整天傻笑，变成了一个女里女气的人，喜欢上一种桃花做的胭脂，还喜欢搽蝴蝶的翅膀做的莹粉，涂脂抹粉，搞起了同性恋。楼兰使者见状大惊失色，觉得回去也不好交代。这下轮到我大汉多少有些尴尬了。可是当时皇帝下令对这个王子处以宫刑，诏令必须要执行的。现在，还要把这个事情再转圜起来，怎么办？

丞相出了一个好主意，嘱咐楼兰使者说："你回去向楼兰王室这么说，就说我们大汉皇帝陛下十分喜欢这个王子，不愿意他回到楼兰，请他们还是另立一个王子当国王吧。"

这等于是要把事情说圆了，还得拿我朝皇帝说事。皇帝喜欢楼兰王子，不愿意放他回去，这是个很能说得过去的理由。

就这样，楼兰使者没有接到王子，但拿回去了不少金银财宝、丝帛棉布等大汉的赏赐物。他们回去说了王子无法回来的原因。于是，楼兰王室就赶紧又派人去匈奴王廷，把放在那里的另外一个王子接了回来，承袭了楼兰王的大位。

那个王子在匈奴营帐里长大，自然很亲近匈奴人，对我大汉就很疏远。有一年，大汉天子派人前往楼兰，请楼兰王前往长安，面谒天子。但这个亲匈奴、疏大汉的楼兰王，以婉拒的方式说：

"我才当上楼兰王，楼兰现在国事繁杂，似乎有阴谋叛乱在暗地里滋生，因此我需要集中精力处理国事，可否两年之后我再去长安，面谒大汉天子？"

这等于是缓兵之计，也说明了，这个自小在匈奴大帐里长大的楼兰王，是不愿意和大汉保持亲密关系的。

此时，我大汉已经将通往大宛等西域国家的道路打通了，形成了一条驮马之路，马背上驮着的，都是大汉出产的陶器、丝绸、米面和其他物产。龟兹、楼兰是从长安出发前往大宛、安息的必经之路，前往那些闪烁着奇异光芒的遥远国家，带回来我们从来都没有见过的香料、骏马和种子，这多么激动人心！

于是，在路上奔走的，都是商队的马匹和骆驼。经过沙漠地区，需要这种忍耐力非常强大的动物满载货物。很多汉人经过楼兰的时候，需要在那里休整。从甘州、肃州继续向西，人烟越来越稀少，连鸟都很少见到了。到处都是戈壁滩上的石头蛋子。龟兹和楼兰是必经之路上的小国，也是补给的重要站点，那里有水，这是大沙地带最重要的东西。可是，这几年，到达龟兹和楼兰，继续前往西域的商人和使者，却遭到了龟兹和楼兰人的袭扰，龟兹人、楼兰人看到汉人来了，就立即向匈奴驻扎在楼兰国内的密探和刺客报告，那些匈奴密探和刺客就会发动突然袭击，杀死这些汉人。特别是楼兰国王是在匈奴长大的，他们沆瀣一气，暗地里倾向于匈奴。

和你简单告别之后，我就带领满载东西的驼队，以及几个壮士，起身前往楼兰。在我的怀里，揣着你给我的信物，那柄小小的牛角号。那是你父亲多年前从龟兹带回来送给你的，你把它给我了。你父亲已经去世了，死在了龟兹，当年被匈奴人杀害了。如今，我也再度出发，前往那里建功立业。好男儿要志在四方，大男子当建功立业。我大汉朝鼓励男人远行，去探索未知的世界，去带回来新鲜的见识。

我喜欢这牛角号，它是青黑色的、圆润的牛角号，我拿出来吹的时候，能让周围的一切瞬间都亮起来，昆虫和蝴蝶也飞起来。牛角号被你的手抚摸了很久，仿佛带着你的体温。我就这么摸着它睡觉，戴着它前行。

现在，我们就要到达阳关了，出了阳关，就看不见一个熟悉的人了。可我想念着你，就信心百倍，就勇气陡增，建功立业的梦想就距离我又近了一步。

姝人：

傅介子我想念你这个美好的姑娘，我的心在为你而跳动。昨晚的黑风暴吹跑了不少马匹。刚刚出了阳关没有一百里，就发生了遮天蔽日的黑沙暴。这样的沙暴，来得快，去得也快，但沙暴走了之后，一切都变样了。熟悉的路不见了，驮马失踪了，物品都被埋在沙子下面了。

我的人也死了一个，他发热病好几天了，在黑沙暴中，他是窒息而死。但大部分人都在，金器银锭都在，钱粮不少，马死了几匹，骆驼都还在。出阳关的时候，我们的队伍里已经将马匹大都换成了骆驼。骆驼的能耐巨大，沙暴来临，它们可以安静地蹲下来，卧在沙地上，安闲地咀嚼着什么，动着嘴巴。耐心地等待沙暴刮过去。等到沙暴过去了，就起身继续前行，骆驼是最可靠的动物。

想起来在元凤年间（汉昭帝年号，公元前八十年），我曾以骏马监的身份出使大宛。当我经过楼兰和龟兹的时候，发现了龟兹和楼兰首鼠两端，暗中依附匈奴的情况，我代表大汉严厉斥责了他们的这一行径。他们对我倒是唯唯诺诺的，做两面人，欺骗我。我从大宛买回了骏马，到达楼兰，在客舍住下，打算休整几天，却听到了从龟兹过来的大汉客商的举告，说是暗藏在龟兹的匈奴兵士，击杀了大汉的使者和客商。

我就带领人马立即返归了龟兹，在那里暗查到了匈奴使者的住所，然后带领手下人发动了突然袭击，杀死了几个匈奴的使者和暗探，将他们的首级装入皮囊，带回到了长安复命。那一次，我的勇敢得到了封赏，我被拜为中郎，升为平乐监。

也就是在那时候，我和你相遇了，你还记得吗，美好的姝人，在长安城外的一条泥河边，杨柳依依的日子里，春风拂面，你在郊外踏青，衣袂飘飘，裙裾翠绿，白色绿色交相辉映，和布裙蓝衣的其他村妇民女大不一样。

你一出现，就吸引了我的目光。你来到了一片墓地。原来，你是出城来给父亲的坟填土的。你的父亲死在武帝时期，就在西出阳关一千里的龟兹。你的胸前有一柄小巧的牛角号，就是你后来给我的这一柄。

我被你吸引了，我走过去，施礼之后和你主动说话，我也不知道是哪里来的勇气，按说，我这样的人是不应该去和女孩子搭话的。那样太不礼貌，也不严肃，更不庄重。我问了你添土的坟是你何人，你说，是你父亲，死在了龟兹，尸骨未还，这里是衣冠冢。我说，我也去过你父亲战死之处，如果可能，我愿意去寻访你父亲的骨殖。你就对我留意了，我们就这么认识了。我和父母说了，他们请了媒婆前去你家说亲，这门亲事就这么定下来了。

姝人：

眼下，我已经到达楼兰城。今年的楼兰城内很干燥，这里有一年都没有下雨，空气里似乎都是火。

我悄悄地进城，尽量不被人注意。这次来，我带着一个重要的使命，有着重大的责任。楼兰城内人来人往，高鼻深目的商贾，楼兰往西各个城邦小国的居民穿梭其间。能够看到远处那寺院的佛塔，塔顶的铁玲珑在风中叮当作响。穿过城区的一条小河几乎要干涸了，这条河是从远处的大湖罗布淖尔引过来的。我想，没有水，这座城市、这个小国就完了。

我这次来，是要干大事。我不仅怀揣利刃，我还带着几个壮士，几十个伪装成脚夫的军士，他们都是我的战士。我们不足一百人，却要做惊天动地之事，能不能成，心里没底。这些年，龟兹、楼兰逐渐疏远大汉、亲近匈奴，袭杀汉使、汉民、汉兵、汉商。就在去年，楼兰国内部也出现了分裂：楼兰王安归和他的弟弟尉屠耆产生了巨大矛盾，尉屠耆一怒之下来到了长安，告发哥哥、楼兰王安归依附暗通匈奴的情况。

我得知这一消息之后，觉得需要采取行动。在我朝，武帝崇尚军功的那些奖励政策都还在继续实施，无论是带回大宛的骏马，还是击杀了匈奴士兵，或者稳定了边疆，剿灭了那些外形似人、实为野兽的蛮人，都能得到封赏。所以，男人们都想抢立功劳。

我就是在这一背景之下，主动向朝廷提出了前往龟兹，刺杀龟兹国王以示警诫的计划。我的计划是什么呢？那就是，带着金银财宝、布匹绸缎、粮食用具，以封赏龟兹国王室的名义，前往龟兹，再伺机刺杀龟兹王，把龟兹王的脑袋带回来，杀一儆百，看看西域那些城邦小国再敢不敢首鼠两端，和大汉王朝的敌人做朋友了。

我的这个冒险的计划，得到了霍光大将军的首肯。他向皇帝上奏此事，得到了皇帝的首肯。不过，毕竟姜是老的辣，大将军再次和我面授机宜的时候说：

"傅介子啊，我知道你智勇双全，勇不惧死，年轻就是好！大汉就要靠你这样的人才能平安四方。皇帝也准奏了。但我仔细思量，这龟兹比楼兰远，龟兹国虽然是个城邦小国，可也比楼兰大，情况复杂，缺乏接应。我建议你改在楼兰行事，楼兰距离长安近些，楼兰国又小些，城内有大汉的暗探兵士，埋伏了不少眼线，都能在关键时刻现身，发挥作用。楼兰王安归和龟兹王一样，都是不听我大汉的。最重要的是，楼兰王安归的弟弟尉屠耆就在长安，可以随时回去即位成为新王，替代安归执掌楼兰的王廷。这样会更容易成事。不知傅介子，你怎么看？"

我说："启禀大将军，您的话非常在理。我曾前往大宛给我朝买过骏马，走过那些地方，熟悉楼兰、龟兹等西域诸国，这是我的优势。现在呢，派我去宣威施恩，散财于西域诸国，凡依附匈奴的，都要小心了。匈奴是我大汉的敌人，在武帝年代，赵破奴的副将陈汤前往西域平定叛乱，就说出了'犯我强汉者，虽远必诛'这样强硬而响亮的话，流传至今，令那些有反叛心的西域蛮族们闻风丧胆，但凡想搞叛乱、闹情绪的，都要仔细掂量掂量了，虽远必诛！就是你虽然距离长安很远，我也能把你诛杀了。"

大将军沉吟道："是啊，俗话说，非我族类，其心必异。龟兹、楼兰人私下里串通匈奴，杀我汉使和商人，杀我军士和农人。现在，是你去建功立业的时候了。我还会派一千军士，保护着尉屠耆回楼兰，远远地跟在你后面，作为接应，遇到险情了，随时都可以增援你。"

我很感念大将军的深谋远虑，他说的是对的。在楼兰实施我的计划更可行，何况，还有预备增援的汉军、打算即位的尉屠耆在后面接应。我当然为大将军的深谋远虑、多谋善断而折服啊！那就在楼兰行事，斩杀楼兰王安归。

我向你告别，你哭了，你把牛角号取下来，带着你的体温，然后挂在了我的胸前，贴紧了我的皮肤。

夕阳斜下，楼兰城被这暮晚的光线覆盖，涂抹上了一层哀愁。不知道为什么，我对楼兰这个小国，带着一丝细密的怜爱，就像是这个小国可能要完了，要不存在了。我注意到，楼兰附近的水源供给越来越少，风沙越来越大，迟早要湮灭这座小国。

我带的驼队把一家客栈全部占满了。我带着金银财宝，放出话来，我傅介子就是带着大汉皇帝的诏令，前来宣慰西域各国、各城邦的王侯将相的。目的就在于赏赐，没有其他目的。我还派出信使，前往安归王府，求见楼兰王安归。

楼兰王安归因为和弟弟尉屠耆闹了矛盾，尉屠耆逃跑到了长安，亲近大汉，使得安归早就心生嫉恨，疑虑也布满了他的心间。我的到来更让他疑虑万分。他采取了冷淡回避的态度。所以，我派去觐见他的人回来说，安归王说他身体不舒服，不能接见我，让我继续西行。

我明白了，于是，我将计就计，第二天一早，我宣布驮马队伍立即启程，前往龟兹和姑师，去那里宣慰大汉皇帝封赏的金银财宝、布匹绸缎，在楼兰我们什么都不留下。

楼兰王安归还有自己的小九九。他为了一探究竟，二探虚实，让手下的贴身大臣黑塔石前来送行，并相机行事。

这个黑塔石长得又高又壮，他穿着楼兰王的侍臣穿的大红色镶金边丝线的袍子，头戴黑白相间的银丝线镶边的毡帽，脚踩靛蓝色落地靴，浑身散发着傲慢气息，还混杂了羊肉的膻味儿，像是一面墙走过来，给我送行。

我笑着问他："黑塔石啊，楼兰王安归殿下，真的是身体有恙吗？不会是他不想见我吧！"

黑塔石狡黠地一笑，挥了挥手说："哪里啊，大王他是得了风寒症，正在那里打摆子呢，没办法见您这个大汉特使啊！只有等您从西边回来，再路过楼兰的时候，再约觐见了。我是受了大王的指令，前来送您出境。"

我大笑两声，出门去，带着驮队向西而行。

我们一行走到了楼兰边关处，正要和黑塔石告别，忽然，一匹马惊了，带着驮着的东西疯狂地跑过来，撞向了身材魁梧的黑塔石。说时迟、那时快，我看到黑塔石行动很笨拙，躲避不开，我就当机立断上前，一把揪住缰绳，瞬间拦住了惊马。惊马一声嘶鸣，马的两只前蹄高高扬起，咴儿咴儿叫着，口吐白沫，一下子跌倒了，身上的筐子翻倒在地，掉落下来一大堆我大汉的金器银锭和珠玉宝石，还有几匹绸子，也一下子摊开来，在风中漫卷成绚丽的旗帜，在风中摆动。

我能感觉到，就在那时，在黑塔石的眼前，在我们所有人的面前，这些大汉的财物霎时金光闪闪，那些金器银锭都在闪烁，绸缎布匹也是绚烂无比。

黑塔石惊呆了，他说："这么多好东西啊！"

我对他说："阁下啊，这些金银财宝、布匹绸缎，确实都是我大汉天子、当朝皇帝专门派我这个特使，手持黄金、银锭、锦绣、布匹，赐予包括楼兰在内的西域各国的。可你们的安归王不愿意接受这些礼物，对我心存疑心，不愿意见我，那我只好继续西行龟兹了。龟兹人有福了！他们要得到这大部分的东西，真是幸运啊！本来，这里面也有你的份儿，黑塔石，假如安归王见了我，收下东西，我们也要送给你不少东西呢。"

贪婪是人的天性。黑塔石一听还有他的份儿，又看到了我们带的真金白银、绫罗绸缎，眼睛大亮，他对我说："稍等稍等，傅介子大人啊，我的朋友，我陪你们先在这里休息，马上派人回去禀报安归王，看看他的病好了没有。你们千万不要出关。"

我看见他赶紧跑到了旁边，对手下的快马说："赶紧去禀报大王，他们带的都是真金白银，都是真金白银啊！不是瞎说的，都是真的。"

然后他又跑过来："傅介子大人，请稍事休息，在这里吃点西瓜解暑消渴，西出边界可就没有水了，从楼兰到龟兹，要穿越罗布淖尔大水泽，还有大沙漠和戈壁滩，一路上很艰辛的。安归王还有赏赐给你们的东西，其实早就准备了，请稍等。"

我们等着，就在楼兰通往龟兹的边防站吃瓜喝水。休息休息也好，这正中我的下怀。我佯装不知情，实际上，我知道，我带的金银财宝和布匹绸缎，是贪财好色的安归王垂涎三尺的东西，他一定会让我再回到楼兰城，立即接见我的。

果然，快马像风一样刮来了，急雨一样赶到了。"报——传楼兰王安归旨意，大汉特使傅介子，请回城接受觐见！"

我微微一仰头，和黑塔石相视一笑，大家是各怀心事，各怀鬼胎，各谋其事，打马回还，我们一行又回到了楼兰城。我知道，安归王这个时候也不犯毛病了，他的病肯定好了，治疗他的贪婪病的，就是我带的东西。我们就这么重新回到了楼兰。

姝人：

这安归王贪恋金银财宝，概莫能外啊。人性如此，也就好办了。前面写了，我跟着黑塔石一起，带着马队回到了楼兰城。楼兰城内，树木花草有些蔫，缺雨少水，让树木失去神采。孔雀河的一条支流穿城而过，水流缓慢而混浊，打着漩涡儿吞灭着落水的昆虫。

一群黑鸟在半空中掠过，叫声神秘而凄切，预示今晚会有大事发生。

黑塔石早就进宫报告给了楼兰王安归，说汉使傅介子大人从边关处回来了。

安归王让我们先去客栈歇息一会儿，晚上他专门设宴款待我们。

到了这天晚上，天色漆黑，城内为了照明的火把燃烧起来了，松香阵阵。我看到星星密布在高空中，在旋转，在流动，距离我那么近。我知道今晚只许成功，不许失败。失败了，我就会死了，就再也见不到你了，我的姝人。可大丈夫不惧死，唯不能再见到你，姝人啊，这才是让我心痛之事。我握紧了你给我的牛角，体温在增加，心跳却渐渐慢了下来。这说明我想念你，而你带给了我力量。

我只带了两个随从壮士，骑着马前往王府。楼兰王府不过也就是几进屋子，一个大院子而已，在我看来实在是简陋了。下马之后，随从抬着要献给安归王的金银财宝，跟在我后面疾步而行。在楼兰王府的门外，我稍微等了一会儿。也许他们会发动袭击，猛然射箭将我们杀死，他们把东西抢走，然后正式和大汉决裂。我猜想他楼兰王安归不敢这么做，他没有这个胆子。

大门开了，楼兰王王府之内，所有的火把都点亮了。这是用皮绳捆扎红柳枝和芦苇，外面抹上黄泥之后的夯土建造的官署。有个卫士高喊："有请傅介子大人！"我们昂首阔步走进去，扛着礼物的随从被拦在一排卫兵后面走，只让我和两个壮士在前面走。

楼兰王府内装饰物用的都是白毡子和花毯子，三叶草图案围绕着瑞祥鸟兽，在挂毯、壁毯之上处处可见。楼兰王安归有所防备，只见那一层层的护卫都是手执明晃晃的利刃，有的是防止翻墙的袭击者的，他们拿着长棒裹着砍刀的那种刀，可杀人于八步之外。

我面不改色，心跳缓慢，一步步走了进去。

楼兰王安归面色红润，脸上布满了胡须，看着既阴险，又威严。这楼兰国接近一万户，人口不多，却占据要道，匈奴、大汉两下拉拢，所以楼兰王很得意。他头戴楼兰王的冠冕，和大汉皇帝的珠冕不一样，身穿一件红黄色袍子，上面有人舞、斗兽和花树相互对称的图案。腰间系着带有银铲的腰带，脚穿白色毡靴，见到我走来，他也快步走过来，用楼兰话说："汉使傅介子大人，有失远迎啊。我身体微恙，偶感风寒，很不舒服，没有及时接见，还请见谅！"译者大声翻译给我听。

我上前单腿跪下施礼，又站起来弯腰鞠躬两次，继续施礼。这是见楼兰王需要的施礼过程。"大汉使者傅介子，觐见楼兰王陛下！"

然后，我把手一挥，四个壮士抬着两个大箱子上前，我闪身叫他们放下，在安归王的面前，打开了两口箱子。樟木箱子香气四溢，打开来的瞬间，却见黄灿灿、明晃晃的金银财宝器具放出光华，安归的眼睛大亮。

"丝绸布匹还有不少，都在外面的驮马上。这是大汉天子宣慰于楼兰，让本使者进献给大王安归陛下的。"

楼兰王安归见到这些东西，眼睛里都是满意和陶醉。他喜欢这些，我看出来了。收下了礼物，他礼让我们进了侧室："好酒美食早就准备好了，您请一起用餐吧。"

侧室那里是宴会之所，我看到，安归王的贴心臣属有十多人，已经在那里坐好了，在屋子的几个角还有手拿武器的卫兵。大臣见到我们进来，都拍起了巴掌表示欢迎，并高呼安归王的名字："安归！安归！呼啦啦哈！呼啦啦哈！"译员告诉我，就是安归王万寿无疆的意思。

我暗自冷笑，万寿无疆，今日就是你的有疆之日。

宴会之所已经摆好了各种吃食。陶器、铜器、铁器、木器器皿中，摆放着羊头、牛尾，以及煮好的肋骨肉。此外还有各类蔬菜、瓜果。一个木桶里盛放着冰块，这是楼兰王的冰窖里珍藏的，用来储存新鲜的羊血和水果。

葡萄酒端上来了，模仿我大汉酒爵的酒杯，是玉石雕琢的。这里玉石用具也很多，都是从昆仑山上采下来的。

"来来来！喝酒！喝酒！吃肉！吃肉！"安归王招呼我们，译员立即翻译给我们。我带的两个人坐在我后排的案几后面，长木几上摆放的都是食物。我坐在前排，我的对面，就是楼兰王安归的筵席，也是一面木几，上面摆满了酒食。

安归王举着酒爵，致辞以示感谢，我致答词，我们举杯痛饮，一饮而尽。这个时候，一定要面不改色心不跳。姝人啊，我这时更要沉住气了。

安归王很兴奋，他肯定在为自己得到的赏赐之丰厚而动心呢。可我大汉的东西可不是随便拿的。

吃肉喝酒，酒至半酣，眼看着安归王的那些大臣个个东倒西歪，卫士也都放下警戒心，喝得面红耳赤，大声喧哗，场面热闹而混乱，全都放松了警惕。六个漂亮的胡姬进来开始给我们表演舞蹈，她们穿着轻巧的鞋子，蒙着面纱，露着大眼睛，颤抖着美丽的肚脐眼，在我们的案几旁来回穿梭，三个弹乐器的老头跟在一边，摇头晃脑地弹拨乐器，乐曲旋律优美而令人躁动。

我浑身发热，为大汉立功的时候到了，我要行动了。姝人啊，我成功了，就回长安娶你；我失败了，今天就横尸在这楼兰，成为一个为大汉而死的人。

安归很兴奋，借着酒兴，他说要和我比赛膂力，掰手腕。随从立即从一边取来了一个案几，摆在中间，安归和我面对面捋胳膊捋袖子，分别出了右手掰手腕。早就知道这安归力大无比，他是吃肉长大的，和我这个吃小米面食长大的汉朝人不一样。他的眼睛盯着我看，我也盯着他看，此时是狭路相逢勇者胜，气势绝对不能矮一头。

这场掰手腕引发了大家的热烈关注，大家叫着，笑着，泼着酒，在一边跳着，闹着，看着我们两个一个快把另外一个扳倒了，可眨眼之间另一个又占了上风。我的确感觉到这安归膂力惊人，腕力很大。虽然我自幼习武，和他几乎打了一个平手。最后，我佯装斗不过他，猛地松手了。安归赢了，大家都兴奋起来，一起举杯高叫着庆贺。

忽然，从外面急匆匆进来了黑塔石，他狐疑地看着我，跑到安归的身边在他耳朵边说了几句。楼兰王安归的脸色阴沉了下来，他对我用汉语说："傅介子，听说，你们有军队跟在你们后面，正在向楼兰逼近，我的弟弟尉屠耆也在里面，这是为什么？"

我立即知道黑塔石得到了线报。我站起来，大声斥责黑塔石撒谎："黑塔石，你谎报军情！这里只有我们几个人，哪里来的汉军？肯定是你在造谣。有证据吗？"黑塔石吓了一跳，他唯唯诺诺地答不出来，安归王看着他，让他坐在一边。

安归有点疑心，但被我的大义凛然给镇住了。我给我身后的两个人使了眼色，然后，我借给安归敬酒的时候，凑近他，说：

"大汉天子还有口谕和礼物，请借到旁边僻静的地方我说给您。"

他能听懂汉语，就起身带着我来到了旁边的屋子，我身后的两个壮士也跟了进来。

我和安归王面对面，他满脸潮红和欣喜，猜测着我要给他带来的好消息，我靠近他，我说："大汉天子要我告诉你——"

我说到了这里，我身边的两个壮士早就绕到安归王背后，从腿部霎时抽出尖刀，从左右两边同时行动，各自一刀扎进楼兰王安归的身体。我能看见两把尖刀瞬间扎透了安归的身体，因为有两把尖刀从他的胸前透出来了，带着血丝，闪闪发光，显然是扎透了安归。他大叫一声，一把抓住我胸前的姝人你给我的小牛角号，扯了下来，紧紧地握在手中不放松。他脸上的表情我看得很清楚，由欣喜到疑惑，由疑惑到愤怒，再由愤怒到绝望，然后，由绝望到苍白的凝固般的死寂。

楼兰王安归就这样刹那间，被我的壮士杀死了。

我和两个壮士立即回到了宴会之所，两个壮士托着楼兰王安归的尸体，出现在大家面前。所有的人都惊呆了。三个弹弦的老头惊呆了，弦弹断了，六个胡姬把蒙面取下来了，嘴张得比石榴还大，然后发出了凄厉的尖叫，肚脐眼疯狂地抖动，不知道这是什么舞蹈。大臣护卫都没有反应过来，有的人烂醉如泥。

黑塔石铁塔一样摇晃着站起来，他从腰间取下来了一把铁锤，还没有出手，我已经一剑封喉，将他斩杀。黑塔石先是双膝跪地，然后上半身扑倒在地，扬起来一片灰尘。

我大声宣谕："奉大汉天子诏令：楼兰王安归失去王道，身负背叛大汉的罪行。他受到大汉的交战敌人匈奴的指使，多次下令杀害大汉的使者，比如朝卫司马安乐、光禄大夫李忠、期门郎褚遂成等三批使者，都在他下令之下被害。安归还下令杀害了从大宛和安息派来出使大汉的使者多人，抢夺他们的印信，掠夺大宛和安息献给汉朝天子的贡物。数罪并罚，难以饶恕，所以，我前来处死他。你们听好了！这些罪行都由安归一个人承担，和你们都没有关系。今后，你们各归其位，该干什么干什么。至于谁来即位，大汉天子已经想到了，派在长安做质子的尉屠耆回来做楼兰王，并派驻军协助安定局面。诸位听好了，欺我强汉，虽远必诛！陈汤过去说过这句话，我现在，再说一遍！"

我的铿锵有力的话语，起到了震慑的效果；我的软硬兼施的计谋，稳定了可能出现的乱局。

这时，在城外等待的尉屠耆已经火速骑马进了楼兰城，立即宣布即位。同时，大汉的西域长史府也将在楼兰城内设立，这是大汉在楼兰正式设立的官署，用以管理广大的西域事务。

第二天清晨佛塔之上，大钟敲响了，宣告这一变化，楼兰从此掀开了新的一页。

我这袭杀楼兰王安归的计划，就大功告成了。我把安归的脑袋割下来，放入皮囊里，浸泡在药液中，带回了长安城复命。

大将军霍光对我的果敢行动非常满意，禀报昭帝，封我为义阳侯，食邑七百户，我的随从被加封为侍郎。

安归的脑袋挂在长安的北门城楼上，来来往往的人都能看见。尤其是从西域来的使者、客商、兵士、暗探、流浪汉，都能看见。他们对大汉的威严和雄风就都了解了，体会到了。从此，长安往西的丝绸商道之上就十分畅通了。否则，下场就和安归一样了。

安归的脑袋挂了一个月，被风干了。我取下来，找人带回了楼兰，和他的无首尸身合体下葬了。

姝人，后面的事，你都知道了，我和你结婚了。我们生了三个孩子，过上了幸福的生活。至于你给我的牛角号，因为沾染了安归的鲜血，我后来送给了尉屠耆作为纪念，他很喜欢那个牛角号，在我离开楼兰的时候，站在城墙之上，为我呜呜地吹响了，使我觉得，我可能再也不会回到楼兰了。

三叠

先是一场沙暴来到了楼兰，一共刮了三天。那是我很少见的黑沙暴，带着遥远的北方沙漠的气息，是我的记忆里非常陌生的。沙暴带来的沙子，在三天之后覆盖了楼兰所有的存在物，房屋的外面都有厚厚的一层沙子，屋子里的每个地方都有这样的沙子留了下来，颜色是黑褐色的，如同千百万个奇怪的小虫子的尸体，带来了不祥的征兆。

接着，楼兰又迎来了一场大洪水。那场大洪水是从遥远的雪山上融化的雪水，汇入了塔里木河，将故道冲垮之后，沿着一片高地冲荡过来，一下子就使楼兰变成了一片被水泽包围的孤城。

是的，楼兰本来自古就是栖居于水边的小国，从来不惧怕水，但是罗布泊的水日渐干涸，已经很久都没有见过这么大的洪水，这使我感到了万分惊异。洪水缓慢而阴险地包围了城墙外所有的低地，水的力量，能将一切固定的事物溶解和瓦解，比如，城墙外的那座瞭望土岗，就很快崩塌了，大水将之缓慢地变成了一堆废墟，我派出一艘木船去接那几个瞭望的哨兵，结果木船也倾覆了，淹死了船上所有的人。这些事情都是令人匪夷所思的。

这场大雨一共下了七天，此前，已经有一年没有降雨了。可以说，到处传来的都是坏消息。楼兰的城内城外是一片汪洋。

我是楼兰王比龙。这是在夏季的某一天，我站在王宫里发呆，不知道沙暴和大雨之后会迎来什么灾难，我的手里端着一个锦盒，里面放着一柄被牛油仔细护理过的牛角号，这是楼兰先王尉屠耆传下来的，他已经死了几百年了。

大水围城，外面传来的是人的哀号。我站在楼兰城最高的地方，也就是佛塔的高台上，四下望去，但见楼兰城外那郁郁葱葱的树林，都在汪洋中成了飘摇的水生植物。即使是坚韧的三百年的老胡杨，也在大洪水中被浸泡得死气沉沉。按说在这些缺水的年份里，水对于楼兰是多么的重要，对于我和我的楼兰是多么的重要，因为最近几十年，水成了最稀罕的东西，河道、湖泊都在干涸，已经不适合我们生存了。所有的楼兰人都在传说我得了重病，即将废弃这座沙漠荒原中的孤城。突如其来的洪水，会不会改变我和楼兰的命运？

大水围困了楼兰一个月，然后就像地底下有一个巨大的漏斗，那些水奇怪地全部渗了下去，一滴水都没有了。

太奇怪了，地面上真是一滴水都没有了。骄阳似火，仿佛天上有十个太阳，在炙烤着大地。每个人都口干舌燥，像蜥蜴那样喘着粗气，后悔没有用水窖多储存一些淡水。而楼兰的井水早就变得咸涩不堪了。

其实，除了黑沙暴和大洪水，传来的，也都是坏消息。在北方，北魏的皇帝拓跋焘派他手下的大臣李顺来到了西部凉州，向凉州大司马沮渠蒙逊要一个人。

这个消息，是沮渠蒙逊派人密报给我的。楼兰和凉州，是唇亡齿寒的关系，当我们前些年得知大魏国皇帝拓跋焘受到了道教道人的蛊惑，开始灭佛之后，我们就准备着随时要和拓跋焘的来犯部队作战。因为，凉州、楼兰，都是尊崇佛教之地。

拓跋焘要的这个人，是从我的楼兰逃到凉州的。他是一个来自克什米尔的僧侣，名叫昙无谶。昙无谶的皮肤是棕黑色的，眼睛很大，人也很聪明。传说他在天竺修习小乘佛教，经常和他的师父辩经，辩论的是小乘佛教和大乘佛教之间的义理优劣。有一天，昙无谶几乎要把师父辩倒了，但到最后，昙无谶沉默了，为的是给师父留下面子。师父也明白，后来，师父觉得昙无谶实在是太聪明了，就将自己的贴身宝贝——一部写在桦树皮上的《涅槃经》给了昙无谶，然后就圆寂了。

昙无谶拿到了这部宝贵的《涅槃经》，读了之后，大为吃惊，丢掉了小乘佛教义理，开始修习大乘佛教。

这个昙无谶不仅聪慧异常，他还会使用各种巫术。比如，他能够念咒语让树叶瞬间枯黄，让鸡鸭的羽毛即刻脱尽，让秃子的脑袋马上长满了头发，让荡妇立即来月红无法性交，让哑巴开口说话、聋子听到声音、盲人看见道路等各类神迹巫术。

昙无谶的巫术和咒语在克什米尔地区名声很大，有一天，克什米尔王就召见他。

昙无谶来到了王宫，克什米尔王看到他的穿着很破烂，浑身还有臭气，就很轻慢他，认为他是个骗子，没来得及让他说话，就把他赶出去了。

从宫廷里出来，昙无谶就下了咒语，让天下大旱。果然，克什米尔大旱。一时间，庄稼绝收，人畜共患病。克什米尔王很着急，随从告诉克什米尔王，只有昙无谶能够让云彩下雨。

昙无谶托人带话给克什米尔王，如果想祈求降雨，就要花重金来请他昙无谶作法。克什米尔王不得不花了重金，延请昙无谶作法。

昙无谶念了半个时辰的咒语。一个时辰之后，克什米尔普降大雨。

克什米尔王看到他有这等能耐，不仅不感谢他，反而十分恐惧，就派刺客抓他，想杀了他。而昙无谶早就算到了这个结果，带着师父给他的那部珍贵的《涅槃经》，翻山越岭，离开了克什米尔，逃到了龟兹。

那个时候，在龟兹流行的，都是小乘佛教，对他带来的大乘佛教不感兴趣，甚至还威胁他要他滚蛋。就这样，他又来到了楼兰，来到了我这里，求见我。

我就认识他了，也知道了他的故事和神迹。这些都是他给我讲的，我也不知道是不是真的。他还给我看了那部《涅槃经》，果然是写在桦树皮上的，每个字都闪烁着一种银光，非常神奇。

我收留了他，我也经常请他作法。我很信赖他，但是我预感楼兰留不住他，因为，他是那种志在千里、才华横溢、气冲斗牛的人，我这个小国容不下这等聪明人。

没有等到我欢送他离开，他就自己逃到了凉州的沮渠蒙逊那里了。

他逃走的原因，说起来怪丢人的。

我有一个妹妹，叫曼头阤林，是宫廷乐队的总管，她长得很漂亮，身材丰腴，腰肢柔软，善于歌舞。她的丈夫是我手下的大将尉迟黑亥，尉迟黑亥一直在罗布泊荒原白龙堆北部的边境线驻守，很久都没有回来。因此，不知道从何时开始，昙无谶就和我寂寞的妹妹曼头阤林私通在一起了。

我一开始还不知道，直到有一天我去探望妹妹，亲眼看到了昙无谶从她的卧房里出来，我才相信了传闻。他看到我之后很害怕，匆匆地溜掉了。但当我责备妹妹曼头阤林行为不端的时候，她却毫不在乎。她说，她的丈夫常年在外，让她独守空房，而她欲望强烈，需要男人陪伴。不仅如此，昙无谶还带来了一种天竺的红花药，让她焕发青春，让她欲仙欲死，让她青春永在。

我拂袖而去。不久，曼头阤林和昙无谶私通的事情被尉迟黑亥知道了，他一怒之下带兵回来，要杀了奸夫淫妇。

昙无谶就匆匆逃跑了，跑到了凉州，投奔了沮渠蒙逊。尉迟黑亥杀了我的妹妹，然后，自杀而死。

这一出楼兰宫廷悲剧，让我伤心了好久，也让我蒙羞。

昙无谶逃到了凉州，得到了沮渠蒙逊的厚待，他拿出了《涅槃经》奉献给沮渠蒙逊，还加入沮渠蒙逊组建的、专门翻译佛经的上书房，与其他七位译经太师一起，翻译佛经。很快，凉州就成了闻名南北的译经中心之一，和长安、洛阳、敦煌、襄阳齐名，在南来北往的僧侣口中传诵。

沮渠蒙逊让他即刻翻译《涅槃经》，昙无谶就先学习了凉州的方言，然后，他用凉州方言翻译《涅槃经》。

等到他用凉州方言翻译出《涅槃经》之后，沮渠蒙逊和其他译经太师智崇、鸠摩浮陀、达真、道朗等人大吃一惊。昙无谶翻译的这部佛经，一共有二十四卷，其中，巫术、咒语和鬼神占了很大篇幅。不仅有这些，还有四时天象、八方神圣、十二生肖、二十八星宿、六十天干地支。总之，是一部很怪的佛经。而且，最重要的是，《涅槃经》强调的，是人人都能成佛。这部经立即在凉州获得了巨大影响，很多僧侣争相研习，还远传长安、洛阳、大同等地的寺院。

在北魏国帝都大同，皇帝拓跋焘的手下丞相名叫崔浩，他也得到了一部《涅槃经》译文的抄本。看过这部经之后，崔浩也很吃惊，觉得凉州出现了这样的佛经，是可怕的。崔浩是尊崇儒家和道家的魏国当朝重臣，拓跋焘很信赖他。那些年，他精心辅佐拓跋焘平定了北部各个骚乱地区，使草原、森林、大山的很多游牧部落全部归顺于拓跋焘，也使拓跋焘的大魏国日渐强盛。同时，在宫廷中，他建立了注经院，招揽天下才人，让他们担任太学士，专心搜集、整理、注释《易经》《诗经》《尚书》《春秋》《礼记》等古代经典。

不仅如此，他还是一个天象家，组织了天象历法院，聚集了一批星象师、历法家，研究天象、历法、四时更替。崔浩花了很多年，想制定一个新历法《五寅元历》。

崔浩的工程很大，他看到了昙无谶的这部《涅槃经》之后，就赶紧跑到了拓跋焘那里，告诉拓跋焘："陛下，不好了，妖魔横行啊。这个昙无谶，看来是妖孽，妖言惑众啊。必须剪除，必须剪除他啊，陛下。你看看他都译写了什么文字！"

经过崔浩如此煽风点火，拓跋焘大怒，于是，拓跋焘就说，要立即给凉州司马沮渠蒙逊下一道诏书，让沮渠蒙逊将昙无谶火速送到大同来。

但崔浩想了想，觉得假如这样表现得很强硬，并不很妥当。他认为，应该先礼后兵。沮渠蒙逊那人十分狡猾，而拓跋焘早晚要收服凉州，需要找到合适的理由。他建议且不可用强，可先派大臣李顺前往，以邀请的方式，请昙无谶来大同，看看沮渠蒙逊怎么应对。如果他应对不当，拓跋焘就有了出兵的理由了。

拓跋焘大喜过望，觉得崔浩是老奸巨猾又忠心耿耿。他就派出了大臣李顺，前往迎接昙无谶，谎称要请昙无谶担任宫廷国师，为之驱邪作法。

李顺来到了凉州，见到了沮渠蒙逊，说明了来意。我听说，李顺是一个奸诈之人，他想得到私人的利益，就悄悄告诉沮渠蒙逊："如果您不把昙无谶尽快送到大同帝京，那么魏国皇帝拓跋焘会立即派兵讨伐你的！我来，你拒绝我，不过是为了给他发兵找一个理由。"

听到了这个消息，沮渠蒙逊的心情十分复杂。他不愿意让拓跋焘得到巫术和咒语法术强大的昙无谶，也不想让昙无谶将他在凉州组织译经的情况告诉拓跋焘。因为拓跋焘正在掀起灭佛运动。

想来想去，他去找了昙无谶。

据说，那天昙无谶正在吃着一只烧鸡，嘴上都是油迹，衣服上也是油迹，一副落拓不羁的样子。看到了大将军大司马沮渠蒙逊来亲自找他，昙无谶说："大司马，你什么都不用说了。我知道你的处境，我也知道我的处境，我还知道，我应该怎么办。"

沮渠蒙逊很吃惊："你知道什么？你又想怎么做？"

昙无谶说："你不想把我交给拓跋焘，也不想杀了我。因此，最好的办法，就是派我回到克什米尔，回到天竺去。你可以以让我去寻找更好的《涅槃经》的版本的名义，让我往西边走。然后告诉拓跋焘的特使李顺，我回克什米尔了。这样，拓跋焘得不到我，而你又放了我，给了我一条生路。你也就安全了，他也不会借机派兵攻打你了。因为，他没有任何正当理由了。"

沮渠蒙逊觉得这昙无谶真是料事如神。他有些目瞪口呆地看着昙无谶。

昙无谶又说："你还可以举行一个仪式，公开给我送行，这样大家都看到你对我是多么好，对我多么仁义，让我西行而去。"

沮渠蒙逊觉得昙无谶说得很有道理，就同意了。他大张旗鼓地举行了一个送别仪式，在这个有很多大臣参加的送别仪式上，沮渠蒙逊甚至流下了难过的眼泪："我的译经事业没有你的支持，真的是难以为继啊！可是，为了寻找到更好的《涅槃经》的版本，我不得不送你回到那有大象和佛祖的地方去。我舍不得啊，可是，又有什么办法呢？只好送你西行了！"沮渠蒙逊还准备了不少资财，赠送给昙无谶一箱子的金银财宝。

昙无谶就上路西行了。

据说，魏国特使李顺听到了这个消息之后，赶紧来到了沮渠蒙逊的府上求见。一见面，李顺就说对沮渠蒙逊："大司马，您大祸临头了！要是拓跋焘知道您把昙无谶放走了，一定会发兵的！他刚好准备讨伐您，现在，您是给他提供了充足的理由了。"

沮渠蒙逊发现自己陷入一个很复杂的境地，他很为难地说："那你说，我应该怎么办呢？我是没有办法了，我想把他交给你也不可能了。昙无谶已经走了！"

李顺说："那您还可以派人把他追上啊，去杀掉他！将他的首级取回来，然后派人，不，就让我带着昙无谶的人头回大同，将他的人头拿给皇帝拓跋焘看，这样您就不会被讨伐了。"

沮渠蒙逊愁容满面地说："我怎么能去杀掉昙无谶呢？你知道，我给了他很多钱，又举行了送别仪式，我再派人把他杀掉，那我可就没有任何信用了。"

李顺说："哈哈，这个问题好解决。因为您已经公开给他送行了，现在，派人秘密跟上去，把他杀了，这样谁都不知道是您派的人杀了昙无谶，还以为是强盗干的。您只需要把他的首级交给我，其他什么事情都没有了。这是一举三得的事情啊！要不然，您的凉州就要成为我魏国皇帝的地盘了。"

沮渠蒙逊感觉很沮丧。他想了想，说："好吧。那我派兵去追杀昙无谶吧。"于是，他派了几个杀手，以流星快马的速度追赶昙无谶。

据说，昙无谶走到星星峡的时候，忽然听到了身后有马蹄的声响。七个蒙面杀手携带兵器，追赶了上来。"站住！僧人！站住！"

昙无谶停了下来，他被那七个旋风一样追上来的杀手围住了，马蹄席卷而起的灰尘，让他感到很呛。昙无谶忽然哈哈大笑："我知道你们是来要我的性命来了！出尔反尔的沮渠蒙逊啊，他必将大祸临头，身首异处！"

他说完，立即腾跃而起，跑上了附近一个土堆："你们别过来！"他席地而坐，从怀中取出杏仁油和烈酒，浇在了身上，然后用火石点燃。

火焰立即腾起，将他包裹在熊熊大火之中，他瞬间成了一个火人。七位杀手目瞪口呆，不知如何应对。干燥的天气使他们口干舌燥，而高土堆上昙无谶坐在那里，身上的火焰的热度让他们胯下的马匹也咳儿咳儿嘶叫着，或者前仰后合，或者原地打转，不听驾驭，一片混乱。

等到他们好不容易勒马停立，那昙无谶已经烧得只剩下了一团白烟了。七个杀手下马冲过去，只见高土堆上，刚才浑身着火的昙无谶，现在只剩下了白色的灰烬。其实，这昙无谶使了魔法，成功地在烟雾中脱身逃走，先到了龟兹，后来从龟兹回到了天竺。

"太奇怪了，连骨头渣都没有，就是一团白灰。"一个杀手说。

"看来，是个高僧。要不然，怎么会烧得只剩下一团白灰？"另一个杀手说。

"兴许有舍利子？听说，高僧焚化了，一般都有舍利子。"第三个杀手说。

第四个杀手就用手里的马鞭拨弄那团白灰。风将马鞭搅动的白灰吹起来，白灰四下飘散，散发着一种异香，但是骨灰里什么都没有。

"什么都没有。"第五个、第六个杀手齐声说。

第七个杀手是个领头的，他说："我们走吧。我们回去交差。可不知道我们能不能交得了差。"

沮渠蒙逊听了回来的杀手汇报说，昙无谶自焚之后变成了一堆白灰，将信将疑。他久久地沉默着，没有说话。晚上，他叫来李顺，告诉他这个情况。

李顺也沉默了良久，然后说："那我只好回去如实禀报皇帝了。"

李顺走了之后，沮渠蒙逊立即派人将这个情况密报了我——楼兰王比龙。他还将在敦煌做太守的儿子沮渠牧犍召回凉州，商议对策。据说，他的儿子沮渠牧犍回到父亲身边，对父亲说：

"父亲大人，我判断，这拓跋焘近期肯定要进攻凉州了。就在前段时间，我还在敦煌抓住了两个魏国的探子，都是拓跋焘的丞相崔浩派来的，目的在于侦查我的兵力部署和财力情况。而且，这两个探子还热衷于打探我请的一个大学士赵厞编制历法的情况。"

沮渠蒙逊就问："儿子，历法是只有皇帝才能编制的啊。那你请赵　编制的历法，进展怎么样啊？"

沮渠牧犍忧心忡忡地说："赵厞帮我成功编制了两部历法，一部是《甲寅元历》，另外一部是我奉为秘典的《玄始历》，这些都是我想献给父亲的宝贝。"

沮渠蒙逊说："儿子，很不错啊。当年在敦煌，有五个学者兴办书院，号称'敦煌五龙'，他们不仅注释经典、创制历法，还翻译鸟兽虫篆之字，辨识蝌蚪之文，将那些古怪的文字改成了隶书，让我们很满意。如今，你依靠赵厞又成功编制两部历法，这可是我们的宝贝啊，要派上大用场才行。"

沮渠牧犍说："父亲大人，眼看着这李顺回到大同，那拓跋焘就会做兴兵讨伐凉州的准备了。我有一个主意：拓跋焘的敌人是谁？就是南朝皇帝刘义隆。我想，敌人的敌人，就是我们的朋友，我们现在不如将《甲寅元历》和我奉为秘典的《玄始历》，连同其他一些典籍，都呈送给南朝皇帝刘义隆，以期获得他的支持。一旦拓跋焘发兵，那我们请刘义隆发兵支持攻打魏国，就能够'围魏救赵'，解决我们的困境。"

沮渠蒙逊赞叹道："这是个好办法。"

沮渠父子俩就将《甲寅元历》《玄始历》这两部历法，连同

《敦煌实录》《凉书》《亡典》《古今字》《周髀》等稀罕经典，派了密使送往南朝皇帝刘义隆那里，以寻求支持。

我听说，刘义隆得到了这些珍稀历法和书籍，十分兴奋，召集大臣商议此事。可他的大臣一眼就看穿了沮渠父子的计谋，他们认为，这是河西凉州大将军沮渠蒙逊遭遇了困境，害怕拓跋焘发兵而采取的"声东击西"法。

刘义隆说："那么，拓跋焘发兵凉州的话，我们是按照沮渠蒙逊的请求出兵帮助，还是不出兵？"

刘义隆的大臣们争吵成一团，说什么的都有。有的支持发兵直接攻打拓跋焘，有的说千万不要出兵，以免中计，拓跋焘就想着借机一统天下，平定南朝呢。大臣们争论不休。

刘义隆皱起了眉头，他就决定一旦发生了上述情况，最好是按兵不动。

我听说那个李顺回到了大同之后，向魏皇帝拓跋焘禀报了上述情况。拓跋焘说："这昙无谶真的死了？化成一堆白灰了？"

李顺说："应该不会有假。"

拓跋焘就沉吟着，说："那再等等看。"正在说话间，忽然丞相崔浩急匆匆前来，见到拓跋焘，将沮渠蒙逊、沮渠牧犍父子派人给南朝皇帝刘义隆呈送了两部秘典历法，以及大量珍贵典籍的情况报告给拓跋焘。

拓跋焘一听，大怒："沮渠牧犍，这个沮渠蒙逊的儿子，你们看他起的名字，不过是个放牧阉牛的笨蛋啊。"

崔浩笑了："陛下，这牧犍的'犍'字，除了当阉牛讲，也还是地理名词'郡'，一个郡有十万多户，'牧犍'指的是管理一个郡十万户的意思。"

拓跋焘说："呸！这凉州的沮渠父子都是奸诈之人，我要立即讨伐他们。丞相，你觉得我们攻打凉州，那南朝的刘义隆会乘机攻打我们吗？"

崔浩说："南朝人喜欢偏安一隅。他们胆小怕事，喜欢蝇头小利，还喜欢争吵不休。我判断，他们巴不得陛下把凉州灭了。他们不会出兵的。"

于是，拓跋焘就下令立即发兵，以叛乱、妖言惑众和兴佛灭道的罪名，讨伐凉州大司马沮渠蒙逊。他率领三十万人马，浩浩荡荡地杀往凉州。

沮渠蒙逊和沮渠牧犍父子闻讯大惊，仓皇率兵迎战，被拓跋焘的军队打得落花流水。很快，拓跋焘的部队就占领了凉州，俘虏了沮渠蒙逊和沮渠牧犍父子。

拓跋焘下令将凉州的二十万人口无论妇女老幼，加上被俘虏和投降的士兵，一律迁往大同。一时间，每天都有成千上万的凉州人，被拓跋焘的士兵押送着迁往大同，路上队伍络绎不绝，川流不息。逃跑被处决的，病死、饿死的，饿殍千里，死尸随处可见，真的是哀鸿遍野了。

沮渠父子在大牢里，悄悄派人来，将他们的消息传到我这里。但我知道，即将到来的冬天，楼兰算是安全的。因为占领了凉州的拓跋焘需要整顿军马，等到来年的春天，他才可能进犯楼兰。

可是，我预感楼兰的毁灭，就将在不远的将来了。因为拓跋焘是毁佛灭佛的帝王，他是无法容忍楼兰这个小小佛国的存在的。在我的楼兰，精美的佛寺，数百年来精心雕刻的亭台楼阁，王宫墙壁上的壁画，以及我收藏的宝卷，那些写在羊皮上、刻在木板上、石块上的佛经，都是我的珍藏。而这些都是拓跋焘要毁灭的。我忧郁的目光穿透了王宫，扫过了楼兰城西北高高的佛塔圆顶，梵音阵阵，如同沉香一样袅袅传来，可这样的景象，还能够持续多久？

后来，我的探子传来消息，拓跋焘占领凉州之后，率领自己的大臣、将军、随从，来到了敦煌，在那里获得了沮渠牧犍宴请赵厞大学士编制的历法秘典《玄始历》的副本。南朝皇帝刘义隆的手里也有这个历法，而刘义隆果然没有发兵。眼看着凉州和敦煌成了拓跋焘的囊中物，沮渠父子盼望南朝刘义隆发兵"围魏救赵"的设想，彻底失败了。

也难怪，拓跋焘的霸气让刘义隆感到害怕，南方人胆子小，喜欢偏安于一隅，是不会断然兴兵的。所以，凉州的沮渠氏就此覆灭了。

沮渠氏灭亡，我立即感到了唇亡齿寒。楼兰危在旦夕！我确信这一点，是我的探子回来告诉我，在敦煌，拓跋焘让他手下的大臣寇谦之花费了两个月，建立了一个道坛，拓跋焘到达敦煌时，所有的随从、军马所穿的衣服都是黑色的，符合道教的规范，然后，旌旗招展，鼓乐喧天，拓跋焘亲自登上道坛，接受大道长的符箓，举行了盛大的祭天典礼。

拓跋焘信奉道教，信奉儒家，他恨佛教。在敦煌，他碰到了从我这里路过并前往长安和洛阳的几个天竺僧人，僧人们告诉拓跋焘在楼兰见到的佛教兴盛的情况。他们给拓跋焘描述了我的楼兰是一座多么精美的佛城，到处都是焚香袅袅，佛塔巍峨，佛寺盛大，梵音阵阵，僧人众多，四下游走，往来于大漠西东，从天竺到克什米尔，楼兰国是重要的歇脚处。

拓跋焘知道了我楼兰的这些情况后，两眼放光，如坐针毡。他命令自己的手下大将安周，抓紧做好所有的准备，立即发兵攻打楼兰。

我的儿子真达从敦煌回来，向我报告了这些情况。

你会投降吗，比龙？我问我自己。我回答，不会。你会鱼死网破吗？我问我自己。我回答，我自己可能会，但是我的子民们，我不会让他们生灵涂炭、跟着倒霉的。我已经有了一个好主意，那就是，让所有的楼兰人全都迁走，避免拓跋焘带来的兵灾祸乱，避免我所有的子民被拓跋焘俘获后，像对待凉州百姓那样，将他们迁徙到大同帝都，去做侍者、工匠和奴隶。

那么现在，摆在我面前的，就是将楼兰人迁居到更远的大漠深处去。在南边的大漠深处，我早就在规划和建造一座小城了，它就是且末城。且末城地处大漠，易守难攻。如果三天没有水源供给，外来的军队必定渴死。

真达的母亲、我的王后和瑾，将带领楼兰所有的子民前往且末。她哭了三天，最后明白了我的决绝。我要她带着真达和全体臣民，立即实施迁移。

现在，我马上要登台去宣布这个消息了，我要向我的臣民宣布这个庄严决定。他们最好全部离开楼兰。我是楼兰王比龙，是的，我视死如归。我现在去登台，宣布这个重大的、关系楼兰命运的最后决定。儿子真达进来对我说：

"父王，楼兰人都来了，都在城内等待您，发出最终的谕旨。"

经过了黑沙暴和大洪水的侵袭，现在楼兰正在成为一座空城。是的，一座空城。我的臣民陆续搬离这里，前往且末。前往且末的路途艰辛而遥远，也比远赴大同做奴隶要好，比去当拓跋焘的随葬品要好。

楼兰就只有为数不多的人了，我的随从、马夫、骆驼，还有我养的、从库鲁塔格山猎获的一只雪豹。我要马上放了它，就像我要放了我自己的灵魂。

实际上，我想的是与楼兰共存亡。我打算削发为僧。我把楼兰王比龙从我的体内放走了，从我的灵魂里放走了，剩下一具无魂的躯体。这具躯体，必须要重新赋予它灵性，必须依赖佛音。我要削发为僧。我的心有些缭乱，但却异常坚定。我的儿子真达将继承我的王位，在且末统领百姓，他的母亲、我的王后和瑾将辅佐他，我没有什么可担忧的。我的头发是微红色的，我会让那个老僧人为我削发。我叫来了他。那是我从我父王和母后那里继承的头发，很快一缕缕地被削去了，现在，就在我的手里。

　　我成了一个僧人。我手里拿着一柄牛角号，小巧的、精美的牛角号。这是传递了几百年的楼兰王尉屠耆传下来的，我要吹响它，在黄昏如血的时候，宣告一个僧人的诞生，一个王的消失。

　　我吹响了那柄牛角号，呜呜声呜咽在楼兰空城里。现在，这里就只有我一个人了。我就像一个游魂一样，穿行在楼兰城。楼兰城内，官署、寺院、民居、广场、佛塔、街道、互市、酒肆、客店都还在，但是人没有了。

　　城门紧闭，所有的子民都安全地走了，远在南方大漠中的且末城。我像一个孤魂在游荡。我要与这座城市共存亡。

　　安周的大军果然到达了楼兰城外，黑压压一片。他们要洗劫这座美丽的城市。我打开了城门，一个人站在城门墙之上，看着安周的十万大军靠近。

　　他们的人比城内的沙子都还多。旌旗招展，杀声震天。"比龙，投降吧！"

　　我微笑着，我向来犯的大军挥了挥手。寺庙里的几个老和尚立即点燃了帐幔，点燃了木头房间，点燃了红柳枝，点燃了所有能点燃的东西。

　　楼兰燃烧起来了。黑色的浓烟升起来，楼兰在燃烧。安周，你来吧！等待着你的就是一片废墟了。

　　我快步走进燃烧着的寺庙里，安静地听着外面的火焰声和风声。我的左手攥着一缕长长的红头发，右手握着一柄牛角号，我吹响了牛角号，呜咽的声响传到很远的地方。浓烟滚滚，烈火熊熊，楼兰在燃烧。

我听见了整座楼兰城都在火焰中缓慢地颓败着。安周的大军惊诧万分，在燃烧的楼兰面前止步不前。我的内心里多少有些快慰。等到来年的春天，这一座废墟里，会不会有新草萌发？这是西域最著名的一座城：楼兰。但楼兰即将不复存在了。

我是比龙，可我不是比龙了。我的牛角号呜咽，我听到了火焰声、风声和又一场黑沙暴的来临。我左手握着一缕头发，右手握着牛角号在吹。一阵大火冲荡过来，将庙宇的大墙洞穿，一阵崩塌摧垮声中房倒屋塌，我也被火舌吞没了，我看不见我自己了。

楼兰和我，从此就这么消失了。

四叠

我是斯文·赫定，在我眼前的塔克拉玛干大沙漠，到处都是魔鬼：在微风中，魔鬼在不断地集结着。沙丘浑圆，如同无数的女人体或者是蛇精在游动。可能是我看花眼了。实际上，那些沙堆不是在游动，仔细观察就会发现，那是沙丘的脊线上不断有细沙被风吹拂，向下面滚落，看过去就像是一条条蛇在翻滚一样。因此，所有的沙堆都是活物，都是魔鬼，阴险而狡黠地包围着我们。

亲爱的米莉·布鲁曼，我的至死不渝的爱，现在，你的脸在我的眼前浮现。可我依旧感到孤独。你曾经让我做一道选择题：要么选择你，要么选择沙漠。我选择了沙漠，我现在就置身于沙漠。我就这么失去了你。等到我接到你结婚的消息之后，我心如刀绞，可我没有办法。我只得写信祝贺你结婚。我把你的照片小心地夹在我的一个写生笔记本里，那个本子是我每天都要使用的、随手画下来我的所见所闻的速写日记本。我把对你的爱深深地藏在心里，然后在沙漠里受虐般享受着我的选择带来的孤独。

我感觉非常口渴，我头晕眼花，把所有的沙堆都看成了在包围着我的魔鬼。它们会吞噬我吗？会叫我有去无回吗？我想着你，米莉·布鲁曼，眼前的蜃气在浮动，在正午的阳光下，所有的东西都在变形和飘动。空气太干燥了，沙漠里的红柳、梭梭都像垂死的章鱼一样，颜色发灰，如同死尸那苍白而无力的颜色，衰朽地伸展着枝条。好在红柳是沙漠中最顽强的植物，根系极其发达，能够固定住沙堆，使沙子无法随心所欲地移动。

一开始看到红柳这种植物，它要死不活的感觉让我很奇怪，我觉得这种沙漠植物不是活着的。我就让驼队里的当地人去挖掘红柳根系，结果是红柳的根深入沙地下达到了六米，根须十分茂密，如果你把一棵红柳完整地挖出来，再把它倒置过来，那么红柳的根系就能蓬勃成另一棵枝繁叶茂的大树。红柳的根是褐红色的，与枝叶的灰绿色不一样。红柳的花却是粉红色的，在阳光下也很低调。但在经历了长久的沙漠戈壁的跋涉，不管在哪个地方停留下来，只要是我看到了红柳那粉红色的花朵在微风中摇曳，即使闻不到它的花香，也是令我万分欣慰的。亲爱的米莉·布鲁曼，就像是什么时候我拿出你的照片看看，我的内心立即涌上来一股欣慰的暖流一样。

这是一九〇〇年的春天，在新疆的塔克拉玛干沙漠东侧的罗布泊荒原的北部，我的沙漠探险队扎营在一片似乎是被远古的洪水冲刷过的河道里，依靠着一片风蚀洼地所形成的雅丹地貌所提供的一点阴凉，那么多人和骆驼都歇息着，等待着我发出新的指令。

米莉·布鲁曼，你知道，我自从和你分别，就再也没有见到你了。我是从一八九〇年开始进入中国新疆的这片区域的。当时，我翻山越岭，从喀喇昆仑山南侧的奥什城出发，来到了新疆的喀什噶尔城。那座有着无数黄泥土坯房的城市，给我留下了深刻的印象。喀什噶尔就像是蒙面的维吾尔族女性一样，美丽、神秘、传统而封闭。

但那一次我没有待多久就离开了。一八九四年春天，我又来到这里，我打算攀登那令我望而生畏而又极其向往的雪山。

米莉·布鲁曼，你要是能和我在一起就好了，可你不喜欢雪山，更不喜欢沙漠。这是我们的根本区别。但这并不妨碍我爱你。这里的雪山是世界上最高大、险峻和复杂的山峰，我有一种想征服和探究那高高在上的神秘雪峰的强烈欲望。但是，我却失败了。在攀登海拔七千五百零九米高的慕士塔格峰的时候，一开始，我的进展很顺利。但在距离登顶还有海拔一千多米的时候，我们——我和我的夏尔巴向导却遭遇了严重的大雪天，亲爱的米莉·布鲁曼，我真倒霉，我没法前进了，即使我不断地在心里默念你的名字，也不行。结果，我不得不临时在那里扎营。

第二天，雪停了，当我走出了帐篷，我发现我得了严重雪盲症，这就宣告了我攀登慕士塔格峰的失败。我只好在暂时目盲的状态下，象征性地眺望着我曾那么近距离地观察过的慕士塔格峰、公格尔峰、公格尔九别峰所形成的三座并峙在一起、如同三个大将军那样并肩而立的雪峰，它们的巍峨、威严、壮观和高傲，让我感觉到了畏惧，感觉到了兴许真的有神灵居住在雪山之上。我目盲了，我必须要下山了。

米莉·布鲁曼，随后，我的探险队不得不撤回到了塔什库尔干——那座高原上的石头城。我在慕士塔格峰的冰雪融水所形成的几乎透明的喀喇库勒湖边流连了好久，心里想着你，直到我的雪盲症好转。我决定不再攀登这里的任何一座雪峰了。

当地的柯尔克孜人，听说了我的事，我在这里登山的失败，很快成了当地一个传说，在塔什库尔干流传，这个故事的主角，就是我——斯文·赫定。他们认为我是遭受了山顶上的贾奈达之城的神仙的拒绝，而最终无法登顶。好吧，我就认了吧。就让这样的传说在那些淳朴善良的柯尔克孜人的嘴上作为一个故事流传下去吧。你说呢，亲爱的米莉·布鲁曼？

接着，我想去进行一场更为艰险的挑战。

我在一八九四年的整个冬季，都在筹备一次沙漠探险。终于，到了一八九五年三月，我建立起了一支辎重庞大的驼队，一时间轰动了整个喀什噶尔。当地的英国使馆和俄国使馆的人，都对我盯得很紧，当然，他们也帮助我买到了最好的骆驼，雇到了最好的当地向导。

我打算向沙漠进发，亲爱的米莉·布鲁曼。你最不喜欢沙漠了，沙漠也是你的敌人，是你想象中的我的情人，你的情敌。我的探险驼队从喀什噶尔出发，沿着叶尔羌河向塔克拉玛干沙漠深处进发。这一年，你知道，我只有三十岁，当然是血气方刚，踌躇满志。可这次探险，却让我花费了大量金钱和时间组建的驼队遭到了灭顶之灾，我第一次尝到了沙漠的死亡的味道。也许你是对的，米莉•布鲁曼，我最好不要去和东方的沙漠接近。因为我们出发没多久，就陷身于沙漠中缺水少粮，不辨方向，几乎无法走出来了。我的驼队损失大半，我自己也因为可能是在你的保佑下，找到了一眼救命的泉眼，才得以保命。我还丢掉了最宝贵的一架蔡斯牌高精度相机，连同一批我拍摄的胶卷。米莉，你说我有多倒霉？

从那之后，再进行探险活动，我就用素描速写来替代相机了。我明白了，在沙漠里，真正可靠的都是最为原始的东西，比如人、狗、水、面饼、骆驼、纸张等，当然，还有太阳所在的方向，比罗盘更能指示方向。

到了一八九五年冬天，在经历了夏天的惨败之后，我已经熟悉了这片土地的性格，也适应了这里的气候和环境，懂得了如何与它打交道。米莉，我就重新组织了一支探险驼队，沿着古老的、发源自巍巍昆仑山的一条条河道，向塔克拉玛干沙漠这死亡之海继续挺进。亲爱的米莉•布鲁曼，我很快就发现了一些中国古代探险家和佛教求法者所记载的地点，而那些地方，如今全都成了被沙子掩埋的废墟。有价值的东西很多，到处都是千年之前的遗留物。我开始觉得，我可能接触到了前所未有的历史的秘密，发现沙子下掩埋的宝藏。作为一个探险家，我最大的幸福，就是到达那人迹罕至的地方，发现绮丽的景色，挖掘出古代文明的宝贵遗存。

亲爱的米莉，我想我是对的，尽管我的选择——选择沙漠，让我远远地离开了你，陷入了无尽的痛苦和孤独。

这时是一九〇〇年春天。休息了一阵子，我发出了指令，让几个人前往库鲁克塔格山脚下，去寻找当地人说过的一眼荒漠甘泉。现在人和骆驼都很疲惫了，都迫切地需要补充水。

米莉，在这次长达好几个月的穿越荒原的考察中，刚刚进展到半途，我的队伍就人困马乏了。骆驼也显示出疲倦已极的状态，更别说我雇用的这些本来就三心二意的当地人了。本来，我就没有十足的把握能够穿越罗布泊荒原。我们缺乏水，是最重要的原因。米莉，告诉你，我发明了一种在沙漠探险的储水办法：在冬天里储存好冰块，在春天里冰块还没有融化的时候，带着这些固体水出发，一路上就不断有淡水供给了。

在这年年初的时候，我们从塔里木河上游出发，一路往东走。探险队沿着干涸的河道试探性地前进，但进展缓慢。米莉，我注意到，塔里木河的河水不久就在逐渐稀疏的胡杨林里消失了。固体冰块很快就消耗完了，天气一天比一天热，冰块的挥发和融化很迅速。到了半途，缺乏新的饮水补给，是我面临的最大的问题，可这么多的人、马、骆驼和狗每天都要喝水。要想穿越那容易迷路的罗布泊荒原，实在是困难的。

这个难题，在我遇到当地的罗布族一个叫阿不都·热依木的男人之后，我看到了解决它的曙光。

那天，我们的驼队经过一个罗布人的村落。我到一个以打鱼放牧为生的罗布人家里，买一种当地的麻布，用来捆扎一些东西。这种麻布在防暑降温方面有着奇特的效果。就这样，我认识了罗布人阿不都·热依木。我们两个男人互相施礼，然后，坐下来喝他家的罗布麻茶。罗布麻茶的叶片是黑绿色的，喝起来十分苦涩，但解渴、提神、防暑。阿不都·热依木还从油迹斑斑的一个布袋里取出来一个油馕与我分享。

我说："尊敬的阿不都·热依木，我是瑞典人斯文·赫定。您是熟悉这片荒原的，我的考察队要穿越这片荒原，可水是一个大问题。我们带了很多冰块，但是冰块要用完了。你知道哪里有新的水源吗？沙漠里有碱水泉和苦水泉，但那不能喝。我们要补充新鲜的淡水，可我们没有搜集雨水的工具，无法解决这个问题。"

我愁眉不展地咀嚼着油馕，让油馕那干燥而清香的味道在嘴里弥漫，然后说出这些话，也没有期待阿不都·热依木能有很好的答案。

阿不都·热依木又给我的茶缸子里添了热水，他狡黠地笑了笑："尊敬的斯文·赫定先生，您算是问对人了。我知道，在你们前往的路途中，有一眼淡水泉眼，足够你的驼队半道上补充淡水了。"

我的眼睛亮了："啊！太好了，阿不都·热依木，我怎样才能找到泉水的位置呢？"

"你们有那种圆盘子，能指示方向的，我知道的。你们还有纸上和羊皮上的地图，我也知道的。把地图给我，我指给你看看。"阿不都·热依木笑着说。这时，他的弟弟从远处走过来，他弟弟在为我当马夫，我从事探险的事情，他都告诉过阿不都·热依木了。

我取出了地图，指给阿不都·热依木哪里是地图上显示的我们所在的位置。

阿不都·热依木一下子就看明白了："这个地图很神奇啊，我看到了我的家乡，有这么大。但是，没有水，这个地方就是死的。"然后，他就在地图上找到了一个地方，指给我看，说："我发现这眼泉水，还有一个故事呢。去年年底的时候，我跟踪一匹野骆驼。它掉到了我的绳索圈套里，但它挣脱了。在逃走的时候，它受了伤。我凭借它留下的蹄印追踪它。我追啊追，追了好几天，这骆驼逃跑的速度不快也不慢，和我追赶它的速度差不多，关键看谁有耐性。不久，我的水也喝完了，我渴得快要死了，眼前出现了幻觉，我恍惚之间，看到了很多鸟围绕着我在叫，那是一些白色的鸟，都是水鸟。可是这荒原里，哪里有水鸟存在啊？我知道我要完了。我怎么能在沙漠里看到水鸟呢？肯定是要死了。我的嘴唇是干的，喉咙里也是干的，我的皮肤在着火。我快要死了。"

我耐心地等待阿不都·热依木讲揭晓答案。

他喝了一口罗布麻茶，吃了一口馕，接着讲："正是在这个时候，我听到了前面的沙堆上，一丛红柳的后面，响起了我追踪的骆驼的嘶叫声，接着，白色的鸟，真的在红柳丛的上面飞起来了，呼啦啦地飞起来，又呼啦啦地降落下去！"

我问他："白色的水鸟？骆驼在嘶鸣？就在红柳丛的后面？"

阿不都·热依木又递给我一块油馕，"是的，是真的。我忽然来了力气，我爬上了那个有红柳的沙堆，于是，我就看见了一眼荒漠里的淡水泉眼。很多鸟在那里喝水呢。"

我十分兴奋："看来，您看到的不是幻觉，而是真实存在的一眼淡水泉！"

阿不都·热依木搓着手："是的，先生，我一下子站起来了，我跑过去，在芦苇和红柳丛下面，有一眼泉水。我把脑袋放到水边，张嘴一喝，喝到嘴里的水是甜的，凉的！这是真的淡水泉。非常不容易啊！我知道沙漠里有很多碱水泉、苦水泉、咸水泉，很少发现有淡水泉。我很高兴，就使劲地喝，喝饱了。这时，我看见在对面的芦苇丛里，我追踪的那匹受伤的野骆驼，趴在那里看着我，目光很善良。我忽然明白了，要不是它发出了嘶叫，我是找不到这眼泉水的。"

我说："嗯，可以说是它帮助了你。那么，你就放弃了抓它？"

阿不都·热依木说："你说得对，先生，我就放弃了继续抓它。我觉得，它把我引到了这个泉水旁，救了我的命。我不要再去要它的命了。然后，我就返回了。嗯，大概在这个位置，这一片叫作阿提米西布拉克。你们沿着这条河道往前走，一直往那边走，会找到的。"他在地图上用手指画出了方向和位置。

米莉，这个信息对我很重要。我大喜过望，让队员们给阿不都·热依木留下了面粉和大米，还有一些牛肉干。然后，我的沙漠探险考察队继续开拔了。

亲爱的米莉·布鲁曼，告诉你吧，果然，三月下旬，在那个叫作阿提米西布拉克的地方，我们发现了那一眼荒漠甘泉。我的人困、马乏、骆驼蔫的队伍，在冰块蒸发使用将尽的时候，经过了荒漠甘泉的水源补给，重新焕发了生机。我们携带的所有储水桶和皮囊都装满了淡水。米莉，是真的，我看到了胡杨、芦苇丛和红柳，看到了阿不都·热依木所说的白色的水鸟，也看到在泉水边的狐狸、沙漠狼、野骆驼、黄羊、旱獭和沙漠鼠出没的痕迹，以及一些候鸟的踪迹，我都画下来了，等到今后有机会亲自拿给你看。看来，这眼荒漠甘泉，是罗布泊荒原上不少动物的救命泉，也是我的救命泉。

米莉，我的工作虽然艰难，但很有价值。在这片人迹罕至的罗布泊荒原的北部，我们做了大量地形测量工作。五天之后，我们继续前行，又走了一天，我在一片沙堆的环抱中发现了一个废弃的遗址。这片遗址由被风撕裂的木头所围拢，隐约能看到一些土台子，像是屋子的地基，露出了沙子表面，地面散落了很多芦苇和泥巴混合建筑的墙皮。

我感觉要有重大发现了，米莉，我很兴奋，就叫来了向导奥尔德克，说："奥尔德克，这里显然是有人生活过，这是不是你们罗布人几十年前废弃的村子呢？"

奥尔德克眯起了眼睛，仔细地观察地形。他用铁锹挖掘了一个土台子，又转了一圈，然后跑来告诉我："从我记事起，我们罗布人从来没有到过这么远的地方。这里肯定不是罗布人的村落，因为，这个地方的水源距离塔里木河的河道太远了。我们罗布人从来不会在这里建村子。"

我说："除了木头，还有别的东西被你挖出来了吗？"

奥尔德克笑着说："我再挖挖看，也许会有财宝呢。"他和几个脚夫挖掘了某间房屋的根基，结果期待落空了，什么都没有挖到。

我陷入了沉思。如果不是当地罗布人废弃的村落，那么，这里就可能是更为古老的民族留下的遗迹。那会是什么人，又是何时废弃的这个地方？第二天，带着内心的疑问，我下令探险队继续前进。

此后，每天太阳升起来，我们的探险队就继续前进，太阳落下去，我们就安营扎寨，在红柳茂密的地带去挖掘泉水。我们带的淡水够人喝了，可骆驼需要大量饮水，苦泉水、碱水，骆驼都能喝。

一天傍晚，在我们歇脚的时候，奥尔德克带人去挖掘泉眼，忽然发现自己的铁锹落到了昨天发现的那个遗址了。他跑来告诉我，他要去寻找那把铁锹。

我责备他："奥尔德克，算了，铁锹就不要找了。你一个人往回走非常危险，来一场黑沙暴，你就找不到我们了。"

但奥尔德克是一个倔强的罗布男人，看着他的表情，米莉，我就知道他一定要找到他那把心爱的铁锨的。我就说："即使你想去找铁锨，也要等到夜晚来临气温降下来的时候再去，还可以骑上我的骆驼，借助月亮的光返回去寻找铁锨。"

他同意了，就耐心等待荒原落日和降温。我很信赖奥尔德克，他是一个好向导，有方向感，又最能体察到荒野中危险会来自哪里。

到了晚上，罗布泊荒原上的月光非常皎洁。奥尔德克骑着我的那匹留着分头毛发的骆驼去了。我最喜欢那头小分头骆驼了，它是一头公骆驼，长着一双清亮的眼睛。

米莉，你知道我的性格，我还是有些担心，毕竟，在罗布泊荒原上，失踪是很容易发生的。何况是在夜晚，即使有皎洁的月光，也很可能无济于事。

果然，两个小时之后，我担心的事情发生了——在我们扎营的地方，忽然刮起了黑沙暴，风沙将一切都席卷了。而这样的黑沙暴能够在很短时间里，将一切地面的痕迹都消灭掉，能够使周围的地貌变形，使沙丘快速移动。我非常担心奥尔德克，但我也没有办法，只有耐心等待。

所有的骆驼都蹲在帐篷周围，半闭着眼睛，忍受着风沙的吹打，我们都在帐篷里龟缩着，等待风暴过去。我也默默祈祷，盼望奥尔德克能够在天亮之前返回。

天亮的时候，风暴停止了，奥尔德克也没有回来。我很担忧，走出帐篷，这时我看到的是被风沙完全改变的一个世界：所有的地貌都变化了，被披上了一层厚厚的细沙。人和骆驼的痕迹都不存在了。那么，奥尔德克还能够找到我们吗？

可我们需要尽快离开这里。米莉，在沙漠里必须不断移动，达到安全地带才好。我的助手告诉我，更大的沙尘暴还可能席卷这里。于是，吃过了早餐，我们出发了。天是阴沉的，气温上升很快。这个春季，沙漠中的气温比平时要高。我的情绪逐渐低沉下去，因为没有奥尔德克的消息。我总是在骆驼上回头张望。

我们走了一整天，也没有看到奥尔德克骑着我那匹小公骆驼跟上来。我多少有些绝望，我默默地祈祷，盼望罗布人奥尔德克能够借助他那天生的方向感，在他赖以生存的这片土地上，找到生存的勇气和机会，然后跟上来。

这天傍晚，我们抵达了一片红柳丛附近扎营的时候，我忽然看到，在远处的荒原上，有一匹骆驼在朝我们这边移动。我们都停下了手里要做的事情，等待那匹骆驼靠近。啊，果然是奥尔德克和我的那匹小公骆驼！可他怎么从另外一个方向赶过来了？

他终于走到了我的眼前，我看到他有些愧疚，又有些自豪和兴奋。

他告诉我："斯文·赫定先生，昨天晚上的大风确实让我迷路了，我找到了铁锹，就赶紧往回走，想跟上你们。可是，我却走到一片更大的、被遗弃的废墟里了。啊！那个地方我们从来都没有去过，也不知道是什么人在那里生活过，到处都是废弃物，被风撕裂的木头和墙壁。风沙太大，我就躲在有三间房子连起来的墙壁中间，拿一些芦苇秆去挡风沙。天亮了，我出来看到大风停了，可天更阴了，很可能沙尘暴还会来。我走出来，骑着这匹漂亮的骆驼，走出了废墟。我看到我眼前的废墟上有很多漂亮的木雕。我就带回来了这个。"

奥尔德克说完，从骆驼身上取下来一块毡子，里面露出来一块有着精美图案的木雕。这块木雕有半个人那么长。

我接过来，看到上面的图案非常精美，显然，是房屋门楣或者窗户上的装饰板。但精美的雕刻，以及被时间、太阳、风所侵蚀、刮擦、吹打之后形成的木头的断口处露出来的纹理都告诉我，这块木头的历史，至少有一千年。米莉，我敢向你保证此时我的心跳在加速，就像过去每次和你约会的时候一样，我激动起来了。我可能要有重要的收获了。我仔细地看这块木雕，在脑海里搜索我的历史知识。是的，米莉，我从来没有见过任何一种文明，包括伟大丰富的希腊文明、两河流域文明、埃及尼罗河文明有这样内容的木雕图案。它不像任何一种我见过的文明的符号。

米莉，我当时想，也许，这就是传说中的犍陀罗文化的遗存。我的心在狂跳，米莉，我想拉住你的手，给你说说我当时的感受。我感觉我即将靠近一种被沙子和时间掩埋太久的古代文明。真的，我热泪盈眶了，这可能将是我的探险考察生涯中最大的发现了。我没有白费精力，米莉，我的选择那么痛苦，我选择了沙漠，沙漠可能在给我以报偿。

我慢慢抚摸着那块木板，看到了莲花的图案、佛像，以及佛像头顶的光环。我知道，这是佛教文明的符号，而佛教在这块土地上兴盛的时间，最晚都在一千三百年以前。因为在公元八世纪之后，这里的佛教影响逐渐被伊斯兰教的印迹替代了。

但我必须要做出一个决断。米莉，这对我很艰难，就像你让我回答你的问题一样。因为，我们已经走出了罗布泊荒原最难走的地方，已经能看到耸起的库鲁塔格山脉那淡淡的山影了。是回去寻找和挖掘奥尔德克发现的那个古代文明遗址，还是按照原计划继续前行，等到第二年再来？

我苦苦地思索着。我有些心乱如麻，漫不经心地在素描本上描画眼前的沙堆。这真像是回答你给我出的难题啊！

奥尔德克走过来，他看出来我在想什么，像是帮助我下决心地说："斯文·赫定先生，我知道你很想去那个废墟看看。可我们带的水和食物都不够我们折返回去。我保证，如果你明年再来的话，我可以把你的探险驼队带到我发现的那个地方。我向你保证。"奥尔德克把手放在胸口，向我鞠躬。他的眼睛很亮，是一个说话算话的男人。

米莉，他说得对，如果现在我就去寻找那个废墟所在，那么我这次专门针对罗布泊荒原的测量工作很可能就失败了。我们得到的大量测量数据，那些笔记、样本，需要我带回瑞典进行整理、研究、分析和保存。我看着奥尔德克，说："明年春天我会再来。你肯定能帮我找到那个废墟的位置吗，我亲爱的奥尔德克？"

奥尔德克看着我："我保证，您只要让我再丢一次铁锨，就可以了。"他的玩笑话顿时让我缭乱和紧张的心情放松了下来。我们哈哈大笑。

我们按照原计划继续前行了。因为水的消耗量很大，我必须要结束这次探险了。我想，再等一年，我会再来的，我会再来的，有一个千年秘密等待着我来揭开，我当然会回来。

米莉，我在一九〇一年的三月从瑞典回到了新疆。我回瑞典之后，没有见到你。那时你可能是故意躲开我，对不对，亲爱的米莉·布鲁曼？你结婚了，有自己的丈夫，你不愿意见我，我给你写的信，最终也没有发出。一些学术机构为我举办的欢迎会、研讨会、酒会，我都向你发出了邀请，可你都没有来。米莉，我知道你不会来。因为我已经选择了沙漠，没有选择和你结婚，你就不会再来。

我如约而至罗布泊荒原。这时，还是冬天，整个罗布泊荒原上悬浮着一枚苍白死寂的冬日。我们的探险队这一次带着足够的冰块，融化后作为饮用水。骑在骆驼上颠簸着，我的眼睛半睁半闭，摇摇晃晃已经很多天了。米莉，有时候，在沙漠荒原中探险是那么的单调、贫乏、困顿，让人绝望。可我对未知的世界是那么好奇，但有时候我也觉得灰心丧气，感觉自己企图与时间和历史对话，是很容易失败的。好在还有大自然的美丽，是大自然的奇特和丰富，好在我的心里还装着你，这使得我一直没有丧失探寻未知世界的好奇心。

这一次，还是奥尔德克引路，他的方向感比罗盘还要准确。经过了精心准备，探险队走了一个多月，在三月三日这一天，他果然带领我们来到了他去年寻找丢失铁锹返程途中发现的那个废墟。

正午的阳光是那么的强烈，米莉，我几乎分辨不清楚前方有什么。无尽的风蚀蘑菇，像一个个怪物那样在眼前耸立。淡灰色的盐碱土，是这片古老的湖泊干涸之后的板结。

我听见了奥尔德克在前面大喊："就在前面，我看见了！看见那个地方了！"

我却什么都看不见。米莉，这时我们的驼队加快了前行的速度，终于靠近了那片废墟。真是有一片巨大的废墟！我看见了，我走进了那片废墟。我穿越了低洼地带，踩着盐碱地的厚土，脚下嘎吱嘎吱响，来到了一个高台上。

我看见了令我永生难忘的图景：一座城市！是的，是一座毁灭于时间深处的城市，以它被丢弃之后的颓败和被时间封存的形象，展现在了我的面前。这座城市一定非常古老，在伊斯兰教席卷这片土地之前，它就在这里了。驼队沸腾了。大家也从来没有见过这么大的废墟。这里到处都是散落的木头、陶器的碎片、残垣断壁和建筑基座。我看到远处还耸立着一座塔。那应该是一座佛塔，不可能是别的，它那么高大，目测有十多米高，在这一片风蚀高地上鹤立鸡群。此外，还有房间的遗存，是夯土建造的。一辆马车的木头车轮的辐辏很大，可见这马车也很高大。但是没有一个人。除了我的驼队，所有的人都在历史和时间深处，消失了。这里是什么人建造的？没有答案。

我内心狂喜，米莉，我太高兴了！我可能发现了东方的庞培古城。可你知道，我很能控制情绪，所以我表面上非常冷静。

我们赶紧搭好了帐篷，我在这里进行了测量、拍照、素描和挖掘。那些精美的木雕随处可见。我重点测量了那座佛塔，它是这座废墟最高的人工建筑。三月三日这一天，我详细地写下了测量它的记录，塔高达八米八，有五个阶梯状的台阶，傲立于风雨之中，却在不断地、缓慢地倾颓着。

我的雇员中有人说，凡是有佛塔，那佛塔的内部一定藏有宝贝，这是一个古老的说法。他们开始挖掘佛塔，渴望发现宝贝。尘土飞扬起来，被我制止了。我告诉他们，这里不会有宝贝的，他们发现的最多会是一些陶器。不要破坏了这个地标，以后我们还会再来的。

奥尔德克又挖掘出一些精美的木雕，还有一些有文字的木片。到了晚上，我和汉族助手仔细地分析那些木片上的文字是什么，那大都是一些汉字，表明了至少在毁灭之前，这里是汉朝或者更早的中国控制的一座城市。然后，一个助手念出了一个词："楼兰。"

"楼兰？"我疑惑地而又震惊地发问道。

"是的，是'楼兰'。这些木片简牍上多次出现了这个名字。"我的助手回答我。

"楼兰，楼兰，楼兰。"我念了三遍这个词，感觉到发音中的抑扬顿挫。

米莉，我发现的这座废墟，就是古楼兰城。后来，我查阅中国的史书，也支持了我的发现——在这个位置出现和消失的城市，可能是，或者说只能是："楼兰"。

　　奥尔德克还挖出来一柄牛角号，他欣喜地递给了我。我擦拭去牛角号上面的灰尘，试着吹了一下。一阵低声的呜咽从时间的深处响起来。好像这牛角是有生命的一样，它从历史里出来向我问候，告诉我，这里发生了很多故事。

　　我的手里这柄小巧的牛角号似乎有温度，在我手里发烫。我吹了一会儿，想了想，觉得这牛角号属于楼兰，我就把牛角号埋在了三间房废墟附近的一处沙堆里，那里有很多贝壳，像个生活层，我让它重新回到时间和沙子的深处了。

　　几天之后，我离开了那座楼兰城废墟。

　　米莉，后来，我再也没有回到那里，就像你再也没有回到我的身边。即使有那座佛塔在召唤着我，即使我的耳边时常响起来牛角号的呜咽声，就仿佛是历史和时间在召唤我。可是，我也没有回到楼兰。

　　我带着大量的测量数据和样品回到了欧洲，公布了我的判断：罗布泊荒原上的干涸的大湖，是一座"游移的湖"，大湖的湖水会随着塔里木河的来水量的不同，在千百年间不断蒸发，并来回游移，一直到它的消失。塔里木河来水量逐渐衰减，下游的胡杨林缓慢死亡，于是，湖水也干涸了，楼兰就灭绝了。大自然以自己的方式在生生死死，循环往复。

　　我将"楼兰""雅丹"和"罗布淖尔"这几个地名带到了欧洲，使这些词成了描述特定地形、地理位置和城池废墟的名词。但我真的再也没有回到那个地方了。

　　后来，这里就成了更多探险家瞩目的地方。俄国人普热瓦尔斯基、美国人亨廷顿、英国人斯坦因、日本人橘瑞超、中国人黄文弼，都来到了楼兰废墟，他们发现了墓葬地、停船码头、官署遗址、木简文书等，并且逐渐复原着那里的历史。

　　一九三四年，我已经六十九岁了，在这一年，经中国政府同意，我带领着中瑞联合考察探险队，穿越了整个北中国，再次来到了罗布泊。这一次，我主要在罗布泊荒原的北部活动。我们发现了一座有一千多个墓葬的大墓地，发掘出了最美丽的沙漠干尸——"楼兰美女"。那个"楼兰美女"躺在罗布麻布中，安详地睡着，仿佛我们的打搅也不会惊醒她。她右手里握着一枚牛角——让我想起来我曾埋在楼兰的那一柄牛角号，这牛角号很像是一对儿。

　　这一年，塔里木河的水源很充沛，我得以泛舟于古老的罗布泊北湖，在中国古代的典籍里，它叫作蒲昌海。我画了大量的速写，因为我知道，我肯定不会再回来了。米莉，我已经老了。可我的心里还有你，我终生未婚，因为我的心里只有你。

　　这一年，我还计划从敦煌出发，重新抵达楼兰古城，去看看那座佛塔的变化。但中国的国民政府对我们提出了很多的限制。当时，所有来到中国西部进行探险、考察和发掘的西方探险家，已经被视为是不怀好意的盗贼了——当然，有些人的确也是。那一年，我最终在距离罗布泊的北湖岸边一百七十公里的营地停下了脚步。

一天深夜，满天星斗，我眺望南方，想象着在静谧的夜空下，楼兰废墟的模样。那里一定是安谧的，没有什么动静，即使有，也不过是风沙在缓慢地、持续地将它重新埋葬。而我已经老了，却依旧想念着楼兰，这座我心里唯一的秘密，就像你，米莉·布鲁曼，我秘密的唯一的爱。

五叠

很久以来，我就想找机会去一趟楼兰古城，但我知道，进入楼兰所在的罗布泊荒原，是非常困难的，一定要有充分的准备和当地人的引领才能实现。

我在新疆出生。小时候的记忆里，到了冬天，我的父亲就开着"东方红"推土机去天山上的冰大阪推积雪。他回来告诉我，他的推土机常常将积雪下遭遇暴风雪死去的羊的尸体推出来，甚至有时候还有牧人的尸体。父亲说，在冰大阪上推雪开路，有时候他咳嗽一声，发出的声音导致的回音会立即引发一场雪崩。

不过现在是夏天，这一年，我翻越了东天山，一路向南，就接近罗布泊荒原了。现在那里是人迹罕至的地方，比塔克拉玛干沙漠还要令人恐惧。现在，穿越"死亡之海"的沙漠公路建了三条，一天的工夫就可以穿越那可怕的沙漠。而罗布泊荒原，则仍旧是神秘莫测的。不光因为里面有马兰核试验基地，还因为在罗布泊的中心，有一座楼兰古城。

二〇一三年的九月，我终于见到了楼兰的真面目。

那是新疆库尔勒市搞的一个胡杨节活动，他们邀请了不少艺术家前往采风。先前那一拨人，主要是画家和摄影家。我们这一拨是写作者。我们的目标，就是前往楼兰古城一探究竟。从北京出发，我们上午就飞到了乌鲁木齐，转机后很快飞到了库尔勒市，在库尔勒住了一晚。库尔勒是南疆最大的城市，如今人口比喀什要多多了，因为塔里木盆地的石油勘探开采机构主要驻扎在库尔勒。晚上，在库尔勒市的街头漫步，我闻到了一种工业废气的味道，不知道是炼油厂还是什么化工厂排放的，空气质量不很好。

第二天清晨七点，从库尔勒市出发，我们的车子沿着一条并不宽阔的国道前往若羌县。汽车一路上穿越了美丽的沙漠胡杨林地带，我看到了大片胡杨林，在秋天的空气里抖动着金黄色的树叶，合奏着一曲秋之奏鸣曲。我们又穿越了一片广袤的戈壁滩，那里是塔里木盆地沙漠的边缘，我看到不怀好意的一个个沙丘像是埋伏在道路两边的敌人，正在匍匐前进，似乎要伺机吞没这条千难万险的沙漠公路。公路边还有一条绵延的草编防护带，起到了阻挡流沙的作用。

到了阿拉干，地势变得低洼了，公路两边都是发亮的水面。这是上游的博斯腾湖奔泻下来的水，流进塔里木河后所形成的平湖洼地，使得通行的公路像是悬浮在一片汪洋之上。茫茫天地间，就是这一条公路，通向了蜃气浮动的远方。

车子走了七个小时，下午两点，我们终于来到了若羌县。若羌县是一座古老的县，它的面积有二十多万平方公里，比中国东部地区的两个省，如浙江省和江苏省的面积加起来还要大，号称

"华夏第一县",但人口只有五万多人。若羌县大部分县域范围都是不适合人类生存的不毛之地。其中最大的一片,就是罗布泊荒原。

当天下午,小憩之后,看看天色尚早。我们去参观了若羌县博物馆。这座博物馆很有特点,建筑的颜色是土黄色的,而结构则是模仿了芦苇、黄泥巴和红柳枝条混合而成的建筑,带有当地民族特色。

这是我们明天一早将前往楼兰古城探访的一次预热。走进博物馆,我似乎感觉到了一种穿越时间而来的气息。是的,是时间里的幽灵因为我们的造访,正在集结。阴气有点重,我睁大了眼睛。我看到,博物馆展览图片丰富,文字解说详略得当。在博物馆的内厅里,正有一个楼兰出土的干尸展览。

我紧张了起来,干尸!是的,就是在这家博物馆里,有十多具保存完好的、距今超过了三千年的楼兰干尸。我们变得鸦雀无声了,几个人鱼贯而入。

博物馆里的气氛变得神秘而宁静。下午的太阳本来还悬浮在高窗之上,这时却莫名其妙地不见了,天光顿时黯淡了下来。我似乎听到了低语,这是一个女人在我耳边说话:你来了,欢迎你,欢迎你,我一直在等你……

我感到了毛骨悚然,不知道是谁在我的耳边说话,就是在这个时候,我一眼就看到了著名的"楼兰美女"干尸,她正安详地躺在一具木头的棺材里。啊,是不是她在我的耳边呢喃?难道我真的听到了她在说话？我狐疑地看着几个同行的作家，包括作家祝勇，可没有人关心我的惊悚。他们正在兴致勃勃地仔细端详着每一具干尸，听着博物馆馆长的介绍：

"诸位，你们看，这具'楼兰美女'干尸，死亡的时候还不到二十岁。她是难产死的，在她的肚腹之内，还有一具胎儿的尸体。奇怪的是，下葬的时候，她的左手握着一柄牛角号，那柄牛角号，有人看见它曾在夜晚发亮过。还有人曾在晚上听到这牛角号被吹响……"

"被吹响？"我很紧张地问，"被谁吹响呢？这牛角不就一直在干尸'楼兰美女'的手里握着吗？"

博物馆馆长笑了笑："不知道啊，反正有人是听见过，但不知道是谁吹响的。毕竟，大晚上的，很少有人进来看看。"他说着话，就走开了，继续带领我们看干尸。

这家博物馆里，还有十多具成年男人、女人和婴儿的干尸，这些干尸似乎都在等待着和我们相遇。馆长说："'楼兰美女'干尸，其实不止一具，有好几具呢。"

此时，在我耳边的声音又响了：谢谢你来看我，谢谢你……我一下子感觉到，这说话声，肯定是那具"楼兰美女"干尸的声音，可我回头一看，她却仍旧在玻璃罩下面的船型棺材里躺着呢。我惊诧莫名，不知道接下来会发生什么。几只苍蝇在博物馆里嘤嘤嗡嗡，不知道谁能听懂这千年的密语。

回到宾馆，吃了晚饭，我们就都早早地睡了，因为，第二天凌晨六点，我们就要出发前去探寻楼兰古城了。可我入睡很迟缓，我的眼前，总是浮现着楼兰美女的身影，她拿着一柄牛角号，笑着打算吹响它。我惊醒了。

第二天凌晨六点，我们就都起来了。我睡眼惺忪地来到院子里，发现县里派的三辆越野车都准备好了，车大灯闪闪发亮，发动机或轰鸣、或低喘，蓄势待发。县里的简部长是此行的指挥长，三台越野车都配备了步话机，装上汽油、干粮、水，每人发了一个手电筒，各类储备和应急物品一应俱全，简单分组之后，我们十多人坐上车子，就出发了。

越野车在茫茫黑夜里疾驰。没有路灯指路，我们的汽车先是上了一条国道，在柏油路上走了一个小时，这条国道是翻越阿尔金山直奔青海的大道。在这条大路上，我看到，即使是凌晨时分，大卡车也是川流不息，大灯闪烁，喇叭轰鸣。

我们一行的三辆越野车的车况不一样，很快就拉开距离，互相看不见了。凌晨的风很凉，即使穿着秋衣秋裤，我感觉还是很寒凉。很快，我们的车从柏油路上下来，又走了几十公里尘土飞扬、沙石乱飞的砂石路，来到了一个岔路口。我们这辆指挥车停下来，等待后面那两辆车跟上来。我们的车上坐着简部长、老刚、祝勇、我，加上司机，一共五个人。车是号称"牛头"的丰田陆地巡洋舰，非常适合走沙漠戈壁的路。

我们等了二十分钟，三辆车再次集合，此时距离出发已经走了两个小时，天色微明了，我们继续前进，又走了一段砂石路，开始进入罗布泊荒原了。这时，砂石路结束了，接下来的一段路很奇特，是用推土机推出的盐碱路，然后洒了水碾压后所形成的那种盐碱地平滑路。这样的路面很结实，比较好走。这一段路又走了几十公里，可以看到很多大型货车开着亮闪闪的大灯和我们擦身而过。

"那都是罗布泊北部大型的钾盐矿的货车。附近还在修一条通往哈密的铁路。这里的钾盐矿藏世界第一。"简部长告诉我们。此时，天色微明之下，可以看到罗布泊荒原茫茫无涯，在这条平滑盐碱路的某个地点，竖立了一个牌子，上面写了几个大字：

"军事禁区，不准擅闯。"

在这块牌子的左边，有一条也是直接在盐碱地上碾压出来的路，我们的车向左一拐，就进入荒原里了。按照方位来看，我们出发时一开始是向东走，接着向北，现在又向西走了。这一段路很难走，完全是一条大海般的波浪起伏路。汽车的速度明显慢了下来，车速在每小时四十公里。车轮在盐碱路面上碾压，飞奔，车轮不断跑偏，左右摇摆，就像打摆子的病人一样发着疯。

我紧紧地抓着把手，身子不断地被颠得弹跳起来，脑袋撞在车顶，很疼。天色很快变成了鱼肚白色，远方的库鲁塔格山那庞大的身躯浮现了出来。接着，凌晨的那种天青色，慢慢地在天边氤氲着，我们的车子像疯狂的老鼠那样在广袤的罗布泊荒原上奔驰，路过了曾打算徒步穿越罗布泊、结果渴死在里面的余纯顺的墓地。

我想去看看，但是被制止了，因为，我们的目的地楼兰，还在前方。余纯顺去世很多年了。这个徒步探险家当年打算徒步穿越无人的荒原，结果就死在这里了。此外，科学家彭加木在罗布泊的失踪，至今仍旧是一桩悬案。我最近在微信的"朋友圈"中，看到了一个链接文章，说是一个法医写的，那个法医发现了一具罗布泊干尸骨架，他认为那骨骸就是彭加木的遗骸。那篇文章以侦探小说的方式，讲述了另外一种惊心动魄的可能：

> 彭加木作为科考队长，因为脾气、个性与属下的科考队员不合，多次发生激烈冲突，最终，当面临困境难以决断，而他们对彭加木的决策也产生了异议之后，几个科考队员残忍杀害了彭加木，伪造了他写的一句"我去东边找水"的纸条，然后，在沙堆下深深地埋葬了他的尸体……

我觉得，这篇文章链接，不大真实，完全是一篇侦探小说了。当年的科考队员应该都活着，要是发起新的调查，是很容易查清的。微信微信，微微相信。还有人说，彭加木被外星人劫持了呢。彭加木之死也是关于罗布泊的一个永远的谜了。

我们一路开到了罗布泊"湖心"标志点的中心位置，车子才停了下来。我们都下了车。我感觉温度在零下十多摄氏度，天气很冷，温差很大。此时，天色大亮，太阳猛地从天边跳跃起来，我望过去，发现太阳不是橘黄色，而是白晃晃的十分耀眼的一个白球，它迅速升腾了起来，温度也开始上升。太阳一出，万物都开始变得温暖了。

此时，一股股的小风在罗布泊荒原上那令人绝望的一览无余的空旷地带吹拂着，也吹拂在我的脸上。在这片盐碱地，我看到地面上到处都是锋刀般的盐碱岬角，脚踩上去，嘎吱嘎吱响。这里是罗布泊的湖心地带，可是连一滴水都没有，有的只是令人绝望的蛮荒和死寂，是叫天天不应、叫地地不灵的那种孤独感。

我忽然感到很兴奋，我是又翻跟头又蹦了起来，在晨光中的盐碱地上做了几个凌空的侧踹动作，被祝勇拍摄了下来。一看，拍摄效果很好，我飞得很高。

我们向罗布泊中心点的标志物——一块石碑走过去。在罗布泊湖心，竖立着一块灰色的长方形石碑，上面镌刻了"罗布泊湖心中心点"的字样。有意思的是，附近到处都是被砸碎的青色、黑色石碑的碎片，连石碑的基座都掀翻了。

我捡了几块残碑，发现那都是过去一些个人或者团队进入罗布泊荒原后所留下的。他们到达这个湖心点，出于纪念的目的，立下了石碑。碑文的内容都是表达"某某团体到达这里"的豪迈之情。但为什么被全部砸碎了？我问简部长，他告诉我们，这里是军事禁区，距离马兰核试验基地不很远，原则上现在是不许人随便进入。因此，是军方将这些石碑全部砸掉了，只留下了一块湖心标志碑。

看着满地的石碑碎片，我觉得砸得好。在这广袤的、无人的荒野上，在罗布泊干坼的湖心区，忽然有那么几十块石碑，黑的、灰的、青的一大片，很丧气。墓碑一样矗立着，也不好看，破坏了这里的千年万年的宁静。而且，人的自大和狂妄在这些石碑的文字里显露出来了。人定胜天？呸呸呸！人有时候胜不了天。比如再过几十年，我们都死了，可罗布泊荒原还在这里呢。大自然的沧海桑田，几百万年都是一瞬间，不自量力的人立的石碑，就应该被砸碎，还罗布泊一片真正的安静。

人对这片荒原的打扰，已经够多的了，有核试验，有钾盐矿开采，有各类探险者和徒步旅行者，还有盗贼和匪徒藏匿。现在，我们这些人又来了！

简部长说，每年由当地政府正式批准进来的人，只有一百个左右，大都是科学家、考古学家、地理地质学家，还有我们这样的文化人。但现在汽车技术发达，偷偷来罗布泊荒原探险的不在少数。有的被制止了，有的没被发现，就进来了，还有人陷入危险境地出不去，又请求救援被解救的。

我们休息了一会儿，继续前行。车子在波浪一样的、只有两道车辙印的盐碱路上飞驰。又走了几十公里，来到了向南拐弯的一个路口。我们停下来，等待大路前方三十公里处的罗布泊工作站人员的接应。在这罗布泊荒原里，建有一个工作站，值班人员几个月才一轮换，条件十分艰苦。他们熟悉路况，熟悉这里的环境，负责管理一般事务，制止一般人员闯入。有时候，未经允许独自闯入罗布泊荒原的探险者会迷路，他们还负责援救。据说，每年都会有徒步旅行者，悄悄死在罗布泊里。

不一会儿，远远地，我看见两辆越野车带着沙尘奔驰过来，还有一辆有着四个大轱辘的特制沙漠探险车，驾驶室是外露的，上面坐了两个穿着绿色、橘黄色的全副武装的沙漠探险者，这探险车是来测试性能的，有些像变形金刚的样子，很酷。

　　我们交接了一些食物和饮水，然后，我们的三辆车加上工作站的一辆引路车，开始向南侧丁字路的那条更为狭窄的、最后通向楼兰古城的小路，进发了。

　　而那有四个大轱辘的沙漠探险车，在一片尘土飞扬中，消失在我们的视线里了。

　　这一段路与刚才那段波浪般起伏的盐碱路又不一样，开始是小坑小洼的，但是起伏的路面使我们的车子颠簸得很厉害。车子一会儿被路面抛起来，一会儿又跌下去，像是在大浪中行走的船。走了十几公里，我们的车队进入最艰难的路段了。这一段路，我后来命名为"魔鬼大坑路"，全部都是在雅丹地貌里行进。放眼望去，附近的地形经过了大风吹蚀，都是蘑菇状地貌，在蘑菇状地貌的中间，汽车开出来一条路。经过很多车子的碾压，全部变成了大坑路。坑一般深达一米多，一般的车子很难通行，只有越野车才能够缓慢通行。

　　我记得，前面的几段路分别是柏油路、砂石路、盐碱平滑路、盐碱波浪路、盐碱起伏路，现在，轮到魔鬼大坑路了。四辆性能卓越的越野车，在这段路上开起来是起起伏伏，像四只悲哀的、无奈的甲虫，忽上忽下，忽隐忽现，在魔鬼大坑路上吭哧吭哧前进，时速是每小时五公里。

　　这个时候，我才真的看到了若羌本地司机的绝佳本领，只见他脚踩离合，挂挡沉稳，车子向左边猛地跃上一道梁子，紧接着，车身的右侧又猛地落入一个大坑，然后再冲上一个陡坡，接着一个侧翻，又掉到一个大坑里。忽然，一给油门，我们又冲了出来，上了车道。这太惊险了！我快崩溃了，这路完全是楼兰魔鬼造就的，这魔鬼路就是几十年来不断进入的各类车子碾压出来的。我牢牢地抓住把手，因为随时都可能翻车，车毁人亡。可司机就像是经历过惊涛骇浪的经验丰富的水手，十分镇静。一个小时后，我们的车子才行进了四公里。四辆越野车有步话机联络，互相呼应，其间不断有车子抛锚，或者是跃上一道梁子后，整个车子就被架上土坡不能动了，需要互相配合，用缆绳来拉。

这段到达楼兰古城的路大概有十多公里，但我们一共走了三个小时。这段路程是我记忆里最艰险的路途了。我们是跌跌撞撞、左摇右晃、上下颠簸、不断弹跳，渐渐地，伴随着我们的艰难前行，车窗外的景观开始发生了很大的变化，很多匍匐在那里的沙堆出现了，每个沙堆上都爬着尚且苟延残喘的红柳，红柳是沙漠耐寒灌木，它的根系扎得很深，露出来的部分很像章鱼的触角，黑色的四下伸展。远远地，还能看见一些死去的胡杨树，只剩下了一些树干和枝杈，在屖气中很像是一些偷窥我们的黄羊或者野驴。雅丹地貌，到处都是雨水迅猛冲刷过的痕迹，一道道水沟边上就耸起的沙包。这是一个死寂的、沉默的、被时间和风沙的暴力摧残的世界。

最后，终于，下午一点钟，我们到达楼兰古城的附近了。

距离楼兰还有二公里的时候，眼力好的简部长指给我们看："看，前方一点钟方向，有佛塔出现了。"可我怎么搜寻，看到的都是一些像《西游记》里的各种妖怪死了之后定型在那里的雅丹地貌，没有看见楼兰古城的最高标志物——佛塔遗址。等到我终于看见了那歪着脑袋，像一朵蘑菇云的佛塔的时候，我们已经到了楼兰古城的跟前了。

四辆"灰头土脸"的越野车顽强地突进到楼兰古城的面前，在一块平地上停下来。我们下了车，正午的太阳高高地停悬在头顶。温度上来了，酷热无比，我脱掉了棉袄和毛衣，只穿了衬衣就可以了，我戴上墨镜下了车。在铁栅栏简单围起来的楼兰古城的大门附近，我们都非常兴奋。我终于来到了楼兰的跟前，就要进入那神秘的废墟了。

有人打开了一个简易的小折叠桌，拿出来红枣酒、馕、豆腐干、矿泉水和一些袋装熟食，算是吃了顿简单的午餐。经过了七个小时的跋涉，我们终于来到了楼兰。我们举起了装着红枣酒的纸杯子，共同庆贺了一下。

然后，我们就走进了楼兰古城废墟。

在我面前展现的，的确是一片废墟。我站在一片高台上四下瞭望。风暴已经多次洗劫了这里，几乎看不到城市的模样了，只有这里一片、那里几块的残垣断壁。经过当地朋友的指点，依稀能看出来整个方形城市的外墙，哪里是流经城市的河道，哪里是西域长史府的官署建筑的基台，哪里是居民区。现在，楼兰废墟残存的最明显的建筑，一处是佛塔，还有一处就是没有屋顶的"三间房"的土墙壁了。

我行走在楼兰古城里。地上到处都是风蚀过的木头，那种干燥的风导致的木裂纹很细很透，裸露出木纤维的丝缕，像是人的神经和肌肉放大的形状。废墟中到处都是残垣断壁，这残垣断壁被我拼接，就渐渐地出来了一个城市的轮廓。我的脑子里看过的十多本关于楼兰的书籍的内容，逐渐地鲜亮起来了。

我站在"三间房"的土墙间，想起来了，就是在这里，一百多年以前，瑞典探险家斯文·赫定第一次来到了这里，发现了楼兰遗址。他发掘出一百多件汉代的珍贵文书，然后带走了。后来，经过了中外考古学家的多次探查，根据碳十四的测定，这里出土的一些人类物品用具可上溯到公元前两千年。

关于楼兰，最早的汉文文献记载见于《史记》，里面记载了当时匈奴大单于给汉武帝写信，说：西域的楼兰等国，都已被我大匈奴打败，并且臣服于我了。汉朝人你们是不是应该也向我称臣？匈奴单于的傲慢和自大，激怒了汉武帝。于是，汉武帝开始经略西北，并派出了张骞出使西域，打算联络大月氏，共同夹击匈奴。后面的故事大家想必都知道了：汉武帝打败了匈奴，并在敦煌设立机构，管理包括楼兰在内的广大西域地区。

楼兰国曾是丝绸之路上的一个交通枢纽，西汉时期，这里生活着几万人，商旅云集，市场繁荣，街道宽阔，河道纵横，佛寺庄严，宝塔高耸。东晋之后，中原割据势力群起，混战成一团，楼兰也逐渐消沉了。此后，还可以在汉文典籍中搜寻到楼兰的一些若隐若现的踪迹。到了唐代，强大起来的吐蕃曾经占领了楼兰地区，这时的楼兰就不叫楼兰了，这片地区可能就叫作鄯善了。

吐蕃人与唐朝的军队在这里打仗，李白的《塞下曲》中写道："五月天山雪，无花只有寒。笛中闻折柳，春色未曾看。晓战随金鼓，宵眠抱玉鞍。愿将腰下剑，直为斩楼兰。"从李白的诗篇里可以看到，在唐代，楼兰还是诗人想象力的依托，因为楼兰是一个兵家必争之地，一个边陲重镇，但在公元四四〇年之后，突然间楼兰就在典籍里消失了。因此，魏晋时期楼兰神秘的衰落和消失，实在令人不解。

楼兰是怎么消失的？它的最后一个统治者有什么样的故事？可能，只有我这个作家能够想象出来。

我们围绕着楼兰那个佛塔遗存的黄土堆，虔敬地转了一圈，感觉到这几千年前的建筑还伫立在荒野中，真是不容易。这座佛塔，有多少不为人知的故事呢？仰望着佛塔，它那倾颓的塔身很像是歪着头颅打坐的一个和尚，我深深地感到了忧伤。千百年前，生活在这里的古人们仰望过它，斯文·赫定在一百多年以前也仰望过它，现在，二〇一三年，我也站在这里，仰望着它。

有一个诗人向佛寺遗址磕了几个头。接着，我来到了可能是居民区的地块。在一片风蚀洼地的高台上，散落了很多黑色、褐红色的粗陶和木头的残片，看得出来这些木头是房屋的柱子，有大梁、椽子和顶棚用材，彼此之间还有榫卯结构，依稀可以看出一些人类生活的痕迹。那些竖立着的大梁，木头完全被风蚀削尖了，成了干枯的、仿佛一片衣衫褴褛的、伸向天空祈求的乞讨者的手臂，令人绝望。

我跑到了"三间房"遗址那片高台的下面，在一片生活层挖了一阵子，挖出来很多贝壳、牛羊骨头等，可见，这里的人过去是食用很多水产品以及牛羊肉的。我用脚踢了一下沙土，忽然，从沙土里露出来一个东西。我捡起来，看到那是一柄赫青色的牛角号，小巧而古朴，在太阳光下闪亮，我就把它装进了口袋里。

我的心怦怦直跳，我想起来博物馆里"楼兰美女"的手里，也握着的一柄牛角号。

几千年前，这里水域面积很大，河水汇集到这里，罗布泊成了一个巨大的湖泊。但是，经过蒸发和大自然的变迁，淡水湖逐渐变成了盐水湖，不适宜人居住和生活了，盐泽大湖又缓慢地干涸，傍水而居的楼兰也就这样湮灭在罗布泊那无尽的风沙之下了。而且，不光是楼兰，还有米兰、海头等多座罗布泊地带的古城，也都消失在岁月的烟云里了。后来被考古学家在罗布泊地区发掘的太阳墓地、小河墓地等墓葬区的谜底，也仍然没有解开。

这是时间的力量，是大自然的鬼斧神工，才可以将楼兰古国完全湮灭于这漫漫荒原，只剩下了废墟和一些文献中影影绰绰的记载，以及考古学家后来的发现和基于这些发现之上的推断和想象。我在现场吟诵了一首刚刚浮现在我脑袋里的诗：

楼兰

楼兰

无楼，无兰

我无眠

　　是的，在我的眼前，只有废墟，只有空荡荡的风蚀雅丹地貌，只有风在这里吹，把一切都逐渐抹平。对比过去斯文·赫定和我现在拍摄的佛塔的照片，可以看出一百年后的今天，那座佛塔的体积又减少了三分之一，几乎看不出是佛塔的造型了。至于那"三间房"的残垣断壁，也变得更加低矮了。

　　我在一片废墟附近，发现了不少最近几十年楼兰的探访者留下来的罐头盒、牙膏皮、酒瓶子和塑料袋，还有小的氧气瓶、煤气罐等用品。可见，虽然这些探险者很豪迈地来到了这里，但是却不恰当地留下了很多垃圾。我收拾了一些，打算扔到门口的垃圾筒里。

　　听说，楼兰墓地距离这里不远，我很想去探访楼兰墓地，那里现在还有很多干尸。有的就裸露在地面。但是，简部长语焉不详，似乎不愿意让我打扰楼兰太多。好吧，那我们就不去打扰那些沉睡千年的死者了。

　　这天下午，我们在楼兰废墟里逶巡、徘徊、徜徉、凭吊了三个小时，分开了散兵的阵型，拍照，奔跑，喊叫，或者沉默。我们寻找城市原初的规划，想象这里的繁华，心情十分复杂。眼看着太阳迅速地向西边坠落，阳光和温度由炎热变得温暖，又开始变得冰凉，我们要离开这里了，因为，罗布泊的昼夜温差有四十摄氏度以上，我们必须在下午四点钟离开这里，才可以在晚上回到若羌县城。

　　我们依依不舍地向大门处走去。出了铁栅栏门，我们上了越野车，沿着回去的路返回了。在返回途中，我们看到有几个不同的探险小分队，在大坑路段停下来休整。他们还在向楼兰古城进发，估计是一些未经批准的探险者。简部长立即用步话机通知罗布泊的管理员，要求他们查证这些人的身份。

看上去，他们有的车抛锚了，注定要在这里过夜了。

我默默地希望他们不要留下太多的垃圾，希望他们也能安全地离开这里。

我们耐心地走过了魔鬼大坑路，七点钟，上了盐碱起伏路，到达丁字路口之后，又上到了盐碱波浪路，经过了罗布泊湖心地带，又上了盐碱平滑路，已经是晚上九点钟了。我可以看到通向哈密和钾盐矿区的大路上，拉着钾盐的大卡车川流不息，大灯闪烁。接着，我们向南上了那条砂石路，最后，终于上了国道的柏油路。

我们回到了若羌县城，整整又走了七个小时。到达宾馆是这天晚上十一点，天完全黑了。我们个个疲惫至极，但却兴奋莫名。

晚上，浑身酸疼的我躺在床上，很久都没有睡着，不知道是兴奋，是失落，是满足，还是遗憾和忧伤。楼兰的神秘面纱被我轻轻地掀开，又落下了。作为一个谜，它还藏在罗布泊荒原的深处，而且，被大风和狂沙埋得越来越深了，如同一片影子，闪烁在荒原上那中午的蜃气中很难捕捉。

这时，我似乎感觉到我的枕头下面有点情况在发生。我挪开了枕头，我从楼兰古城拿回来的那柄牛角号，在黑暗中开始发亮，一闪一闪的，似乎要和我说什么，我变得紧张和兴奋起来，屏住了呼吸。是的，这柄穿越了时间的长河的牛角号，正在我手里闪闪发光，神秘地悸动着，似乎要发出呜咽声。

我穿好了衣服，装好了牛角号，出了宾馆。深夜里，大街上十分寂静，所有的东西在月光下都被拉长了影子，似乎回到了时间的过去，我被脚带着走，不知不觉来到了博物馆的一侧墙壁边上。我取出来牛角号，它还在闪亮，似乎要发出声响。我把它举起来，放在嘴边轻轻一吹，一种独特的声音响了起来。接着，我听见了在博物馆里，也有一声牛角号的回应，声音清幽、绵长，很快，吱呀一声，一道黑色的门打开了，我看到了一个留着长发、身穿暗色罗布麻的姑娘的影子，出现在门内，正拿着一柄也闪闪发亮的牛角号，带着微笑，轻轻地吹动。

那个"楼兰美女"复活了。她在向我走来。

（原载于《中国作家》2018 年第 7 期）

瘸子帖木儿死前看到的中国

瘸子帖木儿在撒马尔罕以南的渴石城，接见了一位据说能够看到过去、现在和未来的侏儒。那个侏儒还带了一颗像婴儿的脑袋那么大的水晶球。

当时，瘸子帖木儿虽然是突厥人的血缘，却已经成了蒙古人成吉思汗的子孙所建立的察合台汗国的统治者，占有了中亚莽莽群山和大片的草原、荒漠和水草丰美的平原地带，成了雄才大略的国王。

但是，他现在考虑的，是向西还是向东的问题。向北，他不考虑了，北方是金帐汗国，那里是寒冷的地带，而南方的印度，他早就派兵打败了很多当地的土王，土王都俯首称臣了。那么，向东还是向西？这是摆在瘸子帖木儿面前的一个问题。

"把那个自称为先知的侏儒带上来。"瘸子帖木儿吩咐下属。护卫立即将在大殿之外等候多时的侏儒带了上来。侏儒个子矮小，刚刚到常人的腰部，甚至只有瘸子帖木儿身高的一半高，可他还穿着一件华丽的、肥大的袍子，那袍子将他包裹成了一个半圆球。侏儒手里拿着一个晶莹剔透的水晶球，水晶球似乎在不停地旋转，其重量就像是随时都能把这个侏儒给压垮似的。

但是侏儒的眼神却在滴溜溜乱转，他在观察着大殿里的情况，审时度势。他单腿跪下："伟大的帖木儿、伟大的河中地区的君主啊，我，穆斯塔法，前来拜见您——大汗、君主、皇帝和苏丹合为一体的、伟大的瘸子帖木儿！"

帖木儿对他叫自己瘸子，感到不满，虽然他的确是一个瘸子。但是，他想了想，就不和这个侏儒计较了。毕竟，侏儒是一个比瘸子还要残疾的人。帖木儿自信而坦然地、一瘸一拐地围着侏儒穆斯塔法转了一圈："很好，你和你的这个水晶球，真的能看到一个人的过去、现在和未来？"

侏儒穆斯塔法眨巴着眼睛说："当然，大王，不，大汗、苏丹、君主殿下，当然能够看到。"

瘸子帖木儿赐座于侏儒穆斯塔法，然后，自己也坐了下来。"好吧，你先说说我的过去。"

侏儒穆斯塔法转动手中那枚巨大的水晶球，瞬间，水晶球里就出现了各种各样的人间的景象。有山地，有草原，有村镇，有河流，有花朵，有牲畜，有人群，有飞鸟，有白云，有战争，有声音，有动作，有一切的一切。

瘸子帖木儿惊呆了，他面带好奇地站起来，走过去，走到了侏儒穆斯塔法的身边。他从水晶球里，真的发现了自己的身影。那里面那个人的确是他的，身影很小，但却是他的过去。他过去的人，以及过去的他所经历的那些年月都浓缩了，或者说，在水晶球里，他的人生是连续的、快进的，但又循环回放的、细节放大的，又是不断停顿和凸显的。总之，水晶球里面的时间，是循环的、突进的，或者迟滞的、非线性的，无逻辑，与人的乱麻一样的思绪纷飞的感觉是一样的。

"我果然看到了我自己。"帖木儿喃喃地说。

侏儒穆斯塔法说："殿下，您想到什么，水晶球就能够让您看到什么。至于您的过去，水晶球里面全部都有呈现。殿下，您看您出生于这座渴石城的一个巴鲁刺斯部的突厥人贵族家庭，从小，您养尊处优，就在一座庄园里长大。您的家族中能人辈出，您的叔叔后来成了河中地区的统治者，一个地区首领，但是，他能力有限，性格游移不定，被伊犁地区的察合台汗国的领主秃忽鲁帖木儿给打败了，最后逃到了呼罗珊。这个时候，才二十五岁的您因为勇敢、坚定、智慧，给蒙古人秃忽鲁帖木儿出了很多好主意，您就受到了秃忽鲁帖木儿的信赖，在经过一番与此地各部族的首领的一番角逐之后，您被秃忽鲁帖木儿任命为他儿子也里牙思火者的辅佐大臣，在秃忽鲁帖木儿走了之后，是他的这个儿子统治这片河中地区。后来，您和另外一个辅佐大臣进行了一番内斗，结果您失败了，您就跑到了您的内兄迷里忽辛那里，和他一起前往波斯，在那里，您俩作为雇佣军的将领，开始为波斯的王宫打仗。在波斯是一段艰辛而难得的岁月，您忘记生死、顽强战斗，赢得了很多将士的喜爱和信任，也积累了很多的作战经验，直到您组织起了一只忠诚于您的可靠的队伍，才寻找到一个时机，返回来与察合台汗国的部队决一死战。因为，这里是您的祖地，是您出生的地方，您必然将在这里崛起。然后，您胜利了，将这片广大的河中地区，从蒙古人多年的统治中解放了出来，但您因为是突厥人的后裔，您没有执政的合法性。于是，您和您的内兄迷里忽辛一起，扶植了一个蒙古人傀儡作为察合台汗国在这一地区的名义君主，把他送上王位，给他献上玉石杯子和权杖，让其他领主前来祝贺与磕头，而您和迷里忽辛则站在这个傀儡的旁边看着他。就这样，您和迷里忽辛一起成了河中地区的实际统治者。"

瘸子帖木儿一边仔细地听侏儒穆斯塔法讲着，一边看着水晶球里面这些场景的重现。他泪水涟涟，是啊，那是瘸子帖木儿的青年岁月，是他奋战、挫折、迷失和崛起，并且最终获得了权柄且踌躇满志的年代。瘸子帖木儿开始信任这个侏儒了，也许他真的能够指点他向哪个方向进击。他点了点头。"那么，我的后来呢？"

侏儒穆斯塔法接着说："虽然，您与迷里忽辛的妹妹结婚了，他是您的内兄、大舅子。但是你们两个人统治河中地区的双头政治格局，早晚要打破。您个性坚强，领袖的魅力无穷，但是迷里忽辛实力雄厚，占有的土地面积大，获得部族的支持要多于您。

您的妻子在，你们就是亲戚，就不会有什么问题。后来，迷里忽辛的妹妹、您的妻子得病去世了，您和迷里忽辛之间的矛盾就爆发了，就不可调和了。结果，你们各自带领部属，开始了对决，你们之间爆发了战争。您用云梯攻打他所管辖的城市，占领了卡尔施城，但迷里忽辛那来自昆都士的援军忽然出现，将您的部队包围，打败了您，您损兵折将，您再次逃到了呼罗珊。"

瘸子帖木儿看到了水晶球里面那一场场血腥的战斗场面重现，而且是全景的、立体的、多角度的，他痛苦地抓住了自己的头发。

侏儒穆斯塔法继续转动手中的水晶球："这是您最惨痛的记忆。后来，您想到了蒙古人，他们其实可以用来作为您的靠山。您就暗中联络处于伊犁的察合台汗国的蒙古人，让他们攻打被您密告为'叛乱'的迷里忽辛，而您又假装不知道这一切，您赶紧联络迷里忽辛，告诉他，关键的时候你们还是亲戚，还是一家人。迷里忽辛相信了您，他和您联手，去抗击察合台蒙古人。但是，他的部队在一线，您把您自己的部队放在了二线，巧妙地保存了实力。等到你们胜利了之后，您的实力大大地壮大了，而迷里忽辛的部队则只剩下了一半。您变得比他强大两倍。于是，您策划了对迷里忽辛的出其不意的攻击。您先后攻击了昆都士他的守卫部队，接着，您对迷里忽辛的老巢巴里黑城进行了持续了很多天的围攻，那一场战斗异常惨烈，最终，以迷里忽辛向您的投降而告终。您的下属按照您的旨意，悄悄地处死了您的内兄迷里忽辛，您最大的敌人和对手就这样死去了。您以您的冷静、审时度势、韧性、狡猾、两面手法、背叛、勇猛和残酷，成了这里新的伟大的统治者。您的盛名远扬，您在巴里黑城登上了王位，这个时候，您才三十四岁！您是那么的年轻、勇敢，您头戴王冠，身穿帝王服装，那些大大小小的部族首领和王公贵族们，全都在这个大殿上，俯首称臣，一个个接连跪在您的前面，被您征服。然后，您宣布，您是成吉思汗家族后裔所建立的察合台汗国的当然继承人。直到十八年之后，您才使用了苏丹的称号。您的手总是放在您的剑旁边，您的弓弦也总是能够拉到您的耳边。于是，您从河中地区，开始向四面八方扩展您的帝国，建立了伟大的、幅员辽阔的帖木儿帝国。"

瘸子帖木儿从水晶球里看到了自己在这一阶段的身影，啊，那无数次的征战，无数个阴谋，多次的惨败，以及互相猜忌、背叛和最后的成功。他为自己的丰功伟绩和伟大功业而流下了眼泪："确实是这样，这就是我，我的人生⋯⋯"

侏儒穆斯塔法接着说："殿下！伟大的君主、苏丹、国王，伟大的瘸子帖木儿，人间的新的统治者。您开始了拓展疆土的战斗。您对俄罗斯、对高加索、对大马士革和恒河，都发起了远征和攻击。您的部队四处出击。您发起的征战看似杂乱无序，实际上，都有着您自己的安排和节奏。您到了随心所欲的程度，您的帝国在迅速扩展。在您的身后，那些被您征服的城市里不愿屈服的人的人头，堆积成了山一样高的金字塔。您还攻打了花剌子模国的两个城市——柯提和希瓦，取得了胜利。一三七九年，您率领大军攻打由玉素甫·苏菲统治的玉龙杰赤城，您骑马走在队伍的最前面，任箭雨坠落于您的马前而毫不退缩。您的勇气鼓舞了所有的战士，玉龙杰赤城在三个月之后被攻占，您屠杀了这座城市里所有不投降的男人，将花剌子模国收入囊中。接着，您对察合台汗国的老巢伊犁地区进行了进击。这个时候，统治伊犁河流域的是蒙古人哈马尔丁。您在第一次战斗中，就打败了他，他逃走了，逃到了阿尔泰山的东北一侧。您俘获了他的女儿，将这个大脸盘的姑娘纳为您的妾，很快就让她怀孕了。但是等您经过费尔干盆地，回师撒马尔罕之后，哈马尔丁忽然又返回来，偷袭了属于您的费尔干纳省，将安集延城洗劫一空。您愤怒了，您立马回师东进，将哈马尔丁赶到了北部的大河流域。就这样，您先后进行了五次针对哈马尔丁的远征，您的骑兵部队终于打败了伊犁河流域的霸主哈马尔丁，您的大军的先头部队还进入了阿尔泰山的南部，在额尔齐斯河流域停留，并在那里缴获了无数战马。接着，这支部队又南下穿越了天山，来到了博斯腾湖盆地，从那里东进，一直打到了吐鲁番火州，因为天气炎热，不得不班师回朝。但是，奇怪的是，多次的战斗，您都没有能够打死或者俘获您的老对手哈马尔丁，他每次都能够逃脱。最后一次，一三九〇年，他消失在了阿尔泰山的森林里。您的士兵在阿尔泰山的很多棵松树和白桦树身上，刻下了哈马尔丁的名字，显示了您的胜利，并对他进行了诅咒。自此，哈马尔丁消失在了黑貂和旱獭出没的阿尔泰山林里，再也没有出现。"

瘸子帖木儿看着水晶球里的自己，左冲右突，将大地当作功业的画布在上面以战马为笔在画画。他热泪盈眶："是的，我的戎马生涯，我的南征北战，是多么的辛苦和勇武，多么的惊心动魄和战绩辉煌啊。"

侏儒穆斯塔法飞快地转动着那枚巨大的水晶球，里面继续出现了滚滚的历史画面，在历史事件停滞、倒退、快进、闪回、慢放中不断呈现。这个神奇的水晶球，仿佛来自瘸子帖木儿自己那隐秘的记忆，来自他的潜意识深层，来自他看见的和看不见的那些东西。侏儒穆斯塔法继续说："您打败了哈马尔丁，成了察合台汗国的后裔黑的儿火者的女婿，拥有了成吉思汗子孙的合法继承权。一四〇〇年，您的部队南下打到了喀什噶尔，占领了叶尔羌河流域。您攻打设防严密的阿克苏城，您的部队沿着大沙漠的边缘，进军到了拜城和库车，并且您本人亲自率军进入于阗，受到了那里的人的欢迎。这是向东的战争。您此前还向西打了几仗。一三八一年春天，您进军赫拉特取得了胜利，接着，您挥师向呼罗珊东部进军。但您进攻东伊朗地区的时候，遭到了顽强的抵抗，因此，您战胜之后的报复行为，也是非常残酷的。比如，您在撒卜兹瓦尔被拿下来之后，将俘获的两千个士兵一个叠着一个地摞起来，然后用泥土砌成了一座高塔。您在锡斯坦看到您的战士的尸体堆积如山，勃然大怒，您就让您手下的士兵将锡斯坦的首府扎兰季的男女老少全部处死，将他们的人头堆成了一座高达几十米的金字塔。您还破坏了当地的灌溉系统，让当地成了一片多年的不毛之地，鬼魂夜哭之地、那里后来连草都不长了。"

瘸子帖木儿有些惶惑和委屈地说："您的意思，是说我很残忍？可战争……"

侏儒大惊："不不，您自己看，您自己看水晶球，里面是烽火连天、城垣破败、饥民哀号、赤地千里。"

瘸子帖木儿看到，那个水晶球里的确显示了这样的景象。他说："是的，我在向西打的时候绝不手软。这是我从成吉思汗那里学来的。传说，他对拒不投降的城市的居民，采取全部斩杀的手段。只留下少许的工匠和一部分作为战利品、可以分给战士的女人。因为，女人能够生育更多的男人，还能改良人种。一三八六年到一三八八年，我还进攻了亚美尼亚的西部地区。如果遇到了反抗，我会叫战士将敌人俘虏之后，把他们推下悬崖活活摔死。一三九三年，我进攻并占领了色拉子城，到了五月，我进攻喀喇伊舍弗德城堡，守卫城堡的曼苏尔提出来和我单独决斗，以测试我的勇气，他可能看不起我这个瘸子。但是我答应了。瘸子也能杀死他这个笨蛋！当他向我冲来的时候，我的卫兵没有阻挡他。结果，他的剑砍在了我的头盔上。我的十七岁的儿子沙哈鲁冲过来杀死了他，将他的脑袋砍下来，扔到了我的脚下。"

侏儒穆斯塔法说："是的，您在色拉子这座漂亮的城堡里住了一个月。到处都是胜利者的欢悦。您下令说，这座城市所有的珍宝都是您的，但是可以和您的部下分享。在大殿里，您和您的将军们日夜欢宴，色拉子城的美女们献上了盛满了红葡萄酒的酒杯，管风琴和竖琴的演奏从未停歇。这座城市的能工巧匠被您送到了撒马尔罕，为您修建城市。您处死了所有穆扎法尔王朝的王子、亲王和公主。将他们斩草除根了。这一年的六月，您率领部队前往伊斯法罕，开始攻打巴格达和伊拉克阿拉比。最终，您的部队攻占了两河流域这些古老的城市，您在那里享受了三个月的轻松时光。秋天，您挥军北上，开始攻打库尔德斯坦的广大地区，攻陷了提克里特要塞。在攻打库尔底希堡的时候，您失去了您的次子奥马尔·沙黑。他是中箭死亡的。您悲痛万分，但是您表面上却不动声色，也没有对俘虏进行杀戮报复。一三九五年，您从高加索向北，与俄罗斯的钦察汗交手，互有胜负，最终，经过了几年的征战，您摧毁了钦察汗国统治的大片草原和市镇。"

这时，瘸子帖木儿看到那个水晶球里面的场景在快速显示，他有些眼花缭乱，感到了一点不耐烦。这是他从中年到老年时期的最疲惫的一段征战生涯，从中亚的河中地区，他一直打到了两河流域，曾经占领了巴格达和伊拉克阿拉比的大片土地，但是，他离开了那里。他又北征高加索、大亚美尼亚和钦察汗国，以及印度北部。这些征伐让他成了一个彪炳史册的人间霸主。

他说："好了，现在说说我对印度的征伐吧。"

侏儒穆斯塔法继续旋转手中的水晶球，水晶球里出现了有大象作为战象的长长的队伍。"一三九八年初，六十二岁的您决定攻打印度。您，派出了您的孙子皮儿·马黑麻作为先锋部队，渡过了印度河，到了年底，您的部队所向披靡，占领了德里北部的大片地区。印度土王的部队里有很多巨大的战象，很多年之前，他们用这些战象来对付亚历山大大帝率领的马其顿人，结果失败了，被亚历山大打败了。如今，他们继续用战象来对付您的彪悍的骑兵，最开始，的确让您的骑兵胯下的骏马受惊，战马纷纷逃避。但很快，骏马和骑兵开始熟悉了大象的体形和声音，于是，残酷的战斗继续展开，您的骑兵用长刀削砍对方，一时间，人头，大象的巨大脚掌、长鼻子以及人的胳膊腿等肢体，四下纷飞，混合一起掉落在战场上。您胜利地进入了德里，这个印度的首都。您在德里待了半个月，登上了印度苏丹的宝座，并且，让十个您随军带着的诗人，朗诵您写的诗篇。"

瘸子帖木儿热泪盈眶："我从来都没有忘记写作，我一直就是一个诗人！"

侏儒穆斯塔法说："是的，您在青年时代战败并逃到呼罗珊的时候，就喜欢上了波斯诗歌，那个年代，波斯诗人是人间最伟大的诗人群。他们敢于描绘世间万物。您随身携带的，是波斯诗人写在羊皮卷和草莎纸上的诗集。这是您征战过程中最愉快的精神安慰。您每到一个城市，总是宽待那些文人，尽量不杀掉他们，让他们来到您的面前，与您讨论诗歌。他们消除了恐惧，发现您头上的恶名是不存在的，您虽然是个瘸子，但是您满腹经纶，诗才喷涌。他们就争相写下歌颂您的丰功伟绩的诗篇。您很年轻的时候就懂得文人的重要性。因为，只有文人的笔和他们写下来的诗歌，才可以在时间里经得起淘洗，经得起传说的嘴唇而不会被歪曲。历史从来都是被写在石头上和文字中的，您懂得这一点。"

瘸子帖木儿很欣慰地笑了："是的，我是双重的诗人，我在大地上用战争写诗，我懂得各种语言，用各个部族的语言写诗。"

侏儒穆斯塔法说："您还把更伟大的诗篇写在了人们的记忆

里。因此，您是三重的诗人。在印度，当您坐上只有历代印度苏丹才敢坐的、被钻石镶嵌的华丽宝座上的时候，您的声誉达到了顶点。那一天，还有一百二十头大象在四周跪下，很多印度乐师奏乐，喇叭齐鸣，表达印度的臣服和他们的效忠。您下令把这些装饰华美的大象，运送到您的帖木儿帝国的各个城市，来宣示您在印度取得的战绩。那些城市是：渴石城、撒马尔罕、赫拉特、色拉子、桃里斯。之后，您取道阿富汗斯坦，回到了撒马尔罕。因为，每次征战结束，您都要回到这个您最熟悉的城市。随后，您开始攻打在西边的两个伊斯兰政权：马木路克王朝和奥斯曼帝国。这两个穆斯林政权都是您的劲敌。您先攻打马木路克的部队，迅速攻占了阿勒颇、哈马、霍姆斯、巴勒贝克等城市，最后骑在马上，身披战袍，赫然出现在了叙利亚地区的大马士革城下，引起了当地的一片恐慌。一四〇〇年十二月二十五日这一天，您进行了一场艰苦卓绝的苦战，艰难地打败了马木路克的部队，进入大马士革城，毁灭了这座古老的城市的大部分市容街区，一时间，烈火熊熊，燃烧了整整十天。一四〇一年的三月十九日，您在大马士革宣布，您要离开这座城市，但这座城市必须成为空城，一个人都不能留下。于是，您的队伍带着俘虏的这座城市的无数铁匠、木匠、织染工、玻璃工、制陶工，以及当地的一些诗人和学者，再次回到了撒马尔罕。"

瘸子帖木儿这个时候露出了满意的微笑："那个时候，我已经六十开外，可是，我依旧是战绩辉煌啊。不知道历史上还有谁，能有我的勇猛。"

侏儒穆斯塔法说："可以说，即使是伟大的成吉思汗，也会赞许您的。这个时候，您南征北战，东讨西伐，已经打败了察合台汗国、钦察汗国的后裔、金帐汗国的残余，以及埃及、叙利亚、两河流域的苏丹们，还征服了印度苏丹和很多土王。现在，您面临的最大的强权，就是奥斯曼帝国了。这个时候统治奥斯曼帝国的是人称'雷电'的巴耶塞特苏丹。他的奥斯曼帝国的面积无比广大，在欧洲，有君士坦丁堡之外的色雷斯、马其顿、保加利亚、塞尔维亚，在安纳托利亚高原，他的领土一直扩展到亚美尼亚和黑海山脉，即使是用马蹄来丈量，马匹都要累死。现在，您的对手和您一样强大、一样凶猛。您的名字帖木儿是'钢铁'的意思；巴耶塞特苏丹，他的名字则是'雷电'。到底是钢铁坚硬，还是闪电快捷？只有你们两强相遇，狭路相逢，针尖对麦芒的时候，才能见出最终的结果。"

瘸子帖木儿说："穆斯塔法，您有诗人的禀赋啊，您应该好好学习写诗。我觉得，您不当诗人亏了，您应该当一个赞颂我的御用诗人。"

侏儒穆斯塔法说："殿下，谢谢您的鼓励，我今后一定努力做一个好诗人。一四〇一年，您厉兵秣马，缓慢前进，谨慎地对奥斯曼帝国的领地发起了攻击。您进军小亚细亚，先围困了锡瓦斯城，在卡拉巴赫过了一个冬天，一四〇二年春天，您的大军向安卡拉进军。一四〇二年的七月二十日，这一天，注定是所有的史诗作者和历史学家们都应该记取的日子，您的部队和奥斯曼帝国的苏丹巴耶塞特的部队，在安卡拉北部的丘布克平原上，展开了一场场面浩大的决战，有一百万人参加了战斗。您的士兵大都是骑兵，还有三千头您从印度带来的战象参战。您看，现在水晶球里有对这场战役的全面显现。只见您的骑兵手持红旗，来回奔跑，发出号令。因为队伍太庞大了，战场太混乱了。您的骑兵和步兵都全副武装，有护胸甲，有盾牌，有箭筒和长矛。战斗从凌晨的六点一直打到了夜幕降临，从月亮消隐打到了月亮重新出现，死去的士兵的鲜血将所有坚硬的土地都软化了，浸透了。结果，最终，奥斯曼帝国的苏丹巴耶塞特的部队大部分被消灭，剩下的崩溃了，瓦解了，投降了。您还俘虏了巴耶塞特和他的一个儿子，并把他们关在了一个铁笼子里，到处展示。就这样，这场气势恢宏的安卡拉之战，以您'钢铁'战胜'雷电'而告终。遭到了如此羞辱的巴耶塞特苏丹，在几个月之后羞愤而死。这一年剩下的时间里，您就像是在自己的庭院里那样，将奥斯曼帝国的一些城市一一都拿下，并且，您还攻打了几个信仰基督教的城市。一直到今天，您仍旧是一个伟大的胜利者，几乎没有失手。您的对手听到您的名字就会发抖，您成了大地上、人间里的最伟大的君主。"

瘸子帖木儿听到侏儒穆斯塔法这么说，看着水晶球再次展现了这一幕，老泪纵横了。"我在大地上做了这么多伟大的事情，我自己都没有想到啊。好了，我的过去，您给我重新看了一回，那么，知道所有我的过去、现在和未来的先知、巫师、术士，侏儒穆斯塔法，您是从哪里来的？我还没有来得及问您呢。"

侏儒穆斯塔法慢条斯理地说："我是从东方来的，我也是一个突厥人。但是，我懂得三十种语言，我见过很多世面，我知道您很需要我，我就来了。"

瘸子帖木儿说："好吧，我的过去被您说完了，那么我的现在呢？您说说看。您说说我现在在想什么。"

侏儒穆斯塔法转动着手里的水晶球："现在，是一四〇四年的九月九号。就在昨天，您刚刚接见了来自欧洲的卡斯提国王亨利三世派来的使者克拉维约。他走了很远的路，从君士坦丁堡、特拉布松、桃里寺、刺夷、讹答拉、不花剌一路过来，才到达了这里。他为了等待您的接见都等了一个星期了，您才在昨天接见了他。不过，您不再想向西走了，现在，您想的，只有一个目标，那就是，向东！是的，向东去征伐一个更为神秘的国家，那个国家推翻了您的成吉思汗的子孙所建立的伟大朝代，他们现在叫作大明王朝。"

这时，瘸子帖木儿往水晶球里面看，他看到的，是一头焦躁的老虎正在水晶球里来回走动。"怎么我只看到了一头老虎在走动？"

侏儒穆斯塔法说："陛下啊，这老虎就是您啊，就是您现在的内心影像的化身。这说明，陛下是焦躁不安的。因为，三十多年以前的一三六八年，明朝的开国皇帝朱元璋将成吉思汗的后裔赶走，他曾经派使者前往天山的北部亦失巴力和南部的哈密、火州，向统治这里的察合台汗国的后裔宣示他的权力。察合台汗国那些王公和领主们都纷纷表示了对朱元璋的效忠，承认他的宗主权，接受他派来的官员的象征性统治。但是，当他的使者傅安和刘伟到达河中地区的撒马尔罕城的时候，被您手下以间谍罪的名义逮捕了。您亲自面见了朱元璋的这两个汉族大臣，详细询问了他们此行的目的，以及大明王朝的情况。您察言观色，想象着推翻了并且继承了蒙古人建立的元朝的朱姓皇帝的相貌和性格，以及他是否能成为您的对手。最终，您放了他们，还派遣了使者，在一三八七年、一三九二年和一三九四年，分别前往明朝的首都南京，部分是为了示好，部分是为了刺探情报，了解大明王朝是个什么样的国家。一三九五年，朱元璋再次派遣傅安前来撒马尔罕，给您带来了感谢信和很多瓷器、丝绸作为礼物，使陛下您对那个遥远的大明王朝充满了无限的遐想。现在，您一直拿不定主意，想了很多年，终于在去年底，您向您的心腹大臣宣布，您要远征大明王朝，让这个既非基督教也非伊斯兰教的王朝臣服于您，并且您说，您将要把大明王朝统治的国土和他的子民，变成一个信仰伊斯兰教的国度和子民，变成您的伟大的伊斯兰帖木儿帝国的一部分。于是，您开始在讹答拉聚集和训练用于远征的部队。现在，您还在做着远征的准备，因此，您的内心实际上有一头焦躁的老虎，您实在不知道您策划的这场更为雄伟的未来东征的结果会是什么。但那个大明王朝，现在正在神秘地吸引着您，使您垂涎三尺，欲罢不能。陛下，这，就是您的现在。"

瘸子帖木儿的脸部抽搐了几下："那么，穆斯塔法啊，我的东征如果进行的话，未来的结局是什么？大明王朝的实力到底如何，我没有十足的把握。那是一个我完全陌生的、比埃及还让我不能理解的国度。"

侏儒穆斯塔法转动着手中的水晶球："陛下，您看，在水晶球里，有现在大明王朝的图景。就在去年，朱元璋的儿子朱棣，击败了他的侄子建文皇帝，在北方的一座城市北京宣布即位，成了大明王朝的第三个皇帝。朱棣这个人精力过人，文韬武略都胜人一筹，国号永乐，也就是希望自己和国民永远快乐。陛下，我必须指出，这个朱棣，是您未来的最强劲的对手。现在，您看看这水晶球里显现的大明王朝的面貌吧。"

瘸子帖木儿的脸部又抽搐了几下。他看到，在水晶球里面，出现了和中亚的群山、草原、河流、村镇完全不一样的景观。那是大明王朝的景象：有一座巨大的城市正在浮现，比他的撒马尔罕要大十倍。无数工匠在那里建造着，在这座城市的中心，还有一座被护城河所包围的皇宫。皇宫无比庄严、巍峨，所有的建筑的屋顶都是黄色的，围墙包围着护城河内的皇宫，宫墙高大，是深红色的。再仔细地看，可以看到很多穿着长袍、峨冠博带的人在匆匆行走。大明王朝欣欣向荣，国富民安，到处都是鲜花在盛开。有一条运河沟通了江南和北方，南来北往的商船川流不息。北方有着大片的玉米、小麦、高粱、小米、红薯、南瓜等作物在生长。大明王朝的城市不只是首都，从南到北，从东到西，一个接着一个，星罗显现在大地上。城市之间都有驿道连接，双轮马车和四轮马车疾速行走在大道上。每座城市都有灰色城砖建造的城墙，城墙高大，城墙上旌旗招展，哨兵也精神抖擞，目不转睛地警惕着北方草原上的进犯之敌。在北方，那些高大的山脉山峰上，连绵起伏着一种奇怪的建筑，形成了一道很长的墙。那墙都由巨石砌成，这石头的城墙蜿蜒几千里，将北方的游牧民族瓦剌和鞑靼人阻挡在高山和沙漠的北部。很多蒙古骑兵就是在这长城的脚下停下来，再也无法继续南下，被城墙阻挡。

侏儒穆斯塔法说："殿下，这长长的城墙是从他们的秦朝开始就修建了，那个时候，是为了阻挡北方的骑马民族匈奴人的进犯。到了汉朝，这面城墙继续修建着，也是为了防备北方的敌人匈奴人。这个国家延续到了唐代的时候，统治者是从北部高原的南部缓冲地带大同一代崛起的李姓家族，因此，李姓皇帝停止了修建巨大的城墙。到了元朝，忽必烈建立的朝代里，不可能修建阻挡自己军马的城墙。现在您看到的，就是如今的大明王朝，他们又开始修补、连缀起巨大的城墙了，而它想阻挡的，我想，现在，只能是陛下您的队伍了。"

瘸子帖木儿轻蔑地说："这么一点小障碍，怎么可以阻挡住我的马蹄和刀剑？我将冲破这面僵硬、可笑、玩具一样的石头摆设，然后，杀进他们的皇宫里去。我将俘虏这个姓朱的皇帝，重新让他变成平民。"

侏儒穆斯塔法说："陛下啊，您一定能够成功。您看，这个大明王朝还有一个富庶的南方，在水晶球里，您能够看到这些您过去从来没有见过的场面。"

瘸子帖木儿凑到了水晶球的跟前往里面看，他看到了一片烟雨迷蒙中，到处都是小桥流水，潺潺流响，那些有着飞檐斗拱的奇特建筑，以连片的亭台楼阁组成了精致而恢宏的建筑，青砖灰瓦的房子，小巷人家的炊烟。桃花杏花，茂盛开放，燕子呢喃，渔舟归家。在青山深处，寺庙的屋顶在云雾中隐现，钟声悠扬，梵音阵阵，暮鼓晨钟，暮时课诵。出家人在密林里修行。而那些繁华的城市里，到处都是店铺、酒肆、走动的人、买卖东西的人，密集得如同蚂蚁。而且，在大明王朝广袤的国土上，从北到南，哪个地方的风景都不一样，很多地方的人的形象，也都有差别。这是一个奇妙的国度，这是一种奇妙的文明，这是一群和别的地方不一样的黄种人，他们历史悠久，人数众多，他们按照他们已有的生活方式在安静地生活，听从于从皇帝到各级官吏的管理，从上到下，一以贯之，法律严明，有规矩、有方圆，有秩序、有顺序。

瘸子帖木儿在水晶球里，看到了整个大明王朝，整个当时的中国的图景。他沉默良久，然后咆哮着说："我要彻底征服这个王朝，这个还没有信奉真主的王朝。我要让他变成伊斯兰的土地，让大明变成我瘸子帖木儿帝国的一部分！侏儒穆斯塔法！我宣布，我要攻打他们直到征服他们！我看到的一切，关于大明的一切，都将是我的，我的！现在，穆斯塔法，你告诉我，我攻打他们的最终结果，也就是我的未来，会是什么。"

侏儒穆斯塔法说："现在谈到了您的未来，殿下。现在请您闭上眼睛，您就会看到您将遇到的未来。"

这时，瘸子帖木儿闭上了眼睛。他看到了他所训练的部队，那些威武的所向披靡的骑兵，穿着巨大铠甲的印度战象，整齐排列的铁甲兵、训练有素的工兵和敏捷如猴的云梯兵，以及挖洞铺路架桥都非常迅捷的后勤兵，所有的士兵，都一排排排列整齐，在讹答拉这个城市里，接受他的检阅。而他检阅完毕之后，他们就将出发远征，去进击大明王朝，去摧毁那个不信奉伊斯兰教的异教国家，让他们彻底改变。

瘸子帖木儿看到，他的部队整装待发，士气高昂。他看到，他的部队前进到昆仑山里，长长的队伍蜿蜒如蛇形，越过了昆仑山，进入喀什噶尔的谷地，然后，再继续进军，队伍的前面是一片大流沙，挡住了去路。忽然，一阵黑风刮过来，将他所有的士兵都席卷而去，什么都看不见了。

瘸子帖木儿睁开了眼睛："我看到了一场黑风暴！它到底意味着什么？"

这时，奇怪的事情发生了，侏儒穆斯塔法手中的水晶球忽然裂开了，掉到了地上，成了碎片。侏儒穆斯塔法赶紧跪下了，说："陛下，您最好不要出击大明王朝，我看到了前景不妙！您会失败，首先，遭遇大沙漠上的黑风暴，损兵折将一大半。其次，进入河西走廊得了疫病，又损失了一半人马。然后，剩下的就全部被大明王朝消灭在宝鸡了！这是我看到的结果。"侏儒穆斯塔法惊恐地说了实情。

"胡说！"瘸子帖木儿怒不可遏，"不可能！我不可能失败，我一定要毁灭大明王朝，毁灭那些异教徒。我要马上回到讹答拉，去训练部队，等到明年的春天，我就要进攻大明王朝了。来人！"

瘸子帖木儿让来人把穆斯塔法抓起来，不仅不赏赐穆斯塔法所期待的金银财宝，还下令将这个让他看到了一场毁灭性进军的侏儒处死了。因为，他可能是来自东方、刺探情报的间谍。瘸子帖木儿回到了讹答拉，在那里加紧训练军队，准备来年春天进攻大明。

转眼到了一四〇五年一月，有一天，他忽然看到早就被他处死的侏儒穆斯塔法出现在他眼前，在对他笑，手里还拿着那个水晶球。他挥剑砍去，侏儒又消失了。此后，侏儒穆斯塔法总是出现在他的幻觉里，让他愤怒、焦躁和无奈。最后他感觉头晕眼花，跌倒在地，躺在床上半个月不能说话，眼前浮现的，都是他在水晶球里看到的大明王朝的景象，那是如此美丽、璀璨、繁华、富裕、世俗和精致的国度。在这个月的十九日，瘸子帖木儿在讹答拉死去了，终年七十一岁，最终他没能再向东前进一步。

（原载于上海文艺出版社 2016 年 3 月版《十一种想象》）

玄奘给唐太宗讲的四个故事

玄奘去天竺取经，历时十八年，他终于回来了。在他到达长安之前，肃州的太守早就派遣快马将消息传递到了都城长安。唐太宗很高兴，让百姓欢迎他归来。玄奘进入长安那天，有几万人围观他入城，官员们峨冠博带，百姓们兴高采烈，场面十分盛大热闹。玄奘热泪盈眶，他觉得自己那么多年的辛苦总算是没有白费。

玄奘休息了几天之后，唐太宗就召见玄奘，想听听玄奘讲一讲他西去取经一路上的见闻。

玄奘说："陛下，我一去十八年，路途中经过了上百个大大小小的国家和城邦，所见以及耳闻，都太多太丰富，陛下这么一问，我反倒有些愣住了，不知道从哪里说起。"

唐太宗沉吟了片刻，说："那，既然你经过了那么多的国家和城市，听到了那么多的故事，那你就给我讲几个你听到的当地国王的故事吧。"

玄奘想了想，说："好。陛下仁慈，那我先给您讲一个龟兹国国王的故事吧。"

唐太宗龙颜大悦："嗯嗯，龟兹国的乐师和舞者，都是我的最爱。但是我没有听说过他们国王的故事。法师，你讲。"

玄奘说："这个龟兹国在肃州往西两千多里，是一个佛国，面积很大，东西长达一千多里，南北长六百多里。它的国都方圆一百里，十分繁盛。我曾经在龟兹国都的西门外，见到有很多高达十丈的巨大佛像，就立在道路的两边，隔不远就有两座，相互对立，显示了佛法的兴盛和尊严。这样的道路平坦、蜿蜒，一直通向一座寺院。那座寺院的名字很有意思，叫作'奇特寺院'。"

唐太宗饶有兴趣地问："噢？'奇特寺院'？名字很奇特，那一定有奇特之处。"

玄奘说："陛下英明。这所寺院的来历，就与龟兹的一个国王有关。我到那里的时候，看到这座寺院窗明几净，佛像精美绝伦。听寺院的方丈告诉我，过去，有一个龟兹的国王崇拜佛家三宝，就是佛宝、法宝和僧宝。为了追寻这三宝，他要去云游天下寺院，拜见得道高僧，瞻仰佛教圣迹，于是就要出门远游。在出门之前，他就将国家所有的政务都交给了自己的亲弟弟，让弟弟代行国王的职责，等他回来之后再将权力移交。"

唐太宗说："喔，这个国王还挺放心他弟弟的。"

玄奘说："国王出发之前，弟弟前来送行。国王看到自己的弟弟面色苍白，表情痛楚。国王就觉得很诧异，问他：'弟弟，你的脸色这么难看，是不是担心我啊？这个你不用担心。你代行我的国王的权力治国理政，是不是有很大的压力？'他的弟弟叩首，说：'陛下，虽有所担心，但是想到兄长您能得访天下佛法圣迹，我也很欣慰，专心等待您归来重新执掌国事。不过，我有一个银匣子，请求您能随身携带，等到您归来的时候，再打开它。'"

唐太宗听到这个，感到兴趣盎然："噢？一个匣子？怪哉。还要回来的时候再打开，怪哉。也不知道里面装的是什么。"

玄奘说："是啊，国王也觉得好奇，但是他弟弟说了，让他归来的时候再打开，他就没有再问什么，而是将匣子带上，就出门远游了。三年之后，国王遍访名山大川和佛教圣迹，终于回到了龟兹国，发现国家被弟弟治理得很好，百姓安居乐业，边疆安定稳固。只是权倾一时的宰相和一些贪腐的大臣，被弟弟以贪污、渎职罪免职，闲居家中。国王重新执掌大权，召见了这些被免职的宰相和大臣。宰相和大臣趁机叫屈鸣冤，说国王的弟弟在掌握大权期间，不仅迫害他们这些朝内老臣，还与国王留下的那些后宫佳丽淫乱，除了王后，国王的弟弟将国王的所有嫔妃都给奸淫了。一些女人甚至都生下了孩子。孩子被偷偷送出宫处理了。国王听说之后大怒，立即命人将弟弟五花大绑，带上了朝廷，讯问他有没有这等事。"

唐太宗眉头紧皱："噢？弟弟竟然敢淫乱后宫？这个弟弟啊，真是找死呢。"

玄奘说："这个时候，虽然被五花大绑，但是弟弟却气定神闲，说：'国王陛下啊，哥哥啊，我当初给您的那个银匣子，您现在可以打开了。打开之后就能够证明我的清白了。'国王将信将疑，立即命人将银匣子带上大殿，打开来之后，发现了一块用黄缎子包裹的东西。再徐徐展开那黄缎子，赫然出现了一个琉璃瓶子，瓶子里密封了一件东西。国王仔细查看，发现那竟然是一枚男人的男根。弟弟大喊：'陛下，那就是我身上长的男根啊，我在您出发的时候，就割了下来，因此，我怎么能去淫乱后宫呢！'"

唐太宗耸容动情："噢？竟然，竟然这……"

玄奘说："是的，银匣子里装的，竟然是国王的弟弟的男根。那么，宰相和那些贪渎的大臣说的，都是对国王的弟弟的诽谤了。国王感到很羞愧。他感慨万千，发现自己的弟弟是一个有远见、能牺牲的义人，也为弟弟的举动而自责。他下令将包括丞相在内的贪渎大臣重新收监，严加看管。从此国王更加信任弟弟了，他依旧任命弟弟为国务助理，继续参与国政，而且他弟弟可以随时出入国王的后宫。"

唐太宗感叹道："这个龟兹国王的弟弟的确是个义人。起码，比我的哥哥和弟弟好多了，但凡我的兄弟元吉、建成，有一点你说的这个龟兹国王弟弟的恩义，也就不会有玄武门之变了，也就不会有我们兄弟之间的杀伐了！"

　　玄奘忽然觉得自己讲的这个龟兹国王的故事，引发了唐太宗对自身经历的联想，吓了一跳，赶忙跪下来磕头："陛下啊，这个国王的故事，我还没有讲完。"

　　唐太宗捻须沉吟道："你接着讲。"

　　玄奘说："好的，陛下。有一天，国王的弟弟出门为国王办理事务，在一条山道边，遇到了一个牧牛人赶着五百头公牛，在急匆匆地赶路。牛是通人性的，那些公牛看到了国王的弟弟，忽然驻足不动，然后此起彼伏地发出了哀哞。"

　　唐太宗从对自身遭遇的联想中出来了："所有的公牛，也就是说，那五百头公牛都发出了哀哞？"

　　玄奘说："是的，陛下。那些公牛都在用可怜的、水汪汪的大眼睛，看着骑在马上路过的国王的弟弟。牛有预感能力，牛在被宰杀之前，都会流眼泪，这个陛下是知道的。当时，看到那么多牛在哀哞呼叫，国王的弟弟感到很纳闷，就下马问几个放牛人，它们要去哪里。为首的那个牧牛人说：'这些牛都是公牛，我们要赶着它们去集市，找人把它们全部阉割了，因为阉割过的公牛不仅老实，干活还更有力气。'国王的弟弟立即想到自己就是一个阉人，忽然变得非常伤感，他觉得，这些即将被阉割的公牛是在向他求救。于是，他就花钱将这些公牛全部买下来了。然后，把那五百头公牛带回了国都，作为种牛来饲养。挽救了五百头公牛的雄性男根。"

　　唐太宗说："做得对。这个国王的弟弟做得对。你接着讲。"

　　玄奘说："很快，奇迹发生了，由于国王的弟弟救了那些牛，没有几天，他忽然发现，自己两腿之间那曾经割掉的男根的根部，又开始重新生长了，渐渐地，竟然又长出来了一个男根，两个月的时间，就长成了原来的模样，而且，功能也都恢复了。国王的弟弟又喜又忧，立即找到了国王，告诉国王说，他不能再出入宫廷和后宫了，因为，自从救了那五百头公牛不被阉割，结果现在他的男根又长出来了。这可能是佛给他的福报。他告诉了哥哥，决意自己一定要出家为僧。国王十分感慨和惊异这件事情，想了想，就同意了弟弟的请求，专门为他的这个弟弟建造了一座寺院，然后，弟弟就剃度出家了。他出家的那所寺院的名字，吐火罗语叫作'阿奢里贰伽蓝'，翻译成我们的语言，就是'奇特寺院'。"

唐太宗捻着自己的胡须，若有所思："嗯嗯，很好。这是一个很好的关于国王的故事。法师，我很爱听，觉得没有听够。那你再讲一个？来人，给法师送上石榴汁，清清嗓子，润润肺。"

玄奘喝了御赐的石榴汁，精神饱满，嗓子甜润。他接着讲："陛下，我再给您讲一个关于天竺的萨塔尼湿伐罗国国王的故事吧。我经过这个国家的时候，看到这个国家已经变成了累累白骨的灭亡之国。"

唐太宗很吃惊，说："已经是白骨之国了？那这个国家灭亡的原因，是什么呀？"

玄奘说："陛下，这个萨塔尼湿伐罗国方圆七千里，很大，很辽阔，有山地有平原，有农田有果树，土地肥沃，但却最终灭国失家。为什么？且听我给陛下徐徐道来。相传，过去，萨塔尼湿伐罗国本是一个国家，老国王死了，他的两个儿子互不服气，就分裂成了两个国家。这两个国家彼此相邻，人民都很富足，但就像他们各自的国王一样，虚荣、浮夸，喜欢攀比，为人很刻薄，还喜欢争斗。老百姓的性格就影响了这两个国家的国王。这两个国王于是就经常派兵在边境一带打仗，不是你打到了我的境内，就是我杀到了你的国家。后来，两个国王决定在边境决一死战，打一场大仗，争出一个胜负。其中一个国王占据了邻国的边境线区域，然后就不走了。另一个国家就因此吃亏了，想发动总攻，但连年的征战，已经使得两国百姓疲惫不堪，他们都放下武器，再也不愿意打仗了。"

唐太宗说："穷兵黩武，不是治国之良策啊。"

玄奘说："这失去了边境地区土地的国王则气愤、郁闷。他想夺回土地，无奈人民不愿意打仗了。他苦苦思索，后来心生一计。他命丞相写了一份假托天意的法书，就写在绸缎上，然后派人秘密放在了一座大山的幽深的山洞里。过了两年，有一天，这个国王召集大臣开会，感叹地说道，我们和邻国已经有两年没有打仗了。他们还占领着我们的国土呢。我没有什么本事，可能是个无能之辈，但是，祖先留下来的土地被邻居这伙强盗占据，我实在咽不下这口气。幸亏上天眷顾我，昨天天神托梦给我，说是在大山上的山洞里给我留下了一卷帛书，上面有他的指示。依凭他的指示，我们就能取得胜利。你们赶紧去找那帛书出来。"

唐太宗很好奇："也不知道这个国王的葫芦里卖的什么药。他到底想要怎样？想发动不想打仗的百姓继续打仗？那帛书上又写了啥？怪哉怪哉！朕很好奇。"

　　玄奘笑了，说："陛下，您听我说。那个国王让丞相按照他梦中所指示的方向和线索去寻找。找了半个月，终于在那个秘密山洞中，发现了帛书。于是，发现天神托梦，要求与邻居国家决一死战的帛书的消息，迅速在这个国家里流传，最后，帛书的内容由国王召集大臣和都城的臣民，在大庭广众之下宣读：'方圆二百里，皆是我福地。先王代代传，守住莫忘记。如今被邻欺，占去要塞地。世代福禄喜，全都无痕迹。生灵不醒悟，坠入苦海西。要想离苦海，重新托生人，面对邻家敌，必须生死抵。多取敌首级，方得上天赐，还有孝子孙，把你恩德记。要不下地狱，要不变恶鬼，要不成畜生，蚊虫都能欺，赶紧去杀敌，生灵要努力！'"

　　唐太宗说："这顺口溜写得不错，虽然不如虞世南的写得好，但通俗，朕听懂了。"

　　玄奘说："那个国王念完了这段帛书，百姓沸腾了，认为与邻国决一死战是天意，是天神命令的，于是，他们众志成城，厉兵秣马，准备战斗。邻国听到了消息，也积极准备迎敌。几个月之后，两个国家决一死战，每个战士都视死如归。最终，所有的士兵都战死了，尸体堆成了山。这个萨塔尼湿伐罗国后来剩下了一些妇女和孩子，也迁徙走了。等到我路过那里的时候，看到这萨塔尼湿伐罗国完全是白骨之国。不过，我看到，正在建立的一所很大的寺院，是这个国家唯一的还有生机的地方。"

　　唐太宗连连点头："休养生息很重要。国王不能依靠打仗来建立功业，使生灵涂炭、白骨成堆。这也是兄弟国王的故事，对朕很有启发和警示作用。"

玄奘叩首说："陛下，您英明！"

唐太宗忽然又说："虽然不能穷兵黩武，但对付那些连连进犯我大唐的突厥人和吐蕃人，朕还是不能客气。对付那些野蛮的家伙，朕还是要打仗。不是你死就是我活。哼哼。"

玄奘说："陛下，您还愿意再听一个国王的故事吗？"

唐太宗从对突厥人和吐蕃人的愤恨中回过神，说："法师，朕听得很入迷，很高兴，很投入。请接着讲。请给法师端上石榴汁！"

玄奘又喝了几口甘甜微酸的石榴汁，清了清嗓子，说："陛下，这第三个故事，讲的是僧伽罗国国王的故事。僧伽罗国国名的意思，是'刺杀狮子国'。我要讲的，就是这个国名的由来。"

唐太宗饶有兴趣："刺杀狮子国？国名很有趣。可他们是怎么和刺杀狮子扯上关系的？怪哉。"

玄奘说："陛下，这个僧伽罗国是天竺南部的一个岛国。有一天，僧伽罗国——那个时候它还不叫僧伽罗国——的国王要嫁女儿。公主大婚，是十分隆重的事情。但公主这次出嫁要出远门。国王让法师选择了一个良辰吉日，派人护送出嫁的公主前往邻国。但是，在路途中，送亲的队伍遇到了一头前所未见的凶猛的狮子的袭击。那真是一场人狮大战啊，狮子和人的战斗非常惨烈，结果，很多护卫都被咬死了。公主坐在木轮大车内等待送命。但是，那头狮子来到了公主的近前，没有伤害她，而是让她骑到身上，然后，狮子带着公主纵身进入大山密林里了。"

唐太宗若有所思："看来这狮子通人性。不知道后面会有什么事情发生。"

玄奘说："陛下，那狮子将这公主驮带到密林里，然后就让她住在狮穴中。那狮穴是一个很大的山洞。这头狮子每天都去捕获动物、采集一些野果子带回来给公主吃。一年之后，这个公主生下了一个儿子，又过了一年，又生下一个女儿，都长得很像公主，但是这两个孩子平时的举动，却和狮子一样，比如，他们会发出狮子般的吼叫，森林里的百兽都害怕他们。他们能吃生肉，能够快速奔跑，能够追击大型动物。"

唐太宗笑了："这狮子能让公主怀孕？呵呵，朕还有点落伍了呢。他们之间，那生殖器官不匹配吧？"

玄奘也笑了："陛下，且听我慢慢说。又过了十八年，男孩子长到了二十岁，开始具有了人的思考能力，尤其具有了他母亲的智慧。他对自己的生活状态很好奇，觉得那头狮子常常与他的母亲在一起，是一种很奇怪的感觉。有一天，狮子去很远的地方捕猎，他就问自己的母亲，他是怎么来的，谁是他的父亲。他的母亲就告诉了他的来历——他是她和那头狮子生下来的。男孩子感到如同受到了晴天霹雳打击一样，大声哭着说：'我的母亲是人，我的父亲却是一头野兽！我的母亲和父亲不是同类，却生下了我！'他大声嘶叫，然后痛苦地消失在密林里了。她的母亲很着急，但是也没有办法。三天之后，儿子回来了，说：'母亲啊，我们应该带着妹妹，一起逃走，回到人类的国度去，重新过人的生活。'"

唐太宗说："是的，应该这么选择。"

玄奘说："母亲告诉他，自己在多年之前想过要逃走，但是自从生下了他和他的妹妹，就再也没有想逃走。'关键是，孩子你怎么对待你的父亲，用什么样的态度来看待那头狮子。它不仅是一头狮子，它还是你们的父亲！'"

唐太宗也觉得很纠结："是啊，作为女人和狮子生出来的儿子，怎么看待他的狮子父亲呢？这可是一个难题。朕纠结了。"

玄奘说："的确是一个难题。但是，明白了自己出身真相的儿子，恨的是抢夺了他母亲的那头狮子，他认为他是人，而那头狮子，虽然是他的父亲，但还是一头野兽。他最终是这么认为的。于是，那个男孩子就去跟踪追击那头狮子了，摸清了狮子的活动规律。他瞅准了狮子远走森林深处去捕猎的一个机会，就背着母亲和妹妹，从密林里逃了出来。他们来到了有人烟的市镇。那头公狮子发现了这个情况，跟踪而至，但是到了有人烟的地方，闻到了人味儿之后，就不再前进了。"

唐太宗说："狮子虽然是百兽之王，但还是怕人的。我不明白它当初怎么就能咬死公主所有的护卫……"

玄奘说："这时，有人发现了他们母子三个，就将他们接到当地的官吏处。这时，母亲告诫儿子和女儿，要他们对自己的来历严守秘密。三个人被带到了当地官府，公主告诉当地官吏，她是二十多年前失踪的海岛国的公主，现在，她要去见自己的父王。那个官吏赶紧将他们三个送往海岛国那边，让她去寻找她的国王父亲。但是，二十年过去了，那里早就改朝换代了，她打听到最新的情况是，她的父王早已经被政敌杀害了。而且，政敌要是知道他们母子三人回来了，会立即杀了他们。情况如此凶险，他们只好退避到乡野之地，在农人的帮助下，种地过活。"

唐太宗听得很入迷："星移斗转，世事难料。那头狮子呢？"

玄奘说："陛下，那头狮子后来发了狂，它迁怒于人类，开始频频地袭击人，接连杀死并且吃掉了九十九个人，成了当地一大祸害。于是，社会动荡，谣言四起，新的国王很着急，就下令招募全国的勇士前去猎捕狮子。但他招募到的三十三个勇士根本不敌狮子的威猛，又接连死在狮子的爪下。每死一个勇士，国王就提高一次赏金，到后来，赏金高到了匪夷所思的地步了。到后来，再也没有勇士前来应征了。所有勇敢的人，都被狮子杀死了。"

唐太宗诡秘地笑了笑："于是，那个狮子的儿子，他前来应征了，对吧？"

玄奘连忙叩首："陛下！您果然智慧超群啊。是的，儿子对公主母亲说：'母亲啊，咱们如今隐名埋姓，过着贫困的生活，几乎活不下去了，这个结果，都是那头狮子惹的祸。现在，赏金这么高，而我又痛恨我的狮子父亲，它就是野兽！它毁灭了我们的生活！尤其是，毁了你的一生！我要去杀了它！得到那笔赏金，这样的话，母亲大人和妹妹的后半生，都不愁了！'他母亲说：'不行，虽然它是一头狮子，但它还是你的父亲啊，你不能去杀了它。这是大逆不道的。'儿子说：'没有什么大逆不道，它是野兽，而我，现在已经是人了。我不会和它讲仁义的。'但他的母亲不同意，严加看管他，不许他出门应征。"

唐太宗捻须道："这个母亲做得也对。"

玄奘说："但是儿子最终还是找到了一个机会逃出去，前去应征了。他暗藏了一把可以弯曲的鱼肠细剑去面见国王。新国王看到又有勇士应征，十分高兴，就派遣三千士兵跟在他的后面，前往大森林猎捕狮子。男孩子到了森林里，那头狮子闻到了自己儿子的味道，果然出来了，而且，它竟然很亲热地与他在一起打滚，耍玩，偎依，因为它认出来这是它的儿子。结果，就是在这个时候，儿子取出来那把鱼肠细剑，杀死了狮子。"

唐太宗很痛苦地说："啊啊，弑父！弑父了！"

玄奘说："而狮子在儿子刺杀它的时候，竟然一点都不感到痛苦，而是面带平静和慈祥地看着儿子用剑深深地刺入它体内，直到它血流如注，肠肚俱出，直到它奄奄一息，缓慢地死去，眼神仍然是慈爱的。"

唐太宗悲愤地说："这个、这个，唉。大逆不道啊，怎么说，狮子都是他的父亲。大逆不道啊。"唐太宗这时联想到了自己的父亲李渊。经过玄武门之变，虽然李渊偏袒自己的兄弟建成和元吉，但唐太宗也没有杀死自己的父亲，而是将父亲李渊囚禁了起来，让他养老而终。

玄奘说："儿子的母亲在这个时候闻讯而至，她对那个新国王说了真相。新国王目瞪口呆，感叹地说，太离奇了，也太不好抉择了。儿子弑父是大逆不道，因为即使父亲是一头狮子，也不能将它杀害。但是，这个事情非常复杂，这儿子杀的，又是危害人间的一头野兽。他又是在为民除害。因此，新国王判定：一、由本国王来出资赡养你这位母亲。二、给杀了狮子的儿子兑现高额赏金，然后，将儿子和女儿两个人都放在木船上，流放到大洋里，让海流来决定他们的命运。"

唐太宗点头："嗯嗯，这个国王处理得不错，虽然这个事情很纠结，但是情理也很清楚。换朕，也是这么处理。"

玄奘说："陛下仁慈！后来，那个儿子和他妹妹被放在了一条装满了粮食、水和用具的大船上，然后扬帆出海，随波逐流。儿子漂流到了一个大岛上，杀死了当地的土著头人，占有了岛上的女人，生了很多狮面人身的男孩子和女孩子，建立了一个国家，自己做了国王。信奉天竺佛教，这个岛国，就叫作僧伽罗国，也就是'刺狮子国'。他的妹妹继续在大船上漂流，在更远的大海上，找到了一个小岛，建立了'西大女国'。这就是刺狮子国，也就是僧伽罗国的来历。西大女国我没有去过。"

唐太宗听到这里，长叹一声："这是十分精彩的三个关于国王的故事！朕听入迷了。"他停顿了一会儿，有些意犹未尽："法师，有没有关于动物的故事，你讲给朕听听，因为，这几个关于国王的故事都很沉重，而关于小动物的故事，是不是比较轻松一点呢？你只讲一个，就可以了。"

玄奘说："陛下要是不嫌累，我就再讲一个。这个故事里有三只动物。它们分别是狐狸、猴子和兔子。这三种动物当时在一片森林里友好相处，并且正在修菩萨的行为，希望转世为人。这时，天神化身为一个老人降落在森林里。他拄着拐杖行经森林，装出一副又渴又饿、衰朽不堪的样子，找到了三只动物，对它们说：'我听说你们正在修菩萨行，而我年老体衰，饥饿困顿，行将就木。不知道你们三个，能怎么让我起死回生啊？'狐狸、猴子和兔子就说：'老人家，您先在这里歇息，我们分头去给您找食物。'于是，三只动物就分头去寻找食物了。狐狸最聪明，它沿着一条小河走，叼到了一条鲜鱼，带回来给老人。猴子最敏捷，它爬到了森林里最高的树上，采到了野果和野蜂蜜带回来给老人，只有兔子四下寻找，什么都没有找到，空着手很难过地回来了。"

唐太宗说："小白兔历来就是又可爱又笨拙的。"

玄奘说："老人就对兔子说：'我听说你们三个一直在修菩萨行，同心协力。但是，我发现，现在是狐狸和猴子能够互相配合，而你兔子却是形单影只，没有完成使命。'这时，兔子说：'请狐狸和猴子去帮助收集一些柴火吧，我有事情要办。'狐狸和猴子就很快捡拾回来很多的柴火，堆放在空地上。兔子说，请点着柴火。狐狸就点着了柴火。熊熊烈焰当空兴起，兔子对老人说：'仁慈的老人啊，兔子我能力有限，身份卑微，没有给您找到食物，现在，我以我的身体，作为您的食物，来达到您的要求。'说完，兔子就纵身跳入火海，不一会儿就烧死了。"

唐太宗大惊："义兔啊，义兔！"

玄奘说："这个时候，老人才现出了天神的原形。他对目瞪口呆的狐狸和猴子说：'我真没有想到兔子会这么做，其实，你们三个都很好。你们两个会转世为人，行善积德。兔子呢，更是义兔，它德行高远，我要把它放到月亮上，让后世的人，都来瞻仰怀念它。'说罢，只见那只烧焦的兔子忽然起死回生，恢复原状，然后，徐徐升起，飞向太空，飞向了月亮。从此，月亮上有了一只玉兔。地上也建立了三兽塔来纪念它们。我亲眼见过那三兽塔。陛下，这就是月亮上玉兔的来历的故事。我讲完了。"

唐太宗一听，十分高兴，龙颜大悦。他说："玄奘法师啊，辛苦你了。自朕的贞观元年起，你就西行取经，历经千难万险，到贞观十九年，也就是今年你取经归来，果然取得了真经。朕十分感念。这三个有关国王的故事和一个有关小白兔的故事，都非常打动朕，也很有教益。朕特盼望你早日写成西行记闻，呈献于朕，朕再仔细地观瞧浏览。"

玄奘领命，退出皇宫，进入寺院，专门写作《大唐西域记》。第二年成功完稿，并呈送唐太宗李世民。

（原载于《作品》2014 年第 11 期）

色诺芬的动员演说

人，有时候必须需要依靠勇气活着。当小居鲁士为了夺取波斯的王位而对他的哥哥阿尔塔泽西斯二世发动战争的时候，我参加了他的军队。但是，我是中途才参加他的远征军的。说起来，这事还和我的好朋友普罗克西努斯有关，是他拉我参加了这次远征的。好男儿志在远游，志在建功立业。

那么，小居鲁士与自己的哥哥阿尔塔泽西斯二世争夺王位，与我有什么关系呢？这个事情还要慢慢来说。在此前的三十多年的时间里，雅典和斯巴达之间爆发了一场伯罗奔尼撒战争，最终是斯巴达胜利了，占了上风。在这场战争结束的时候，斯巴达和波斯王大流士二世派遣的、管辖和统领爱奥尼亚、吕底亚和小

亚细亚西部的总督蒂萨弗尼斯之间，达成了一项秘密的协议，由
蒂萨弗尼斯向斯巴达提供资金支援，用于斯巴达在海上的舰队建
设，而斯巴达则协助蒂萨弗尼斯去夺取原属于波斯，而现在则属
于雅典帝国的亚细亚海岸边上的那些城市。但是，蒂萨弗尼斯很
快发觉，只有保持雅典和斯巴达之间的紧张关系甚至是战争状
态，让雅典和斯巴达都处于彼此疲于应付的局面，对波斯才是
最为有利的。因此，蒂萨弗尼斯就逐渐中止了对斯巴达的资金
支持。

于是，斯巴达城邦十分气愤，派人到波斯王大流士二世那
里，去告蒂萨弗尼斯的状，结果，大流士听信了来使，委派了他
的年仅十七岁的儿子小居鲁士，去担任蒂萨弗尼斯的总督职务，
并解除了蒂萨弗尼斯的军权。小居鲁士因此得以全力支持和帮助
在伯罗奔尼撒战争中处于优势的斯巴达人，获得了斯巴达人的信
赖。不久，战争结束，而此时，大流士二世病亡，立长子阿尔塔
泽西斯为王，这使小居鲁士很郁闷。因为早前有先例，作为王后
所亲生的儿子，小居鲁士是有优势也有可能继承父亲的王位的。

不久，因为被解除了权力而回到了波斯的蒂萨弗尼斯向阿尔
塔泽西斯进了谗言，告了小居鲁士的状，说波斯新王的弟弟小居
鲁士企图谋反。阿尔塔泽西斯很生气，就下令拘捕了小居鲁士。
母后发现兄弟相残，就说情让哥哥放了弟弟，让他重新回到爱奥
尼亚、吕底亚和小亚细亚去担任总督。小居鲁士回到了驻地，就
开始秘密征召希腊士兵，打算远征波斯。关于秘密征召雇佣军，
他使用了很多计谋瞒过了自己的波斯国王哥哥。因此，一直未被

发觉。

应招来的这些希腊士兵因为从刚结束的伯罗奔尼撒战争中退出来，无所事事，能够担当雇佣兵，是一件很高兴的事情，起码有军饷可领。这支部队很快就建立起来了。这就是我们这支希腊人远征军远征波斯王阿尔塔泽西斯二世的由来。

我在前面说了，我参加这次远征军，首先是我的好朋友，也是小居鲁士信任的朋友普罗克西努斯的邀请，他给我写来了一封信，竭力劝说我参加远征。他认为，小居鲁士一定会接纳我为朋友的。接到了这封邀请信，我拿不定主意，就立即去找我的老师、哲学家苏格拉底商议。

苏格拉底是我的老师，我在很年轻的时候就是他的门徒，从他那里学习智慧与知识，与他一起探讨人所面临的各种问题。苏格拉底听我说了情况，就说："你是希腊人，你与波斯人小居鲁士交好，帮助他打仗，而雅典人则是居鲁士的敌人，雅典的政府一定会认为你帮助他们的敌人。这样你就是敌人或者坏人，他们会起诉你的。"

我说："老师啊，我的血液在沸腾，我的心已经跟随着远征军出发了。恐怕这次我不能听您的话了。"

苏格拉底撩动自己的袍子，走过来抓住我的胳膊："色诺芬，你的内心会指引你行动。我建议你去德尔菲神庙里，你去问问阿波罗神吧，看看阿波罗的喻示吧。"

我就去了德尔菲神庙，在内心里默默祈祷，询问阿波罗神："我如何能够参加远征军，顺利成行，最终安全返乡？"

阿波罗神给我开示说，我应该祭祀另外一尊神，他喻示说，祭祀之后，我就可以出发了。我跑去找我的导师苏格拉底，告诉他阿波罗神指示我祭祀了另外的一尊神，之后我就可以出发。但苏格拉底很生气："你向阿波罗神问的第一个问题，应该是你应该不应该去，而不是问他能否按照你的心愿去参加远征军，是否安全地回来。你都自己决定要去了，你还怎么要阿波罗神来喻示呢？"

导师的生气让我很尴尬，但他又说："罢了，既然你这么问，阿波罗神也回答你了，你就这么做吧。色诺芬啊，我觉得，你还有更重要的事情要做。那就是，你既是见证人，你也是书写者，要把你经历的、看到的、听说的、想象的，都写下来。现在，你去吧。"

苏格拉底老师让我出发。阿波罗神给我喻示。我就准备好了东西，加速赶路，我在萨尔迪斯赶上了普罗克西努斯，他带领了一千五百名重甲兵和五百名轻甲兵，正在星夜兼程，与小居鲁士会合，见到我来到，十分高兴。

我最终被引荐给了小居鲁士是在七天之后，在很多应招的希腊军人会聚的地方。直到这个时候，包括我在内的大部分人，才知道他招了一万名经验丰富的希腊士兵，组成远征军，目的是去讨伐他的哥哥、波斯新王阿尔塔泽西斯二世。雇佣军的特点是谁出钱，就给谁打仗，领取军饷，而并不会理会去跟谁打仗。所以，绝大部分希腊士兵，都迅速地按照他们战时的习惯，组成了各个编队，形成了战斗力和战斗队形。

小居鲁士他最为放心的，就是希腊士兵的素质，无论是战斗素质还是身体素质，都非常好，这是他最为满意的。他对一万名雇佣军的军力感到满意，军队成形之后，立即发兵了。

我们从萨尔迪斯起兵，一路向波斯攻打，所向披靡，这一路上的战事，我就不详细地说了。我只说一说小居鲁士战死时的情形吧。

可能任何事情都有不仰赖人的努力和意愿的一种结局和宿命。小居鲁士对他的哥哥、波斯国王阿尔塔泽西斯二世的讨伐，并没有成功，而小居鲁士在战争中先阵亡，则是这次远征的一次转折。

本来，我们的希腊雇佣远征军节节胜利，一直打到了波斯的纵深地带，这里距离我们的希腊故乡，已经很遥远了。我们看到的所有的风景，我们吃的食物、目睹的禽兽和飞鸟，与希腊都是不一样的，听到的语言，除了我们希腊士兵彼此说的以外，其他的都听不懂。云彩是黑色的，树叶是枯黄的，大地是褐黄和墨绿色的，交替着展现在我们的面前。一次次的跨越河流，穿越山谷，走过平原，遭遇敌人或者主动发起进攻，波斯人的部队节节败退，溃不成军。眼看着，小居鲁士就要打败他的哥哥波斯国王了。

这是一次小居鲁士和阿尔塔泽西斯二世决战的场面，我碰巧在现场，目睹了整个过程。战斗场面一般都是非常混乱和嘈杂的，假如你事先没有策划好的话。这是两军对垒的一次大决战，一开始，训练有素、有勇有谋的希腊士兵以方阵和菱形队形，将圆形、弧形和线形排列的波斯军队杀得溃败成一片，希腊士兵往哪个方向冲击，哪个方向的波斯士兵就兵败如山倒。我在普罗克西努斯的轻甲兵阵营里，看到了这次战斗的盛况。

而小居鲁士带着他的六百名轻骑兵，在一处高坡上，观察着战事。他最关心的，就是要与自己的哥哥面对面地战斗。果然，他发现了他的哥哥，波斯新国王阿尔塔泽西斯二世被数千名波斯士兵簇拥，在一片树林的边缘处站立。他就带领着自己的六百名轻甲兵，忽然就从高坡上冲向了阿尔塔泽西斯二世的阵营。

这是决战的时刻，当战场上的人发现了这一幕的时候，其他战斗的地方瞬间都安静了下来，大家有些惊呆了，不能相信小居鲁士这么直接向自己的哥哥、宿敌发起挑战性冲锋，而小居鲁士一马当先，冲在最前面。他胯下的一匹灰色带斑点的战马非常矫健。而六百名轻骑兵则像一股水流那样，在他的身后快速地流动。

我远远地看见，小居鲁士勇敢地与护卫着阿尔塔泽西斯二世的数千名士兵短兵相接，然后冲撞在了一起。勇猛的小居鲁士的士兵迅速撕开了一个缺口，小居鲁士还杀死了一个穿红色披风的波斯大将，后来，我才知道那个大将的名字，他叫阿尔塔格赛斯。然后，小居鲁士迅速地冲到了自己的哥哥、波斯国王阿尔塔泽西斯二世的面前，大喊了一声："你在这里！"将手中的剑刺向了他。阿尔塔泽西斯二世从马上跌落下来，身上的黑色长袍翻动，远看如一只受伤的大鹰。

忽然，不远处破空而来一杆重型投枪，扎中了小居鲁士的面部，他大叫一声，仰身掉落于马下。两个对手都跌落马下，一时间场面十分混乱，小居鲁士的护卫弃马落地，围在小居鲁士身边，与包围他们的波斯士兵搏斗，逐渐地在小居鲁士的身体上堆积起了一个尸体的山包。

这时，我明白了，小居鲁士阵亡了。而阿尔塔泽西斯二世似乎是受伤了，被他的波斯士兵抬走了。波斯士兵受到了鼓舞，开始反攻，很快就将我们希腊雇佣军击退。小居鲁士的头和右手被砍掉，这场战役以他的死亡而告终。

希腊雇佣军的士兵遭遇了重大打击，我们退守到三十司塔迪之外，重整部队。当时，各个分队的指挥官都还在，阿里柔斯、泽尼亚斯、普罗克西努斯、索菲涅图斯、帕西昂、阿基亚斯是各支队伍的指挥官。但接下来的一段时间里，这些将军要么战死了，要么被分化了，最后，还有三个人在与阿尔塔泽西斯二世的讲和谈判中，被处死了。阿尔塔泽西斯二世继续开出讲和的条件，要我们投降。

这就是小居鲁士死后不久发生的一连串情况。

我，色诺芬，在接下来的群龙无首的一个关键时刻，扮演了关键的角色。因为我的好朋友普罗克西努斯也死了。现在的希腊士兵是群龙无首、无所适从了。在我们的四周，到处都是波斯人的军队、部族和村镇，都是敌意的。我们远距希腊一万司塔迪，而且，回乡的路途上到处都是陌生和敌意的河流、山峦和丘陵。

　　这天晚上，近万名士兵内心充满了悲伤，他们想念故土和妻儿，但是却无法预测自己的命运。到底何去何从？这些人栖栖惶惶，不知如何是好。

　　在这些人中间彻夜难眠的一个人，就是我，色诺芬。我很久都无法入睡，等到我终于睡着了，我做了一个梦。在梦中，我梦见了一场雷暴击中了我父亲的房子，那房子立即着火了。我惊醒了，我召集普罗克西努斯的手下小队长，先与他们商议了对策。普罗克西努斯战死之后，他们现在都信任我，很快就推举我为他们的统领。然后，我让他们分头去找到了其余的几支部队的队长，我与他们商议了对策，那就是，我们要重整队伍，然后踏上返回希腊之路。其间有一个叫阿波罗尼德斯的队长，对我提出了质疑，认为阿尔塔泽西斯二世提出休战，是真诚的，有道理的，我们应该和他讲和。

　　但是我以阿里柔斯的背叛，以阿基亚斯前去讲和被逮捕处死，来说明了这条路是行不通的。

　　最后，所有的将军和队长们，同意了我的想法，先在各支队伍中重新选出了新的指挥官，他们是：达达尼亚人提马宋、阿加亚人赞提克里斯、阿卡狄人克里安诺、阿加亚人斐利修斯。我，雅典人色诺芬则接替了普罗克西努斯，成了这一部分希腊人的统领。

　　然后，我让这几位各队伍的队长们，将他们所属的士兵都归拢好，集结在一处山谷中。士兵们点燃起了一堆巨大的篝火，篝火将半明半暗的天色装点得带有了人的血液的那种碧色，悲壮而激烈。冲天的篝火熊熊燃烧了，象征着勇气、好运和毅力。然后，我站起来，身着铠甲，容光焕发，手持盾牌和短剑。我面对残存的希腊将士们，发表了一次决定了大家命运的动员演说：

"将士们！我们现在身处困境。我们的雇主，小居鲁士总督已经战死，他的哥哥、阿尔塔泽西斯二世砍掉了他的头和右手。对于自己的弟弟他都会这样，对我们，他会更加残酷。我们远离故土一万司塔迪，而我们群龙无首。现在，阿尔塔泽西斯二世的部队正在积极地准备好对我们发起攻击，我们则在这里如同困兽。我们必须要依靠自己的勇气、智慧和身体，从波斯打回到希腊，回到斯巴达、雅典，回到我们的希腊故土。

"我们是和阿尔塔泽西斯二世短暂地休战了，但是我们的休战，不能保证我们最终的安全。

"将士们！你们远离故土，而阿尔塔泽西斯二世正打算彻底地打垮我们，把我们的头割掉，悬挂在高处去吓唬波斯人和反对他的人。我们不能落入他的手。所以，投降是不可能的。他设计了圈套，已经将我们的几个将军杀死了，我们不再相信他了。讲和是不可能的，只有一条路，但那条路，大家说，是什么？"

将士们在篝火的映照中，面庞凝重，深情严肃。他们沉默着，没有人回答我。

"将士们！如果我们就地解散，我们会分崩离析，我们在回乡的路上会被他们各个击破，被波斯人一个个地抓住，然后开肠破肚。可我们是勇敢的希腊人，我们自信、热情而勇猛无敌。虽然身处波斯异地，但是，路总是在脚下的。大家要立即提振精神！没有队长的，立即填补空缺，没有将帅的，要推选出将帅。我们不是乌合之众，我们要重整队形，我们是希腊人，勇敢的希腊人！"

篝火映照下，将士们的脸开始变得活泼和放松了，开始变得有信心了，人群中发出了嘈杂的声音："我们要回家！我们不打仗了！"

我说："将士们！我们必须要尽快重整部队，严守纪律，如果我们不能成为战斗的队列，而是垂头丧气的部队，那么我们是没有希望的，是无法返乡的希腊人。我们必须做勇士，只有勇士才可以走出困境。现在，你们达达尼亚人选出了提马宋、阿加亚人选出了赞提克里斯、阿卡狄人选出了克里安诺、阿加亚人选出了斐利修斯。我，雅典人色诺芬则接替了普罗克西努斯，我们有了指挥官，我们就能重整队伍，大家说，我们要回到我们的家乡去！"

将士们欢呼了起来。他们所有的人都想回到自己的家乡了。雇佣兵们现在想的，就是他们的故土希腊。

"我们要准备随时战死，即使在回乡之路上。相距故土已经有一万司塔迪，我们的远征走得太远了。而狡诈的波斯人是背信弃义和胆怯诡诈的。我们要和他们讲和，那么我们的遭遇就是那被处死的你们的几个队长的命运。我们必须要依靠我们的战斗力，与波斯人进行不可调和的战斗。我们便有了天神的眷顾，我们就有了解救的希望。"

我说到这里时，有一个士兵打了一个喷嚏。所有的将士们听到了这一声喷嚏，都躬身向宙斯神致意。因为喷嚏是我们希腊人认为的一种吉兆，是宙斯神的启示，而刚好在我谈到"解救"的时候。

我大声说："将士们！这是宙斯神显示的吉兆，我愿意在此起誓，一旦到达故土，我们将为宙斯神献上贡品以表达感恩，凡是同意的，请举手！"

所有的人几乎都举手了。篝火现在稍微小了一些，但是热度上来了，将士们的情绪、体力和勇气都被我感觉到了，他们也在互相传递着热量。

"将士们！我们有了解救的希望，那希望，就在我们自己的身上，我从你们的脸上和眼睛里看到了这些。敌人违背了誓言，破坏了休战，但是诸神是站在我们这边的。我要提醒大家，不要忘记我们的祖先是多么的勇敢，在九十年前，当波斯人大举进犯，要消灭雅典的时候，雅典人勇敢地打败了波斯人，取得了胜利。后来，波斯人泽尔士带领他的二百六十四万一千六百一十人的庞大军队，前来企图再次征服希腊的时候，我们的祖先在海上和陆地上，分别击败了他们。"

人群欢呼了起来："宙斯神万岁！希腊万岁！"

"所以，我们这些人，你们每一个人的身体中，都有着祖先的勇气、光荣和血性，也带着祖先的荣光的印记。我们不会屈从于任何异族，而只敬仰我们希腊的众神。我们这支远征军，为了小居鲁士争取王位而发动的战争，现在结束了。我们此前表现得很勇敢，但目的已经消失了，小居鲁士已经死了。阿里柔斯的背弃，也让我们灰心。现在，我们这一万名步兵、重甲兵、轻甲兵，要面对波斯无数的骑兵。但是，我们的步兵牢固地站在大地上，波斯士兵他们悬在马上，我们更容易击败他们。我还知道，你们担心回去的路上怎么渡过那几条大河。我知道的是，在那些大河的上游，有的地方只有没过膝盖的水深，我们完全可以渡过去，只要是你们这些希腊人长了双腿！"

大家欢呼着，信心在每个将士的内心里增长着，我感觉到了这一点。

"现在，我们要如何打仗？怎么打仗才能安全地回到故乡？我想，我们的辎重太多了，我们应该烧掉那些车辆辎重，提高行军的速度。我们应该烧掉所有多余的东西，不留后路，也不给敌人留下来。我们只留下最重要的东西，就是干粮和武器。而且，最为重要的，就是我们的纪律。波斯人最惧怕的，就是希腊人的军容和军纪。只要我们有带队的将军和队长，有指挥官，我们的兵就能以一当十，这是波斯人最清楚的。所以，各队的指挥官、队长们，你们要格外地警惕起来。我们要在附近的村庄尽快补充补给，把所有的给养都准备好，然后准备行动。"

所有的将士都鼓掌表示同意。

"将士们！我们将进行另外一次长征，那就是，回家的长征。我们将齐心协力，穿越一万司塔迪距离的陌生的土地、山峦与河流，一路上一定有波斯人围追堵截和侧面夹击，但是我们不怕。我提议，由经验丰富而勇敢的克里安诺作为先锋，斐利修斯、赞提克里斯两位老将负责两翼。我，色诺芬和提马宋的队伍殿后，因为我们最年轻，而波斯追兵最狡诈和胆怯。将士们！要记住，你们每一个人，都是勇敢的希腊人，你们的勇敢和智慧，就是希腊人的智慧和勇敢，你们的身上，也有着所有祖先的勇气和荣光。而胜利者就是杀死失败者的人，我们每一个人，都要做胜利者。胜利者，就是成功返回家乡的人。"

我讲完了。篝火逐渐地熄灭，将士们散会之后迅速去焚烧车辆、辎重和营帐。天色亮了起来，吃过了早餐，然后开始行动。

依靠我的那次演讲，我将这些近万名的希腊人带回了故土，最终，经过了很多次战斗，跨越了无数天堑，渡过了底格里斯河以及翻越了高山和峡谷，我们这些远征的希腊人，终于安全回到了故土。

算起来，从出发到回来，我们一共走过了二百一十五站，一千一百五十帕拉桑，三万四千二百五十五司塔迪的距离，后来，回到希腊之后，我们又重组队伍，出击小亚细亚西部，全部时间一共历时一年三个月。

至于我后来的命运，则比较坎坷。我回到了斯巴达，这一年，我的老师苏格拉底被判处了死刑。雅典政府对我发出了放逐令，因为我帮助了波斯人小居鲁士打仗。后来，斯巴达王在小亚细亚又和波斯人作战，我参加了他的部队。结束战事之后，斯巴达王体恤我，在奥林匹亚给了我一处房产和一些地产，我就住在奥林匹亚安定地生活着。

我没有忘记我的老师苏格拉底的话："你既是见证人，你也是书写者，要把你经历的、看到的、听说的、想象的，都写下来。"现在，我写下了如下的著作：《希腊史》《师门回忆录》《苏格拉底的辩护》《拉西第梦的政制》《居鲁士的教育》《经济论》《雅典的收入》，等等。

自然，还有记述我参加对波斯新王阿尔塔泽西斯二世征战的《长征记》。

（原载于《文学港》2015 年第 3 期）

三幅关于韩熙载的画

一

南唐后主李煜召集了画院的专业画家——待诏们雅聚，这些人是顾闳中、周文矩、高太冲、朱澄、曹仲玄、王齐翰、董源、卫贤、顾德谦、徐崇嗣、梅行思，等等。都是当时名震大江南北的画家，后主与大家一起赏花品茶。

茶，是花草茶、绿茶、红茶、白茶，还有宫廷秘制茶。花，是春花。

李煜说："待诏们啊，是朕的父皇仿制西蜀的办法，在皇宫里创办了一个书画院，于是才有了这么一个画院待诏制度。在座的，都是这个制度的得益者。"

高太冲首先叩首道："是啊，我皇万岁万万岁。当初，您的父皇与亲王景遂、景达等，也搞过一次雅聚，至今我历历在目。因那年是保大五年的元旦，忽然，天降大雪，您的父皇登楼赏雪，但见万里雪飘，琼楼玉宇，瑶台遍布，十分兴奋，不禁与两位太弟，还有大臣李建勋、徐铉一起吟诗宴饮，如此还不过瘾，又将我们这些老朽不才请来，一起创作了一幅《登楼赏雪图》，真的是蔚为壮观、让人刻骨铭心的温暖回忆啊。"

顾闳中说："嗯嗯，我记得，那幅《登楼赏雪图》是由太冲兄主画中主像，周文矩主画太弟、侍臣，还有使乐供养人像，朱澄画的是楼阁宫殿，董源添画了雪竹寒林，最后是徐崇嗣添画了池沼禽鱼，的确是气象万千，让人难忘。"

朱澄说："陛下，先皇的确是法眼精湛。他看到我画的楼宇，飞檐上少了风铃，还加了几笔给我添上了，另外又添了几只飞鸟，给那幅《登楼赏雪图》增色不少。"

画院待诏们赞美李煜的父亲李璟，但却不去说李璟的昏聩之事。南唐中主李璟的性格比较懦弱，但是却最喜欢溜须拍马之人，平时人前马后总是跟着一群马屁精，他们的阿谀奉承让李璟十分受用。李璟喜欢文学、绘画、书法、篆刻，自己也常常舞文弄墨，那些臣下就投其所好，谄媚至极。其中，最会哄李璟高兴，同时文学、绘画修养也不错的大臣，一共有五个，都得到了李璟的重用，他们是：陈觉、冯延巳、冯延鲁、查文徽、魏岑，当时就被称作"南唐五鬼"。

　　在这几个人的忽悠下，南唐中主李璟还真以为自己国运亨通、文运昌盛，趁闽国和楚国出现了内乱，就头脑发昏，发兵前去攻打，不仅没有占到便宜，反而损兵折将，耗损了国力。当时，在南唐四周几乎都是南唐的敌人，生存环境很不好。后来，后周的世宗柴荣发现李璟图谋北上拓展疆土，对后周也有威胁，柴荣就发兵攻打李璟。这一仗打了三年，结果是李璟的后唐惨败，他不仅被迫割让了江北淮南的十四个州给了后周，还废去皇帝称号，向后周称臣，丢尽了颜面，丢失了疆土，几年之后，羞愤不堪地死于南昌。

　　后主李煜是在父亲死后的当年七月即位的。这个时候，赵匡胤已经在北中国建立了北宋政权，实力雄厚，随时都可能南侵。后主李煜害怕被北宋攻打，就使用了宋太祖的年号"建隆"来作为自己朝代的年号。但是，在内心里，李煜是渴望成为一个有作为的帝王的。但内忧外患，即使革除了那些阿谀父皇的"南唐五鬼"也没有用，所以，他的内心很苦闷。

　　李煜说："父皇对诸位待诏非常好啊，我也一样。不过，每个人关心的东西不一样，内心里能装下的东西，也不一样。"

　　众位画家不知道李煜说的是什么意思，所指又是什么，有些茫然。君臣之间在一团和气中，还是有着某种距离的。或者，画家们也隐约看到了李煜内心里的不安。但这种不安是什么，他们又说不清楚。再说了，画院待诏，不过是帮闲文人，与皇上唱和酬酢，替皇上解除点内心的紧张和苦闷，也就不错了。这些待诏们都知道，自己的俸禄和安全在南唐是有保证的，假如是北朝那些粗汉皇帝当政，稍不留心就会被拉去砍头，相比之下，南唐虽然萎靡不振，国土狭小，但这日子还是好过多了。

喝茶，赏花，都是文人雅事，也是李煜排遣内心苦闷的一个办法。众画家们一个个都在继续吹捧着南唐后主，让李煜也是昏昏然兴奋异常。他们填词作文，绘画写字，兼谈佛理，十分愉快。到最高兴的时候，李煜吩咐随从说："快去，请出来窅娘给诸位画院待诏跳舞助兴！"

窅娘是李煜最为宠爱的一个宫女，这宫女擅长舞蹈，她体态非常轻盈，尤其令人称奇的，是她有一双常年用帛所缠裹的小脚，纤细如新月，小巧若新粽。众位画院待诏早就听说窅娘了，可是还没有见过，都非常高兴。

未几，大家忽然闻到一股异香，在亭台之后转角处走出来一位腰肢细软，体态轻盈到了走路完全没有声音的女子。只见她长得是清秀如朝露，纯美如兰草。她长袖善舞，给皇上叩谢，给众位画家施礼。

李煜说："窅娘啊，你给我们跳一支'莲花乘波'吧。乐师，奏乐，乐女，唱曲。就唱我填写的那阕词。"

乐师、乐女都准备好了，然后开始演奏演唱。乐曲响起，李煜亲自填写的一阕词也唱起来了。

但见那窅娘轻舒莲步，一下就跳上了假山前面的一朵金制的莲花，开始在莲花的花瓣上跳舞，她水袖飘扬，腰肢就像没有骨头一样柔软，在那朵不大的莲花上，她闪展腾挪，她动若脱兔，她安若处子，她慢如移石，她快如闪电，她笑如夏花，她凌厉如剑，她稳如泰山，她轻若鸿毛，她皎洁如月，她似有还无，她若隐若现，她飘飘若仙，她淡然如菊，她浓若彩霞，她狂风大作，她乍暖还寒，她蜻蜓点水，她腾云驾雾，她凌波微步，她似水柔情，她如痴如狂，她万物归一。

众位画院待诏都看呆了。窅娘跳完了舞，从莲花上跳下，施礼之后就退下不见了，真是惊鸿一瞥啊。

李煜感到很得意，也感到兴尽了。"众位待诏可以歇息了。但请高太冲、顾闳中、周文矩三位留步，朕有事与你们说。"

二

其他的画家都走了，就留下了高太冲、顾闳中、周文矩三位。三个画家不知道李煜的葫芦里卖的什么药。等待着李煜说话。

李煜说："朕有内心的苦楚，没有办法倒出来啊。你们不知道，每年朕都要向那北宋皇帝进贡大量的金银财宝、珍玩字画、美女珍馐、特产佳酿，才能够偏安于这一隅，说起来很羞惭啊。"说到了这里，李煜忽然拔出了身上的短剑，挥剑斩断了一截松枝，恨恨地说："我倒是一直想厉兵秣马，收服江北淮南那丢掉的十四州，做一个有作为的君主。可是，可是，我空有大志，手下无能臣强将啊，无能臣强将，我又能怎样？"

高太冲、顾闳中、周文矩看到皇帝对他们说了心里话，都感到惊恐和着急，赶紧叩首："皇上需要我们做的，万死不辞！"

李煜看了看他们三个："也不要你们做什么大事啦。你们又不会带兵去打仗，陪着朕填词作文，写字画画，就不错了，朕已经很开心了。"

高太冲、顾闳中、周文矩稍微放心了一点，他们最害怕的，就是让他们上前线打仗，或者出使北宋，那都是可怕的差事。但他们的嘴上还在说："皇帝万岁万万岁！请吩咐我等任何事，臣下都将万死不辞！"

"不要万死不辞，只要你们为朕做一件小事。"李煜的嘴角浮现出一丝难以察觉的诡秘的微笑。

"一件小事？莫说一件，就是一百件、一千件，臣下也愿意去做。"高太冲说。

李煜笑道："朕幸亏还有你们这些知心人啊。你们与韩熙载熟悉不熟悉？"

三个人面面相觑。说与韩熙载熟悉吧，怕皇上恼怒，说不熟悉吧，分明这三个画家是认识乃至熟悉韩熙载的。

李煜说："这个韩熙载，你们知道的，是一个有雄才的人。但是朕内心里一直拿不定主意，不知道他到底有没有二心，能不能担当大任。我倒是有任命他为宰相的想法，但是我听说他现在是毫无斗志，在家里每天都在大宴宾客，歌舞升平，纸醉金迷，实际上是在借酒浇愁。可是，他有我发愁吗？没有吧，对吧？没有朕这么发愁。我的烦闷谁知道啊！不当皇帝，是不会知道当皇帝的苦楚，尤其是我这个皇帝，小皇帝！还是北宋的阶下的小皇帝。羞耻啊，我悲愤啊。朕快要心急如焚了。可是，没有能臣，就没有有作为的皇帝，对不对？从古代到现在，都是这样。这江山绝不是皇帝一个人打下来，也守得下来的，必须要有能臣能将才可以，可是，你们说，朕又能依靠谁？"

高太冲、顾闳中、周文矩连连点头。顾闳中说："陛下，您是绝世英主，自当有能人相助，也会有天恩眷顾。这个韩熙载，的确是一个相才，但现在他是玩物丧志的名声很大。不过，臣下并没有和他有什么太多过往，只是认识而已，对他并不了解。"

周文矩也叩首说："臣下也是和他没有过多交往，就是有时候他宴请文士聚会，请过臣下去过他家里，诗文唱和过。"

高太冲说："臣下也曾被他邀请去，给他的家伎王屋山画了一幅《六幺舞》。这个王屋山，是他最喜欢的家伎。善舞能文啊。"

李煜说："有我的窅娘的舞蹈跳得好吗？"

高太冲说："那自然是比不上了。确实是比不上，不不，简直是天壤之别。"

李煜说："不瞒诸位臣工，朕的确想拜韩熙载为相。但我听说，他是放任自流，主动低调，不堪重任。有很多关于他的传闻，比如他喜欢男伎，好南风，但也不排斥女人。这朕就奇怪了。难道，他趣味这么广杂？有意思吗？因此，朕很想知道他生活和交往的真相，以便确定是否重用他。朕听说，他夜夜大宴宾客，当宾客到他家的时候，他竟然先让自己家的女仆、舞伎出来迎接，调戏甚至殴击、戏耍来访的宾客，还争夺靴笏，闹得实在不成体统，然后，这个韩熙载才缓步从室内而出，表情暧昧而习以为常。他还结交了不少江湖巫医，以及僧人和炼丹道人，这些出家人在他家也是登堂入室，与女仆、歌伎等杂处一处。这很糟糕啊。我听了很生气，但他是三朝元老，太皇、父皇都很倚重他，我也很想重用他，我都不知道怎么办好了。"

顾闳中揣摩到了李煜的心思，就说："陛下不必着急，待我等潜入他家，目视心记，画出来给您呈上，您就一目了然了。"

高太冲和周文矩也连连点头："臣下也就这点本事了！"

李煜感到满意了。"三位臣工，朕是想让你们潜入韩熙载的家中，目视心记，把他家里的环境、人际关系、使用的东西、他的心理状态等各种情况都弄清楚，发挥你们的特长，将你们所见所知，画出来，给朕看。然后朕才能决定如何使用他。起码，能够将画呈给他看，让他羞惭，警醒，汗颜，不好意思，丢人，自我批评吧。至于如何潜入他家，与他接近，我想，你们过去与他有各种层次的交往，自会有办法，他也愿意邀请你们前往吧。"

高太冲、顾闳中、周文矩作揖："皇上万岁万万岁！臣下愿意去目视心记，画下韩熙载的活动，圆满完成任务。"

李煜微微一笑，说："而且，朕想让你们三个人进行一场绘画比赛，看谁画得好，我会按照一等、二等、三等来给你们打分，让你们今后的待遇有差别，拉开距离。这可不是小事啊，这是你们三个人关于声誉、技艺和待遇的一场竞赛。谁赢谁输，要看你们的作品了。这画院待诏体制要不要继续保留，就看你们三位的表现了。因此，这是关键时刻。再说了，北宋虎视眈眈，假如我的小王朝倾覆了，皮之不存，毛将焉附？你们这些毛毛，就会被风吹散尽了。"李煜的声调遽然悲愤了起来："朕忽然来灵感了，拿笔墨纸砚来！朕要填词了！当然，朕喜欢一个人写作，你们三位臣工，退下吧。"

一阵春风，扫落了杏花、桃花、樱花一大片。三位画家退下去了。

三

这个韩熙载，可不是一个一般人。韩熙载出身于名门，他的曾祖父韩钧担任过太常卿，祖父韩殷担任过侍奉御史，父亲韩光嗣担任秘书少监、平卢观察支使。这么一个显赫的家庭，造就了韩熙载视野的开阔、学识的丰厚。韩熙载自幼喜欢读书，少年时在洛阳一带游学，后来考中了进士。但他的父亲韩光嗣卷进了一场兵变，最终被杀，导致韩熙载不得不南迁江南避祸。他伪装成商贾，渡过淮河，逃入了吴国境内。

生逢乱世，中原能人志士南迁的很多，很多有才华的人都得到南朝那些小朝廷的擢用，但韩熙载虽然才名远扬，但却没有被重用，他只是先后担任了滁州、和州、常州的从事，也就是帮闲幕僚这样的闲官。

当时，在吴国掌握实际大权的是徐知诰，也就是后来的南唐皇帝、烈祖李昇。这个徐知诰也是命运奇特，他本是个孤儿，后来被五代十国时期的吴国武帝杨行密收养，从此改变了命运。接着，他又被吴国大臣徐温收为养子，改名为徐知诰。后来他出镇南京，被封为了齐王。公元九三七年，他感觉自己势力到了，就废掉了吴国皇帝杨溥，自己当了皇帝，也改了名字叫作李昇，以李姓来方便自称是唐朝的后裔。他还把韩熙载召回南唐的都城金陵，让他担任秘书郎一职，并且还让他担任了太子东宫的文翰，也就是太子的老师。

于是，韩熙载每天就在东宫与太子李璟谈天说地，论文作诗。这在东宫一待，就是七年。与太子的长期相处，使太子李对他的才学十分了解，虽然韩熙载没有被重用，但是却储备了很好的政治资源。

保大元年（公元九四三年），李昪驾崩，太子李璟即位，他立即任命自己的老师韩熙载为虞部员外郎、史馆修撰。员外郎这个官职是执掌五礼、负责拟死去皇帝的谥号的，是国家在礼仪方面的权威，可见李璟对韩熙载这个老师很器重。据记载，韩熙载所起草的诏诰文字典雅，才气横溢，宫廷上下好评如潮。

不过，韩熙载是一个非常有个性的人。他担任知制诰之后，就认真地履行起义务，承担起责任来了。他对于朝中的大事总是要仗义执言，毫不客气。他驳正失礼之处，指摘批评弊端，章疏连连不断，引起了几个朝中权贵的忌恨与不满。中主李璟信任的那"南唐五鬼"，大都对他不满，尤其是冯延巳更为不满，常常谗言说他放任怪诞，不可靠。这有了朝内的敌人，就使韩熙载日后的仕途命运难以预料了。

也许，性格决定了命运。但话说回来了，韩熙载毕竟是中主李璟当太子时的老师，不看僧面看佛面，又能如何对待他？况且韩熙载才华出众，李璟知道老师的性格狷介狂放，就很袒护他，不仅不怎么听信谗言，还给他"赐紫"。"赐紫"的意思，就是韩熙载可以穿三品以上官员才能穿的紫色袍服，虽然他才是五品官。这说明李璟对他是信任和依赖的，同时，也为韩熙载的进一步提升，做好了铺垫。果然，不久之后，韩熙载又被提升为中书舍人、户部侍郎。这就等于是任命韩熙载为民政部副部长了，进入朝廷命官的序列。

中主李璟于公元九六一年病死于南昌。等到后主李煜即位后，任命韩熙载为吏部侍郎、兼修国史。这个位置更为重要了，相当于组织部副部长兼文史办负责人之一。

韩熙载从小就见过各类官员，他的性格狂放，不惧权贵，放诞诙谐。有一个传说很有趣，当时，南唐当朝权臣宋齐丘的实力鼎盛时，竟然以为自己的文章华丽超群，被人吹捧为文采堪比韩愈，他自己竟然也相信。而且，宋齐丘有个毛病，他喜欢到处给人撰写碑志。当时韩熙载的书法已经很有名了，很擅长写八分，所以，每逢有朝廷大臣、名人贵族故去，都由宋齐丘起草刻碑的文字，由韩熙载进行书法缮写。这时，有趣的场景出现了：韩熙载每次誊写宋齐丘的文章时，都用细纸塞住自己的鼻孔，面目僵硬。

有人问他，您这是干吗呢？韩熙载回答："因为（宋齐丘的）文辞秽且臭，不堪忍受。"

韩熙载还因为改铸钱币的事，与当朝宰相严续在李煜的面前争论起来。在朝廷上，韩熙载辞色俱厉，声震殿廷，搞得场面很难看，宰相的面子下不来，后主这个皇帝的面子也很难看。李煜责怪韩熙载失礼，改任他为秘书监，等于说是降职使用了。但不到一年，又再次任命他为吏部侍郎，并升任兵部尚书、充勤政殿学士承旨，反而又将韩熙载升为国防部长兼中央政策研究室主任，等于进了政治局。

于是乎，这韩熙载在南唐前后三代皇帝的关照下，地位逐渐抬升，因此，人脉广埠，家财颇丰。除了俸禄丰厚，由于他文名远播，书法也好，江南的贵族、士人、僧道等纷纷慕名而来，拿着钱、丝绸缎子和其他稀罕物来找他撰写碑文。甚至有人以一千两黄金的价格，来求韩熙载写一篇文章。加上皇帝的不断赏赐，使韩熙载成为南唐朝臣中为数不多的富有之家。于是，韩熙载才有条件蓄伎养乐，广招宾客，常常在家里宴饮歌舞。

而这时，面对北宋的虎视眈眈，南唐的小日子很不好过。李煜更是心急如焚，每天都睡得不踏实。他很想起用韩熙载为宰相，好好练兵，准备对付北宋的南侵。但是，这个韩熙载，到底靠得住靠不住，他没有把握，就派出了高太冲、顾闳中、周文矩三个宫廷画院待诏，前往韩熙载家里刺探情况。

毕竟，那是一个没有录音、录像和针孔摄像头的年代，皇帝要打探情报，也只能指望画家去看看了。

四

三个月之后，高太冲、顾闳中、周文矩先后完成了各自的"韩熙载宴乐图"，他们派人禀报皇上李煜，说作品完成了。有一天，李煜就让他们抱着自己的画作，前来宫内，给李煜亲看。

这一天，天气晴朗，窗明几净，大堂中，李煜专门让人放好了看画的案几。三个画家鱼贯而入，每个人都抱着一卷子自己的绘画，彼此之间还有不服气和较劲的成分，内心里也多少还有点紧张，不知道今天皇上在他们三个之间，会如何分出一个一二三等来，要知道，这可是和退休后的待遇挂钩的。

李煜见到三位画家完成了任务，十分高兴，说："三位待诏辛苦了。几个月以来，我听说，你们不辞辛苦，又不露痕迹地多次出入韩熙载的家，目识心记，回家又潜心绘画。如今，画作即成，朕十分欣慰，朕估计，朕会看到几幅传世之作的诞生。虽然朕可能会在你们之间分出个一二三等来。朕先看高太冲的画吧。"

高太冲拈着胡须，他踌躇满志地将画作放在案几上，不用那些宫人帮忙，他自己缓缓打开了自己的画作。只见这是一幅巨作，长一丈，宽两尺。然后，他说："请皇上和两位同道，上前批评观看。"

李煜和顾闳中、周文昭一起上前，站在了案几跟前。这个高太冲，本来是善于画人物的。早年李璟在位的时候，他画过多幅中主李璟的肖像，可以说是栩栩如生，深得众人赞许。但是，他画的这幅题名为《韩熙载府邸图》，却完全是另外一种风格：

这是一幅四联画，以全景的方法，将韩熙载的那个几进的大园林宅子，连同大门、照壁、一进、二进、三进、池塘、后花园等，全都画了进来。也就是说，高太冲画的是韩熙载的那个由亭台楼阁、四合院、花园、池塘、假山、长廊、花草、树木构成的府邸全景，画面上，房屋、墙壁、柱子、栏杆、瓦件、门窗、家具、亭台，纷纷入画，栩栩如生。在这幅画中，可见韩熙载精心营造的园林大宅是那么的丰富、精致，虽然比不上李煜皇宫的气派，但是却有着皇宫所没有的文人雅趣、曲径通幽、池塘映月、巧夺天工。

在由四幅连接起来的画作中，还可以看到各色人等往来穿梭于这个大宅子里。人物是小的，但是却能够分辨出来是哪些人。有女仆、乐工、僧人、更夫、伙夫、大厨、挑夫，也有歌女、舞伎、妻妾，更有各色官宦文士，来往于这个大宅子。因为是全景画，将韩熙载的住家环境，以无与伦比的精雕细描的方法全部刻画了出来。在四联画中，处处可以看到韩熙载身着玄衣，游走在众人中间。他是这个宅子真正的中心。可以说，这幅画是微缩的韩熙载的生活全景图，也是他微缩的全部府邸的小世界。这个世界包含了居住环境、心境、人物关系、自然与人、园林和内心、植物和动物，男人和女人，都在其中。这几乎是一个小宇宙，一个由韩熙载作为中心的小宇宙。

几个人都看呆了。这幅画作确实非常宏富、细致、全面、精美。李煜赞叹道："太冲先生是超越了他自己的。在艺术上，你超越了自己的过去画风，你就超越了别人。真是一幅好画、大画、传世之作！韩熙载这家伙算是有福了。多年之后，他人消失了，但是这幅画作会永存下去。"

皇帝如此之高的评价，让高太冲不禁拈须而笑："陛下过奖了！"

李煜赞叹了许久，命令随从将画作卷起来，放在一边，又说："诸位待诏，咱们来看看周文矩画的是啥吧。"

　　周文矩丝毫都不畏缩，在案几上徐徐展开了自己的画作。他的画作也是横一丈，纵近一尺半。"请品评。"

　　几个人上前，但见周文矩的这幅大画，一共有八段，画名是《欢宴人物谱》，画的全是人物的画像，一个个、一对对、一组组，将韩熙载府上出入的人物，以组合的方式画了出来。等于说，周文矩画出了韩熙载府上参加宴会和聚会，以及他的家庭成员的群像，一共有八十多位。这等于是另外的一幅《八十九神仙卷》，那些组合起来的人物画像，精细、生动，就如同活人在眼前一样。

　　这个周文矩，本是金陵句容人，他最擅长的，本来是车马、房屋、树林、山景、溪流等等大景色，也就是说，本来，那高太冲这次画的，才是他周文矩的绘画专长，可是，他们两个分别采取了对方擅长的技法，明显是在挑战。高太冲善画人物近景，周文矩善画景色远景，可是，如今周文矩画的都是人物的近景写真。而且，他画的这八十九个人，每个人的人像下面都写了名字，标明了他们和韩熙载之间的关系。

　　周文矩画的这些人物像，衣服的纹路非常逼真有特色，号称"战笔"，行笔瘦硬，似乎受到了李煜的书法风格的影响。这些人物极其生动，似乎精气神都在动作和神态中。八段连接起来的画作将韩熙载家出入的人物，全部展现出来了。这个周文矩啊！真的是有密探的功夫啊，他是做到了目识心记，做到了一个都不放过，做到了全部都呈现了出来。这等于是给韩熙载的人物关系专门做了一个图谱，等于将韩熙载的那些社会关系、家庭关系做了一个详略得当的图画解说，让人一目了然。

李煜赞叹道："这些人物真是栩栩如生啊，而且，韩熙载的人物关系、社会关系使朕一目了然。朕十分喜欢。这也是伟大的传世之作啊。"

高太冲也佩服地说道："我本来是善画人物的，但看了周文矩兄的人物，你看那衣服上的皱纹，我画不出。我服气了，服气了。"

李煜说："好画！卷起来，卷起来。高太冲画出了环境，周文矩画出了人物。都是绘画大师啊。朕有你们几个待诏，实在是幸运呢。"

周文矩得意地笑着，说："现在，该看闳中兄的画作了，我想看看他是怎么画韩熙载的。"

几个人退后，顾闳中上前，将怀里抱的画在案几上徐徐展开。然后，几个人上前观瞧。许久，大家都说不出话来，包括皇帝李煜也是沉默良久。

但见顾闳中的这幅名为《夜宴图》的画作，一共分为五段，如同连环画一样，将韩熙载夜宴的场景，以人物和动作来结合，纵达一尺多，绢本设色，五个段落，每个段落都有故事和人物，场景和环境。

第一个段落，画的是韩熙载和身着红衣的状元郎粲坐在榻上，在凝听教坊副使李嘉明的妹妹弹琵琶。李嘉明正扭头看着妹妹的演奏，表情生动。旁边还有太常博士陈致雍、门生舒雅、家伎王屋山、紫微朱铣等人。这一段的画面上，一共有十二个人，七男五女，一个个表情专注，但有细微的差别。韩熙载坐在榻上的表情是沉郁、持重，似乎若有所思。

第二段，以屏风与第一段相隔，这一段有八个人物，画的是身着黄衣、长须飘飘的韩熙载亲自擂鼓助兴，而家伎王屋山在那里跳六幺舞，身着红衣的状元郎粲斜靠在椅子上观赏。还有鼓掌打拍子的一男一女、打着连枷的舒雅，以及站立观赏的陈致雍。这一段有趣的是，韩熙载的好朋友德明和尚忽然来拜访，看到了这一幕，不得不尴尬地站在一侧，掩面低头，不敢睁眼观瞧。

第三段，画的是长髯高帽的韩熙载坐在榻上休息，这一段的画面中有八个人，除了韩熙载，其余七位都是女性，这些女人都是韩熙载府上养的女人，她们拢鬓高髻，头戴金钗，穿着高腰束带长裙。榻上一共有五个女人围着韩熙载，一个侍女拿来了黄铜盆子让韩熙载净手。而在画面的右侧，李嘉明的妹妹倒举着琵琶和竹笛，与一个手拿托盘、端着茶饮上来的侍女在说话，显示了韩熙载纵情于声色，忘情于日常生活的场景。

第四段，韩熙载袒胸露肚，盘腿脱鞋坐在了一张檀木椅子上，表情沉郁，一边挥动扇子纳凉，一边观赏着五个乐女在吹奏一套散曲。而他身边还有三个女人，或者挥打扇子，或者垂手等待，或者在聆听韩熙载的吩咐。而画面的左侧，还有一个男子坐在那里，在用木板打着节拍。这一段，表现的是韩熙载沉醉着听音乐的情况。

最后一段，也就是第五段，画面上一共有八个人，表现的是韩熙载在欢宴结束之后，与客人送行的场面。可见他的两个客人仍旧在与女眷们调笑、旖旎和恋恋不舍，有相互扶持拥抱的，有坐在椅子上，握着女人的手不愿意放开。而身着黄色便服的韩熙载右手拿着鼓槌，放在腰间，左手落寞而沉郁地挥手告别。画面的最右边，是一个女人在对一个男人说着看到的场景，由屏风所隔开。

这五段如同连续的画面，将韩熙载夜宴的情形全部画了出来，详略得当，有人物有故事，有场景有声音，有情绪有内容，有格调有伏笔。李煜、高太冲、周文矩都看呆了。

许久，李煜说："朕不得不做出评价了。顾闳中的这幅《夜宴图》，是你们三个人中画得最好的。顾闳中，三幅画作，三个画院待诏，这一次，朕评你为第一。第二名是周文矩，你画的八十七个人，实在是好。但是，你的画没有场景，也没有表现出韩熙载的复杂内心。而朕能从顾闳中的这《夜宴图》中，窥探到韩熙载的内心。至于高太冲的这一幅画，虽然是巨细靡遗，虽然是图景万胜，虽然是气象万千，但是，你的画里只有环境，而没有人的内心，人物太小，几乎看不到脸上的表情，尤其是，你没有画出韩熙载的精神状况。所以，朕不得不将你这一幅画排在第三位，也就是末尾了。"

李煜点评完毕，依旧爱不释手、如醉如痴地观赏着顾闳中的那幅《夜宴图》，而顾闳中此时是得意非凡，周文矩是喜忧参半，高太冲则是沮丧至极。尤其是高太冲，他心情一落千丈，趁着李煜还在看画，偷偷拿着自己的那幅《韩熙载府邸图》，一溜烟走了。

高太冲回到了自己的家里，倒在榻上久久不能言语。夫人关切地走过来，问他："夫君，你怎么了？一副闷闷不乐的样子。"

高太冲忽然吐出一口鲜血来，他展开《韩熙载府邸图》仔细地凝视着，忽然，他发狂般地将这幅《韩熙载府邸图》几把就撕成了碎片："我输了！我输了，输给顾闳中那个家伙了！气死我了！我的退休金从此要少很多了！"

五

几天之后，李煜让韩熙载来宫中谈话，向他出示的画作，就是顾闳中画的《夜宴图》。韩熙载一看，大吃一惊，赶紧跪下磕头："臣该死，臣沉溺于声色犬马，酒池肉林，该杀啊。"

李煜将他扶起来："且罢！你回去好好反省吧。别的话朕就不多说了。朕的意思，其实你是明白的。你总得给朕一个重用你的理由和契机吧？太皇、父皇对你都曾经恩重有加，可是，朕现在真的不知道该如何对待你了。你先回去吧。"

韩熙载没有说话，泪流满面，躬身而退。

韩熙载回到家里之后，痛定思痛，决定遣散所有他供养的歌舞乐女，削减开支，闭门谢客，静心思过。内心里在想着李煜会不会拿他开刀祭旗。其实，他不善于进行财务管理，已经陷入财务危机当中了。因为，招待宾客是很花钱的，往常，他的俸禄来了，他就赶紧支付给自己养的家伎仆人，自己的手头常常很紧张，现金流严重不足。

李煜以画作来规劝韩熙载的事，很快在南唐的朝内朝外都传遍了。大家都在议论这个事情。高太冲也一病不起，顾闳中是踌躇满志，找他买画的人多了三倍，画价也上涨了十倍。韩熙载就更觉得没有颜面。他遣散了仆人、歌女、舞伎之后，就索性换上破衣烂衫，装成瞎子乞丐的模样，手持独弦琴，让门生舒雅执板，在自家的院子里敲敲打打，还跑到一些老朋友那里去假装乞讨。这是做给议论他的人看的。

对他的这种更加荒诞不经的行为，皇帝李煜听说之后，真是哭笑不得。而其他当朝大臣则不断地给李煜进谗言，给韩熙载上眼药，说，这个韩熙载，如此放诞荒谬，实在是不能重用也不堪重用啊。

李煜也就死了要拜韩熙载为宰相的心思了。

但韩熙载发现，自己虽然是放诞怪异，但他必须要依赖皇帝主子。因为他得到的钱都是财政的钱，是皇帝赐予的。在他实在不能度日的情况下，他就向李煜上表哭穷诉苦。李煜虽然不满，但还是拿了财政的钱补贴他。后来，韩熙载索性不再上朝，被人弹劾，李煜不得不把他贬为右庶子，放逐到外地去了。

韩熙载被放逐，离开金陵的时候，他坐着一辆孤单的马车上路，感觉很凄惨。他在半路上就给李煜写信，表示悔愧，希望皇上将他召回。没有多久，李煜这个厚道、心软的君主，又把他召回来，韩熙载重新登堂入室。虽然担任的还是闲差，但俸禄一点都不少。而他以前所赶走的那些舞歌伎乐女侍女，听说他回来了，又纷纷返回，死心塌地地跟着他。韩熙载就又过上了那种纵情声色的日子。

关于韩熙载假装纵情声色、实为躲避拜相的真正原因，陆游在《南唐书·韩熙载传》里有一种说法：韩熙载曾经对好朋友说，中原大宋王朝一直对江南后唐小王朝虎视眈眈的，一旦真命天子出现，我们连丢盔弃甲的时间都没有了。在这种情况下，我怎能够去当宰相，成为败军和俘虏，然后成为千古罪人？

韩熙载有着这样的深谋远虑和对局势的精确体察，也就不难理解他的佯装疯傻，纵情声色，忘情山水之中了。可见，韩熙载的政治抱负是没有了，而亡国当俘虏的命运迫在眉睫，这样的矛盾与痛苦也在深深地折磨着他，使他除了以声色自娱，已别无出路。这就是为什么在顾闳中的画笔下的《夜宴图》中，我们看到，韩熙载即使在欢宴时心情也不欢畅，反而郁郁寡欢、心情沉重了。

韩熙载是在宋太祖开宝三年，也就是公元九七〇年病死的，享年六十九岁。韩熙载死后，后主李煜非常痛惜，下诏赠韩熙载为左仆射、同平章事，即文臣之首——宰相之职，谥号为"文靖"，这在当时已经是最好的谥号了。

韩熙载死的时候家财早已散尽了，因此，他的棺椁衣衾都由后主李煜赐给。那些美女侍从仆人都一哄而散。李煜又命人为他选择墓地，要求必须选在"山峰秀绝，灵仙胜境，或与古贤丘表相近，使为泉台雅游"的地方。后来，他被埋葬在风景秀美的梅颐岭上，与东晋著名大臣谢安的墓相邻。李煜还令南唐的著名文士徐铉为韩熙载撰写墓志铭，命令大臣徐锴负责收集韩熙载的文章，编集成册。这韩熙载虽然生逢乱世，但是却能寿终正寝，也是他审时度势、抱残守缺、以退为进的报答。

韩熙载死后的第四年，也就是公元九七四年，宋太祖就大举进攻南唐，而李煜竟然不相信宋太祖真的发了大兵前来讨伐他。他天真地以为，北宋的军队过不了长江天险。结果，宋军用木船搭建了浮桥，十万大军瞬间过江，一举打败了南唐守军。李煜听到的，都是前线失利的消息，但他就是不愿意投降。

宋军攻破金陵之后，李煜决意自杀，让人在宫中堆起了柴草，准备投火自焚。但是当那柴火熊熊燃烧起来的时候，李煜又犹豫、踌躇，没有了自焚的勇气，最后率领群臣投降了。

南唐就此灭亡。李煜被押解到了开封，被宋太祖降为违命侯、光禄大夫。他的行动处处受到监视和限制，因此，只有在幽禁处以填词为消遣，由此，诞生出中国文学史上一个杰出的词人。他的那首著名的《虞美人》，就是这个时候写成的。其哀怨、哀挽、悲伤的情绪被宋太祖体察到，公元九七八年，宋太宗派人毒死了他，所使用的毒药叫作"牵机"。

据说，这种毒药药性狠毒，李煜服了之后，头和脚不断地弓曲伸缩，反复伸张、蜷缩达几十次，那动作很像是织布的牵机在织布一样。显然，李煜死的时候十分痛苦，他死后被称为南唐后主，留下了哀名和那些精美的诗词。

（原载于《作家》2015 年第 1 期）

利玛窦的一封长信

致无以名状的你：

　　我必须要给你写一封信。但是，你是谁？说实话，我也不知道。但是我有些话要说，也许，你，您，他，她，祂，上帝，都是我要倾诉的对象。过去，我常常给人写信，比如，我喜欢给远在罗马的耶稣会第五任总会长、我的首脑克劳迪奥·阿夸维瓦写信，告诉他我来到中国传教的千辛万苦和取得的点滴进展；我喜欢给在罗马的老校友朱里奥·富里加蒂写信，告诉他我遇到的各种问题，让他帮助我想办法；我还给我的神学老师埃马努埃莱·德戈埃斯写信，告诉他让不信上帝的人信仰上帝是多么的不容易；我给澳门的朋友爱德华多·德桑斯写信，告诉他中国的复杂性；我在给我的密友吉罗拉莫·科斯塔写信，告诉他一些中国人总是认为我懂得炼金术，能够将贱金属变成贵金属比如银子，因为，他们觉得我似乎从来不缺钱，可是我越是向他们保证我不懂如何将水银变成银子，他们就越不相信我，认为我在撒谎。所以，写信是我最重要的告解和倾诉，表达和分享。

眼下，我必须要写这封信了，我离开意大利已经有二十八年了。在这东方亚洲的大地上，我来回奔走，就是为了宣扬主的恩德，宣扬耶稣基督的福音。但是，有时候，其实我对自己是有所审视的。我的信仰是坚定的，我从来都是上帝的仆人，耶稣基督的信仰者，我带着主所给予的火种，走了那么远，来到了到处都是奇异的风景、植物、打扮古怪的人群——他们说的话我一句都听不懂，以及散发着独特气味的特别食物的地方，忍住饥肠辘辘不去吃那些怪东西。

这些都还在其次，重要的是，他们还信奉各种妖魔鬼怪，各种神仙。那些东西都是子虚乌有的，都是他们想象出来的。我后来理解到，他们认为，人是大地上的过路客，因此，人是苦命的、悲哀的，他们必须要想象出大于他们生命的东西，能够管他们生前死后的事情的神和鬼，这样就建立了他们的信仰。你就说是信仰也好，是东方野蛮人的胡思乱想也好。可是，我是上帝的仆人，我带来的是耶稣基督的福音，是圣母马利亚的祝福，是告诉他们原罪和赎罪，是让他们像上帝的羔羊那样，找到正确的世间之路、信仰之路，而不是走到歪门邪道上去，尤其是，去信奉那些古怪的偶像和乱七八糟的神祇。

　　但是，有人说东方人是野蛮人，我没有来之前，一开始，我也是这么想象的，但是等到我来到了这里，我就不那么看了，我就要给你说清楚了。你看，无论是我到过的果阿，还是澳门，这些地方的人都有他们自己的历史和文化。在印度的海港城市果阿，我看到了商业的繁荣和东方大港风景，到处都是琳琅满目的货物，人种也很复杂，我看到了摩尔人、波斯人、犹太人、阿拉伯人、威尼斯人、土耳其人、意大利人、犹太人、中国人等，到处都是布匹、金银器、香料、药材、玉石，甚至还有鸦片。鸦片贸易是果阿的重要生意，这种东方的热热闹闹，让我觉得我可以在东方待下去。深入果阿的内部，去认识它，了解它，我就发现了远比希腊和罗马文明更为古老的一种文明和宗教，比耶稣基督诞生还要早的一种文明和宗教，这使我震惊和战栗，使我感到了郁闷和对未来事物的好奇心。

　　我在果阿认识了一些人，他们告诉我，在不远的亚洲东部，还有一个更为神奇的国度，就这样，我坐船来到了澳门，这个葡萄牙人所建立的桥头堡城市，也在海边上。我在澳门待了一段时间，然后，我向中国的腹地而去，去了广东肇庆，住了很久，从那里又北上到达韶州，然后发生了一些事情，我不得不继续北上，去了江西南昌，在那里，我获得了影响力，结识了当地很多有名的官员和文人，他们争相来看我，就如同观看一只他们不熟悉的动物。他们来看我的时候，还隐藏着三个隐秘的目的：第一个，是相信我有将水银变成银子的能力；第二个，是我能治百病，包括那些稀奇古怪的病症；第三个，是我懂得一种数学，这种数学可以帮助他们记住所有需要背诵的东西，比如《四书五经》的内容，然后用来参加帝国的官员录用考试。

必须承认，我在南昌的日子是愉快的。后来，我觉得应该到这个帝国的都城去，我又跟随一个将军的船队，从南昌沿长江而下，到达了南京。南京！那可是一个有着伟大的城墙和城楼的美丽城市。在南京，耶稣基督的福音得到了传播。然后，我坐一条船，沿着运河北上，到达了北京，大明帝国后来的都城，在那里，我最终靠近了皇帝。虽然我几乎可以说是从来都没有见过他，但我却觉得，我似乎就在大明帝国皇帝的身边生活。这一点，我每次在那高高的红色宫墙的外面溜达的时候，每次我看到了遥远的西山近在咫尺的时候，我就深刻地感觉到了这一点。

中国，的确是一个古怪的国家，这个国家，有很多人，打扮奇特，很多风景也是你们从来都没有见过的。我在前几年写的那本《中国札记》中详细地分析了这个国家。这个幅员辽阔的国家有很多物产。比如，他们国家无论是老百姓还是官吏，都很喜欢养殖花草，有钱和地位的人还建有园林般的后花园，用来创造和享受精致的生活。他们还烧制出了瓷器——这世界上最好和最可爱的物品。他们富于创造性地将煤炭用于取暖和烹饪，他们对山水花鸟的热爱，投射到了一种独特的纸上水墨艺术中。他们懂得欣赏古代的青铜器、陶器，喜欢用毛笔写字，并使之成了世界上独一无二的艺术，这种艺术叫作书法，就是写字的方法。他们还发明了印刷术，用雕刻的木板批量印刷用线装订起来的书籍，便于传播知识。各类的经典、诗词和小说作品，以及作家的文集，家谱和佛教用书很容易被翻印。我亲眼看到雕工们灵巧地用刻刀在一块木板雕刻出相反方向的汉字，简直让我目瞪口呆。

我印象最深的，还是这个国家的交通。他们主要依靠天然的水道，也就是大大小小的河流，河流上总是行走着各类船只，还有一条几百年之前就开凿出来、贯通南北的大运河，从富庶的南方直接通向了北京。成千上万种货物都在内河上运输，商业贸易发达。而大量进贡到京城的东西，有巨大的木材、新鲜的水果、精致的瓷器和丝绸、新鲜的鱼类，都在河上的船中储存着，被运往北京。

但是，必须说明，那些内陆的河流也隐藏了很多危险。一五九二年，我坐在一个姓石的将军的船队中的一条船上前往南京，本来前半途很顺利，但在江西的赣江上，忽然遭遇了险滩上的激流，结果，我乘坐的船被大浪打翻了，很多人都落水淹死了。幸亏我被主眷顾，我急中生智地感谢上帝在危急时刻给我送来了绳子，我抓住了一条绳子，然后得救。而我的一个助手——年轻得力的若昂·巴拉达斯则被激流卷走，再也没有出现了。那个南昌的石将军的家财也在这次事故中几乎全部丧失，最终，我们不得不放弃水路，改走陆路，才安全抵达了南京。

这个国家总的说来，并不好战，他们从来都不随身携带武器，男人具有女人普遍具有的仁慈、内向和精细。即使是男人，只要是有点身份，都能花上两个小时来弄头发、整理仪表。但是，这个国家也潜伏着很多危险。它有一个底层的社会，这个底层社会是由盗贼、黑帮、骗子、小偷、流氓所控制的。但是，我从来都不在底层社会游走，我走的是上层路线。可上层路线也有危险。这危险嘛，从哪里说起呢？就从几年以前在北京的一次流言和大搜捕说起吧，那是我遇到的最危险的境遇之一。

当时，在北京流传着一本不知道是谁写的线装书页，说的是当时在宫中有人在酝酿一个阴谋，一些人要将万历皇帝喜欢的一个爱妃的儿子册立为王储，取代已经是王储的皇帝的大儿子。皇帝听闻后大怒，认为这样的谣言是不可饶恕的，就让他的特务机构——东厂锦衣卫进行大搜捕，非要找出流言和制作小册子的源头。很多官吏、学者和诗人，都受到了怀疑和拷打，最后，有人告密说，一个叫作真可的和尚参与了此事，证据是在真可的禅房里，发现了这样一本书。而且，还有人说，是我这个传教士干的。但万历皇帝对我这个从很远的国家来的外国人，是从不怀疑的，因为，散布这样的谣言，对我危险性极大，但皇帝是明察秋毫的。于是，他手下的人就抓捕并且拷打了真可和尚。其实，这个真可和尚是我的老对头，他认为我所宣扬的耶稣基督的福音，是妖言惑众。他曾经当面给我吹牛说，他有一个什么金刚不坏之身，但是，这次东厂对他的拷打，几下子就让他一命呜呼了。我听说了这个消息，心情十分复杂。虽然我们是敌人——他的佛教是我的基督教的敌人，但我还是很希望我们都很好，能够相安无事，各取所需。可是，他的金刚不坏之身是假的，他就这么被打死了。这个事情也就不了了之，最终，皇帝也没有查出来是谁散布了流言蜚语。

还有一次也很惊险：万历皇帝宠信的一个太监名字叫作高

案，他欺骗万历皇帝，说在南海的南边有一个吕宋岛，那里的马尼拉城附近有一座金山，一座银山，金子和银子随便挖，怎么采都采不完。于是，喜欢金银财宝的万历皇帝就听信了，他就派出了一支船队，前往马尼拉去寻找那子虚乌有的金山银山。

这支船队到达了马尼拉，当时，马尼拉被西班牙人统治，那里已经有很多中国人了。他们做生意、打鱼、捕猎等。越来越多的中国人的到来，让当地的西班牙总督感到害怕，他认为中国人、大明王朝即将进攻马尼拉，就发动了一次针对中国人的袭击，杀死了两万个中国人。消息传到了北京，皇帝大怒，同时，他派大臣徐光启来找我，问我，那些西班牙人和我这个金发碧眼的外国人，是不是一伙人。我们意大利人和西班牙人当然、肯定、绝对不是一种人，对不对？但大明皇帝不明白我们之间的分别，他发出了这样的疑问，那就说明，他开始怀疑我了。我当时就赶紧委托徐光启去告诉皇帝，我们意大利人与西班牙人是两个国家的人，我们说的话不一样，服饰、饮食、习惯都不一样。西班牙人是新的海上霸主，是野蛮的家伙。徐光启帮助我把我的说明传到了万历皇帝那里，万历皇帝听了，虽然有些太监在大声叫嚷说我是一个骗子，但是徐光启还是说服了皇帝。徐光启是好样的，他帮助我翻译欧几里得几何学。于是，最终，万历皇帝明白我们和西班牙人不是一种人，他们在马尼拉杀害中国人的行径和我无关。

我忧心忡忡了很多天，既为自己担忧，也为在北京的其他人担忧。好在英明的皇帝没有做出昏聩之举。实际上，中国的皇帝是最为孤独的。只要你进入过他的那庞大的宫殿建筑，见过那些巨大而空阔的亭台楼阁，你就明白这一点了。我在一六〇二年第一次进入紫禁城的时候，就惊呆了。这么空阔的殿堂，皇帝凑巧也不在那里，但他仿佛还坐在金銮殿里，等待着我。于是，我对着空空的金銮殿进行了一次叩拜。是的，那是我最为奇特的见闻。在这座能够容纳三万人的紫禁城里，有万历皇帝的礼仪象群、三千铁甲兵护卫，以及那高大的红墙作为宫墙，守卫着一个孤独的皇帝，他需要对祖宗传下来的江山社稷做出安全保证。所以，中国的皇帝是肩负着最大的责任，也是最为孤独和可怜的。

我记得，在那所宫殿里，我想起来，从广东一路上来到北京，我看到了很多车辆、木船所承载的巨大的树木，那是需要七八个人才可以环抱过来的木头，据说，都是用来修建这皇宫的。而最令人称奇的，是中国的皇帝活着的时候，就开始修建他的陵墓，这样在他生前就知道他的陵墓是什么样子了。为此，皇帝还十分好奇地通过他手下的太监，前来询问我，关于欧洲国王在丧葬方面的一些习俗和规矩。

我很重视大明皇帝的询问。我联合了几个教士，花了十天的时间，详细地准备了一份材料，有文有图，介绍了欧洲的西班牙国王腓力二世在一五九八年的葬礼的规制和情况。万历皇帝对腓力二世的铅制棺材放在了一个木制棺材里，然后又放进一个教堂的石制墓穴中感到了惊异。他让手下太监将中国历朝历代的皇帝的一些丧葬的规矩也转赐给了我们，比如，在汉代的时候，"黄肠题凑"的丧葬方法，与腓力二世的丧葬方式是相似的。皇帝的棺椁就是大棺材里面套着小棺材，然后又被放置在秘密的地下、山中和岩石墓穴里。

其实，最让我恼火的，是关于我喜欢娈童的一个传言。在万历朝中，很多中国官员私下里蓄养男孩子，那是因为公开的嫖妓是禁止的，于是有些官员就喜欢搞同性恋，玩男孩子。而作为上帝的仆人，我们耶稣会的教堂中的大部分人也都是男人，因此，不知道是谁，我猜是记恨我的一个欧洲传教士给罗马写信，说我违反了一五六六年教皇庇护四世谴责同性恋的檄文，诬告和指控我在中国犯下了鸡奸的罪行。而且，这样的诬告信，说得有鼻子有眼的，说我用教堂调制出来的特殊麻药，将一个男孩子麻醉了，然后他在我的屋子里待了三天，在这三天里，我不断地鸡奸这个男孩，最后，还把他卖给了一个葡萄牙人。

这绝对是诽谤和诬陷，中伤和造谣。根本没有这样的事情。也许，这是痛恨我们的佛教徒干的？据说，有个耶稣会士将一个信仰佛教的二十岁男子带到了澳门，但愤怒的中国人一定要这个耶稣会士将人交出来，带回到广州，否则，他们将毁灭葡萄牙人的商船，甚至烧毁整个澳门的街道。这件事情当时在广东闹得很大，最终，那个耶稣会士真的交出来了一个二十岁的中国男孩，男孩后来被毒打和严刑。而对我的诽谤，不管是来自哪里，是欧洲人还是中国人，是教士还是佛教徒，都是错误的。在我的内心里，我认为，耶稣会士必须要过一种贞洁的生活，这样才可以接近天使，然后接近上帝。耶稣会士必须要跟各种各样的魔鬼战斗，包括内心的、肉欲的魔鬼战斗。人生而有罪，人，必须要对自己的原罪进行反省，然后对自我进行审视和批评，这样才可以接近上帝的恩德。这是一个教士起码的修养和修行的规则。我是严守这一规则的，因此，当听说了关于我鸡奸男孩的传闻的时候，我先是愤怒，然后是茫然，最后是啼笑皆非了，这个传言和我相去甚远，说的就不是我。所以，到了最后，在我解释了之后，我不再理会这样的令人恶心的谣言了。谣言止于智者，这是中国人说的一句话，谣言是写在水上的，水走远了，谣言就不见了。

啊，我必须要再次回忆我的生平了。我不能稀里糊涂地忘记我的过去。我父亲做过意大利马切拉塔城的总督，我的母亲是一个家庭妇女，但她希望我到罗马去学习，于是，我十七岁就去罗马学习了。我学习了法律、文学、天文学、应用数学、欧几里得几何学、地理学、透视学和音乐理论，十九岁加入了天主教耶稣会。一五七七年，我二十五岁，按照我母亲说的，不仅要到罗马，男人还应该去更远的地方。我先到的是印度果阿，五年之后我来到了澳门，那个时候我才只有三十岁。三十岁！这是一个什么样的年龄？我天资聪颖，很快就学会了汉语，并在广东肇庆传教。我的传教会的小房子，刚好在肇庆高要县的一座很有名的佛塔崇禧塔附近，结果，当地居民认为我的传教破坏了当地风水，就用石块袭击我，希望把我赶走。但是，我的心中有主的召唤，我决意留下来。我结交当地最主要的官员，制作浑天仪、地球仪、日晷等仪器送给他们，给他们讲解新的宇宙观。

这让他们大开眼界，对我的戒备放松了。我还开办了一所教会图书馆，将我带来的大量印刷精美的意大利图书，借阅给当地的学生。不久，新到任的两广总督刘文洋不喜欢天主教，他威胁我要赶走我。我不得不来到了更北面的韶州，在那里，我索性剃发刮胡子，穿上了袈裟，成了和尚的打扮，并取了一个中文名字：利玛窦。后来，我还按照儒家读书人的装扮，打扮成儒雅的读书人，身穿丝绸长袍，蓄发高挽。我绘制了《山海舆地图》，让他们广为翻印，教给他们地理知识。然后，我结交了更多有才学、有地位的中国官员，又来到了南昌。在南昌，我不仅受到了当地巡抚的信赖和欢迎，还拿着我制作的天文仪器、欧洲钟表、玻璃器皿和书籍，结交了两个亲王。我很想到都城北京去，但似乎有一种力量拒绝我这么快就到那里。我到南京盘桓了两年，建立了一所天主教堂，还在苏州传教，结识了当时最为重要的一批官员和学者，尤其是一个著名的文学家和学者李贽。李贽的大胆和反叛的思想，连我都感到惊奇。

　　一六〇一年，我获准去北京觐见万历皇帝。我带去的见面礼一共有三十多件，有天主圣母像两幅、《圣经》一部、珍珠镶嵌十字架、万国地图集、自鸣钟、沙漏、玻璃器皿等西方物件。但是在大殿里，我没有亲眼看见皇帝。皇帝据说很久就不上朝了，取而代之的，是一位贴身的大太监，他在垂下的帘子后面接见了我。这个老太监的声音听上去并不女性化，稳重而亲切。后来，我听说，万历皇帝陛下对我带来的礼物感到满意和好奇，对自鸣钟尤其感到喜欢，专门在后花园里建筑了一所亭子，来安放那架比较大的自鸣钟，让我定期负责管理和修理，还给我任命了一个职务，让我住在了宣武门内的一个胡同里，发给我固定的俸禄。我在宣武门内建立了一所小教堂，因为皇帝的特许。我就这样在北京扎根了。

后来，我进宫修缮自鸣钟的时候，多次向大明皇帝进献欧洲油画，其中一幅画的是威尼斯的圣马可广场，还有一幅画的是西班牙皇宫以及一所教堂的正面像。

皇帝对我的礼遇，使很多万历朝的重臣，如大学士、宰相、礼部尚书、刑部尚书、翰林院翰林等，都与我有往来。特别是徐光启，他甚至还带着一些官员信奉了天主教，与我一起翻译天文学、数学、几何学和地理学，然后进献给万历皇帝。与此同时，我在徐光启、李之藻的帮助下，将中国的《四书五经》翻译成了拉丁文。我觉得，中国人最需要掌握的，是欧几里得的几何学。在我的口授下，徐光启翻译了《几何原本》，也就是欧几里得几何学的平面几何部分。当徐光启还要翻译后面的立体几何学部分时，我建议暂缓翻译，因为平面几何已经够中国人用了。而立体几何则建立在假设的基础之上，是很难理解的，要慢慢翻译。

当时担任礼部尚书的徐光启将我写的天文学、数学著作《乾坤体义》《经天该》《浑盖通宪图说》等都专门讲解给万历皇帝，还将我带去的浑天仪、地球仪、日晷、天球仪等，带给皇帝看，万历皇帝看了这些东西，很高兴，说："过去，朕知道有天圆地方一说，这利玛窦让朕知道了这地也是圆的。因为，他就是坐船跑来的，亲自证明了地球是圆的。是所谓天圆地也圆。"

　　我很想给中国人编制一套历法。万历皇帝也很高兴，派徐光启协助我。但这个事情到现在还没有完成，我心急如焚，也没有办法，因为，后来来找我的人实在是太多了。

　　我带给中国人的《万国图志》，应该是改变他们的地理观念的书。这本书我在肇庆的时候就专门让人翻印了一些，而中国人只有"国"的概念，而无"洲"的概念，我的《万国图志》告诉他们，除了中国的大明王朝，这个世界上还有许多的国家，许多的陆地、丘陵、山和海洋。我写得很清楚，这个世界有五大洲，有我的祖国意大利所在的欧罗巴洲，还有都是黑色人居住的利未亚洲，以及中国所在的亚细亚洲，还有南北墨利加洲和地球的南极点的墨瓦蜡尼加洲。在这五大洲的旁边，都是由海洋所包围，这就是我们所居住的地球。这个地球是圆的，表面被海水和山峦、草原、冰峰、河流所覆盖。除了这些地理地貌，地球还按照南北的经纬度，从北到南，依次分为五带：北寒带、北温带、热带、南温带、南寒带。其中，赤道贯穿热带的中心线，是地球上最热的地方。而北寒带和南寒带则是最冷的地方。因为地球受到太阳照射的角度不一样，所以就形成了五带。

　　我带来的这些思想，彻底改变了大明王朝人对万事万物的认识，他们尊敬我的最重要的地方是，我的到来使他们改变了固有的成见，更新了他们的知识。

　　说起来，数学和天文学是我最擅长的，延伸出来的，有地理学，以及用于水利工程的各类机械装置学，如排水机械、水闸、平面曲率技术、光学、透视、测量学、测时法、天体观测、地质学，等等。我随身带着克拉维斯的《球体》和皮克罗米尼的《地球》，根据这两本书，我能够计算纬度，测算日食月食，制作日晷仪，然后绘制世界地图，等等。我还写了《交友论》和《论记忆术》，从人际关系和人的记忆的角度，来帮助我认识的中国人去更好地理解我们所在的世界。

　　当然，我还藏起来了一些书籍，没有翻译成汉语。比如，关于欧洲火器，也就是杀人的枪炮、大炮的制作技术的书籍。那都是用来杀人的，不是用来传达善意和主的恩德与爱的。虽然徐光启听说了这些书，竭力让我翻译这些书，但我还是想着应该暂缓翻译。当然，后来我听说有别的传教士帮助他们制作大炮，那是他们的事情，我的兴趣不在这一点上。一六〇七年，在与徐光启合作翻译了《几何原本》的时候，我在"序言"里，说了一些数学对于军事比其他诸如农业、医术、经商更为重要的话，我甚至断言，数学水平决定了一个国家的军事水平、一个将军打仗的胜负可能，以及一个士兵能否活命的根本。比如，我详细论述了一个将军如果不能计算出他打仗的时候需要的后勤支援的程度，行军路线的消耗和设计，以及地理状况对部队的影响，还有排兵布阵的方法，那么，这个将军打的就是无准备的仗。我不知道我的这段论述是不是被大明王朝的一些有心人注意到了，他们特别希望我翻译那些能够制造大炮和枪支的书籍，他们需要这个。大明王朝面临许多的威胁，比如来自海上的那些倭寇。这个国家对海洋是排斥的、惧怕的，从来都不愿意到达深海。不过，郑和下西洋又说明了相反的例子，说明了他们的航海技术很高超，但却没有运用到打仗方面。

我感觉今年我特别疲惫。今年恰逢大考殿试，从全国各地进京的官员达到五千人，而进京赶考的书生也有五千多人，他们中间的很多人都慕名来拜访我，让我是目不暇接、力不从心。这么多人都来到了北京，他们中间的很多人都想看看我，我要尽量地满足他们的要求，给他们展现欧洲人、我这个上帝的仆人最好的一面。因此，我很疲倦。在北京，达官贵人们喜欢通宵达旦地欢宴，他们花在吃饭上的时间太多了，而我必须要在这样的场合待很久，每次我接收到了邀请，参加了他们的宴会，我又要反过来答谢他们。中国人说了，"来而不往非礼也"。这花费了我大量的精力，也让我这个喜欢吃素食的人感到为难。

现在是春天，我每天都在应付着各类的来访，感到头很疼。我觉得我病了，请来了中国医生给我把脉，他们认为我需要休息，需要静养。我做的事情太多了。最近，我还经常做噩梦，梦见我死了，被送回了意大利安葬，但是我却能看到棺材外面发生的一切。

我焦虑地抚摸着我的圣物袋，里面装着我最为珍视的宝物：一个据说是用耶稣被钉上去的那个大十字架的碎片做成的小十字架、一些圣徒的圣骨碎片、一盒耶路撒冷的泥土。我不知道我抚摸这圣物袋是在做什么，显然，我感觉到一种告别的气氛了。

那么，我最想在这个国家实现的愿望实现了吗？没有，我能确认这一点。我最欣赏乃至崇敬的同行，是科东神父，他现在在法兰西国王亨利四世的身边，促使了亨利四世公开宣布放弃新

教，改信天主教，科东神父就成了他身边的忏悔神父。这是多
么伟大的进展！一个神父让国王在他那里忏悔，我却做不到这
一点。

　　于是，我在昨天梦见了我一直未能见到，但我却时刻感到他
在我附近的万历皇帝，最终信奉了天主教，然后，我成了他的忏
悔神父，他向我忏悔他所做的一切，尽管他是万寿无疆、无所不
能的中国皇帝，却要向主忏悔。假如这个梦将成为真的，那么，
我离开人世的时刻，会是多么的幸福。

　　　　　　　　　　　　（原载于《文学港》2015 年第 12 期）

《山花》的灿烂（代后记）

编选这本小说集，是为了祝贺《山花》杂志创刊七十周年的。因这部小说集中，多篇作品都发表于《山花》杂志。想到贵州，我首先会想到贵州毕节那满山杜鹃花的烂漫，同时，还有《山花》杂志的文学的灿烂。李寂荡主编给我发短信说，二〇二〇年是《山花》创刊七十周年，要开办一个栏目叫作"我与山花"，让我写几千字。刚好我在交通工具上狂奔，这算是有点空闲时间，就赶紧写上几笔。年底事情多，一个赶一个，啥时候完成任务还说不定呢，不如在路上飞奔的时候立即动笔。

想到《山花》杂志，我自然想起了前任主编何锐先生。在二十世纪九十年代里，每当他打来的电话响起来，我就知道是约稿的。何锐老师约稿是很简洁有力的，就是告诉你，要你写个什么什么，是中篇还是短篇，什么时候交稿。如果你答应了，那你就惨了，不仅何锐老师三天两头会给你打电话，到时候拿不出来，你就很没有信誉了。这会逼迫作家写出东西来。我还不算是有拖延症的作家，要是碰上有拖延症的人，何锐老师是专治这类人呢——你的拖延会在何锐老师的坚强的逼迫下，立即好转，并且带着羞愧的心情，完成何锐老师指定的任务——乖乖按时交出作品来。

实际上，这是何锐老师帮了作家们的大忙。我听到很多作家说起来，说人生有几怕，其中之一是就怕接到何锐的电话，那不是催命，却是催稿胜过催命。而且很多朋友告诉我，说我也听不懂何锐老师的贵州话在说什么，他呜里哇啦说半天，反正就是约稿，只要你听懂他给你的时间期限就可以了。

就这样，在二十世纪九十年代我写短篇小说比较多的时候，每年都要给何锐老师主编的《山花》写稿子。《山花》在推荐青年作家和新锐方面不遗余力。比方我就被四家刊物——《山花》《钟山》《作家》《大家》杂志联合举办的"联网四重奏"栏目里推荐过。这对我们这些新生代作家很有用。一大批新生代作家在二十世纪九十年代脱颖而出，就是仰赖当时的著名编辑李敬泽、何锐、宗仁发、程永新、王干等几大名编辑和他们手上的刊物的推动。作家和编辑家的互动，实在是那个年代里特别值得记取的事情。

我后来也在两家文学杂志——《青年文学》和《人民文学》

当过主编、副主编，我就常常给编辑讲何锐催稿的故事。好作家
都很害怕被逼稿催稿，稿子不催是到不了你的手上的。每个编辑
联系的作者，一定要经常催一催，看看人家写什么了，什么时间
交，不交虽然不打屁股，但那更是无形的打脸啊！所以，我们都
要向何锐老师学习。

何锐瘦瘦的，戴副眼镜，为了刊物的发展他想了很多办法，
杂志也弄了一个企业家联谊会，还开年会，实际上是叫企业出
钱。这很自然，二十世纪九十年代，文学杂志的生存主要靠自己
想办法。那何锐就比较有办法。何况贵州还有茅台酒厂，茅台也
给了《山花》一些资助。

我非常喜欢《山花》杂志，除了喜欢何锐老师这个人，还有
这本杂志办得也好。《山花》虽然立足在贵州，但却能放眼全国，
是在全国有影响的十多家最有名的文学杂志之一。《山花》不仅
属于锐利的先锋实验探索型的文学杂志，发表的都是有创造力
的、有前倾姿态的作家的作品，而且在设计装帧上，栏目设置很
新颖，还有很多当代中国艺术的元素，一度也刊发了很多当代艺
术家的作品。

《山花》之所以能取得这么重要的文学地位，除了有何锐主
编的功劳，还有前面何士光、后来担任主编的李寂荡等的功劳。
因为办刊物是要一茬一茬人接着办的。李寂荡是一位很好的诗
人、散文家。我知道《山花》除了他们还有好几位作家诗人型编
辑，杨打铁、李晃啦等都是很好的编辑。可以说，《山花》的编
辑团队是很棒的一支队伍。

不能不说到何锐老师有一次在浙江开文学的会，好像是颁发茅盾文学奖还是鲁迅文学奖的时候，他作为嘉宾参加活动，结果不小心在酒店门口的台阶上一脚踩空，掉下去了，脑外伤很严重，昏迷好久，差点没了。这让何锐元气大伤。他后来英年早逝，是不是和这次的摔跤有联系呢？说不定的。

何锐老师去世的消息传到了我的耳朵里，我难过了很久很久。在我的耳边，继续回响着他约稿的声音，那很难懂的贵州话，我的眼泪顿时盈满了眼眶。

人都有退休的时候，何锐老师据说很不愿意退休，他就想办刊物。换了别人巴不得退休了到处转转，闲散一点多好啊，可何锐老师就想办刊物。咱们的刊物都是国家的，刊物可以有主编的风格，有主编的设计和巨大心血，但刊物不是个人的。所以怎么着都要给年轻人接班。他退休了，还在继续编书，常常给我打电话约稿，编辑了很多套很有创意的文学丛书。

李寂荡接任主编之后，《山花》继续保持了很高的艺术水准，这是李寂荡作为诗人作家的功劳。前面有个何锐了，其他人当编辑就很难超过何锐。可是李寂荡能够超越，并把杂志办得稳当，办得风生水起，刊物还越办越厚，说明杂志获得了更多的支持，团结的作家诗人更多了。在栏目设计上，名家、新人很多，稳健性和生长性结合得非常好。《山花》作为我国西南片区的一个文学的精神高地，依旧在熠熠生辉。一个作家在《山花》上发表过作品，那他或她一定是一个好作家，这一点，仍旧是《山花》的品牌效应，一种水准的象征。

最近十多年我写长篇比较多，短篇小说很少写了。每次见到李寂荡，他那含蓄而顽皮的笑总是无声地说：赶紧给我稿子啊！我就很惭愧。我说，我倒是读了你写的诗。我一定给你写稿子！只有给《山花》写稿子，才能证明我还有写作能力。

值此《山花》创刊七十周年之际，我作为《山花》的作者，要向《山花》所有的编辑致敬，向这本杰出的文学刊物致敬。正因为有了这本刊物，中国当代文学在西南地区才有了这么一个耀眼的高地，同时，在这高地上，才站立着很多耀眼的精彩的文学人。祝愿《山花》长命百岁，祝愿我的同行们都更加精彩。

我平时喜欢读闲书，其中就读了不少历史书。二三十岁的时候，心态比较浮躁，写了不少当下都市题材的小说。后来，随着年龄的增长，心慢慢静下来了，读书也更加杂乱。在阅读历史著作的时候，我时常会萌发写些新历史小说的念头。

这本书可以说就是这样一种心态下的产物。因为我不喜欢重复自己，或者说，每次写个小说，总要稍微有些变化，或者题材，或者结构，或者叙述语调，等等。可以说，我的左手写了不少当代题材的小说，右手就又写了一些历史小说。

十多年下来，我写的历史小说，有几部长篇，主要是《中国屏风》系列四部，以近代历史上来到中国的外国人为主角。现在这一本则是十二篇中短篇小说。其中，中篇小说有：《丘处机的三次讲道》《安克赫森阿蒙》《楼兰五叠》，其余是短篇小说。从题材上看，中外都有，不同历史时期都有，都是依据一些史实所展开的一点想象。

收在这里的《丘处机的三次讲道》，是中篇版，因为我后来将其扩充成一个十五万字的长篇小说，也出版过一次。但我也很喜欢这篇中篇版。小说写的是十三世纪初期，丘处机道长在正成为人间新霸主的成吉思汗的召请下，不远万里，前往如今的阿富汗兴都库什山下与成吉思汗面见的故事。我在上大学的时候，读了丘处机的一些诗作，非常喜欢，就对这个人物发生了兴趣。何况他又是中国道教的著名人物。因此，才有了《丘处机的三次讲道》的中篇版和长篇版。其实，假如今后有时间，我还想再把《丘处机的三次讲道》的小长篇扩展成大一点的长篇，类似吴承恩的《西游记》那样，虚构出丘处机带着十八个弟子，一路上与妖魔鬼怪斗法的故事，这样是不是更有趣呢？

《安克赫森阿蒙》和《图坦卡蒙之死》是两篇关于埃及法老图坦卡蒙的小说。图坦卡蒙的死因到现在都没有定论，十分神秘。我某年出国，在异乡的宾馆里看电视的时候，看到了一部纪录片，讲的就是考古学家对图坦卡蒙的金字塔进行发掘的情况，后来我又读了几本关于埃及法老的书，有一天兴之所至，就写了这篇小说。

《楼兰五叠》写的是关于楼兰的故事。小说分成三个部分：第一个部分是楼兰毁灭的想象，第二个部分是斯文·赫定发现楼兰的情况，第三个部分是我本人在去年去楼兰的所见所闻。等于说，这篇小说由历史到现实，由远及近，由想象到今天的这么一个时间的过度，上下穿越了两千多年。

还有几个短篇小说，如《一个西班牙水手在新大陆的见闻》

《李渔与花豹》《鱼玄机》这三篇，是二〇〇〇年之前就写了的，这一次收入在这里，我又做了详细的修订和改写。这几篇小说的主人公分别是十六世纪的西班牙水手、明末清初的大文人李渔、唐代中期的著名女诗人鱼玄机。

后面几篇是我新近写的。《瘸子帖木儿死前看到的中国》，讲述了瘸子帖木儿险些对明朝中国发动战争的故事。据历史学家说，假如帖木儿不是碰巧死了的话，明朝将面临最大的一场危机。

《玄奘给唐太宗讲的四个故事》取材于《大唐西域记》，我挑选了几个对唐太宗应该有触动的故事，由玄奘亲口讲给了唐太宗听。

我一直很喜欢《韩熙载夜宴图》这幅画，最终，导致了《三幅关于韩熙载的画》的写作。我想象了历史上失传的、关于韩熙载的另外两幅画的情况，以及韩熙载和李煜之间的关系。

《色诺芬的动员演说》取材自色诺芬本人的著作《长征记》。色诺芬是古希腊很有名的作家，他的多部作品被翻译成了中文。我一直对古希腊、古罗马时期的历史著作有兴趣，这篇小说不过是随手一写。因为，我曾经做过一个梦，梦见我在一座古城里醒来，而一个古代的人在我的耳边说："这是亚历山大大帝所征服和建造的城市，它是亚历山大城！"众所周知，亚历山大很年轻就去世了，死之前他已经建立了很多亚历山大城，他的远征路线一直到了印度。我不知道我今后会不会写一部关于亚历山大大帝的长篇小说。我觉得是有可能的，因为，我对他的生平特别感兴趣。

《利玛窦的一封长信》则是我有一天去北京市委党校，看到利玛窦的墓地之后，产生了写一篇小说的想法，取材于他的《中国札记》和史景迁的研究著作《利玛窦的记忆之宫》。读了这篇小说，你一定会对利玛窦有一个基本的了解。

一切历史小说也都是当代小说，正如克罗齐说过，"一切历史都是当代史"。我在写这些小说的时候，有意地、尽量去寻找一种历史的声音感和现场感，去绘制一些历史人物的声音和行动的肖像。这可能是我自己的历史小说的观念吧。

这十二篇小说，于我是一种题材的拓展和大脑的转换，假如能给读者带来一点对历史人物的兴趣和会心的微笑，我觉得就很好了。